S. A. S.

LES PENDUS DE BAGDAD

DU MÊME AUTEUR

CHEZ LE MÊME ÉDITEUR

S. A. S. A ISTANBUL
S. A. S. CONTRE C. I. A.
SAMBA POUR S. A. S.
OPÉRATION APOCALYPSE
S. A. S. RENDEZ-VOUS A SAN FRANCISCO
S. A. S. LE DOSSIER KENNEDY
S. A. S. BROIE DU NOIR
S. A. S. CARAÏBES
S. A. S. A L'OUEST DE JÉRUSALEM
S. A. S. L'OR DE LA RIVIÈRE KWAÏ
S. A. S. MAGIE NOIRE A NEW YORK
S. A. S. LES TROIS VEUVES DE HONG KONG
S. A. S. L'ABOMINABLE SIRÈNE
S. A. S. LES PENDUS DE BAGDAD
S. A. S. LA PANTHÈRE D'HOLLYWOOD
S. A. S. ESCALE A PAGO-PAGO
S. A. S. AMOK A BALI
S. A. S. QUE VIVA GUEVARA
S. A. S. CYCLONE A L'ONU
S. A. S. MISSION A SAÏGON
S. A. S. LE BAL DE LA COMTESSE ADLER
S. A. S. LES PARIAS DE CEYLAN
S. A. S. MASSACRE A AMMAN
S. A. S. REQUIEM POUR TONTONS MACOUTES
S. A. S. L'HOMME DE KABUL
S. A. S. MORT A BEYROUTH
S. A. S. SAFARI A LA PAZ
S. A. S. L'HÉROÏNE DE VIENTIANE
S. A. S. BERLIN CHECK POINT CHARLIE
S. A. S. MOURIR POUR ZANZIBAR
S. A. S. L'ANGE DE MONTEVIDEO
S. A. S. MURDER INC. LAS VEGAS
S. A. S. RENDEZ-VOUS A BORIS GLEB
S. A. S. KILL HENRY KISSINGER!
S. A. S. ROULETTE CAMBODGIENNE
S. A. S. FURIE A BELFAST
S. A. S. GUÊPIER EN ANGOLA
S. A. S. LES OTAGES DE TOKYO
S. A. S. L'ORDRE RÈGNE A SANTIAGO
S. A. S. LES SORCIERS DU TAGE
S. A. S. EMBARGO
S. A. S. LE DISPARU DE SINGAPOUR
S. A. S. COMPTE A REBOURS EN RODHÉSIE
S. A. S. MEURTRE A ATHÈNES
S. A. S. LE TRÉSOR DU NÉGUS
S. A. S. PROTECTION POUR TEDDY BEAR
L'IRRÉSISTIBLE ASCENSION DE MOHAMMAD REZA, SHAH D'IRAN
MISSION IMPOSSIBLE EN SOMALIE

AUX PRESSES DE LA CITÉ

LES SOUCIS DE SI-SIOU
PAPILLON ÉPINGLÉ
LES DOSSIERS SECRETS DE LA BRIGADE MONDAINE
LA MORT AUX CHATS
LES DOSSIERS ROSES DE LA BRIGADE MONDAINE

GÉRARD DE VILLIERS

S. A. S.

LES PENDUS DE BAGDAD

PLON

ISBN : 2 - 259 - 00106 - 8

CHAPITRE PREMIER

Malko cligna des yeux, ébloui par les rayons du soleil levant, et s'arrêta une fraction de seconde. D'une bourrade, le gardien en kaki, une mitraillette tchécoslovaque accrochée à l'épaule droite, l'envoya rejoindre les autres prisonniers dans les cages de bois: celles-ci ressemblaient aux enclos où l'on enferme le bétail sur les marchés. Chacune des deux cages contenait une demi-douzaine de condamnés. Elles occupaient le coin nord-ouest de la cour de la prison de Baakouba, à vingt-cinq kilomètres au sud de Bagdad.

Il était six heures trente du matin. Les douze hommes qui allaient être exécutés avaient été réveillés une demi-heure plus tôt, comme si de rien n'était. Mais le mot d'ordre de la mise à mort s'était répandu comme une traînée de poudre dans les cellules abritant quatre cents prisonniers politiques. Quand les gardes irakiens avaient entraîné Malko et ses compagnons d'infortune à travers les couloirs, un grondement sourd avait rempli la prison. Les prisonniers hurlaient, frappaient les grilles avec leurs gamelles, priaient à haute voix, en dépit des glapissements des gardiens.

Leurs clameurs parvenaient jusqu'aux hommes qui allaient mourir, dans la cour ensoleillée. Serrés les uns contre les autres, les mains liées derrière le dos, ils se tenaient debout face au soleil levant. Malko, son ami Djemal, un autre Kurde et trois Irakiens.

Malko regarda la potence et tenta de maîtriser les battements de son cœur. Jamais un assemblage de bois ne lui avait paru aussi horrible.

C'était une machine anglaise, ultime vestige de l'influence britannique. La potence elle-même était fixée sur une sorte de socle haut de un mètre cinquante, au beau milieu de la cour, à égale distance du mur d'enceinte haut de six mètres et des bâtiments. Ce socle était fait de deux panneaux articulés sur des charnières et maintenus en position horizontale par deux tiges d'acier. Le déverrouillage s'effectuait par la manœuvre d'un levier situé sur le côté droit du socle et les deux panneaux se rabattaient aussitôt. Au-dessus de cette trappe, la corde s'arrêtant environ à un mètre soixante du niveau du socle était assujettie à une chaîne robuste, elle-même pourvue d'un dispositif d'accrochage permettant de la raccourcir ou de l'allonger à volonté pour régler la chute, selon la hauteur et le poids du condamné.

Le dispositif était rouillé et bloqué, les Irakiens ne s'arrêtant pas à de telles subtilités. Lorsque le condamné était trop léger il mettait plus longtemps à mourir, un point c'est tout.

Bien que l'on soit encore en février, le soleil chauffait déjà agréablement. Malko leva les yeux vers le ciel bleu. C'est tout ce qu'on pouvait apercevoir en dehors des murs lisses et gris. La prison de Baakouba était un bloc de béton bâti en plein désert, près d'un minuscule village, à l'écart de la grande route de Bassorah à Bagdad. Autour, c'était une steppe grillée par le soleil et la sécheresse, à perte de vue. Mais, de toutes façons, le monde extérieur n'existait plus pour ceux qui étaient à Baakouba.

Les yeux dorés de Malko quittèrent le ciel pour se fixer sur Djemal Talani. Celui-ci, bien qu'ayant perdu plus de quinze kilos durant sa détention, avait conservé toute sa fierté. Il esquissa un sourire pour Malko et se rapprocha de lui, se faufilant entre les Irakiens complètement amorphes.

— Ce ne sera pas long, dit-il en anglais.

Malko avait encore d'horribles élancements dans la tête, suites de la torture du ventilateur, mais une sorte de torpeur l'avait envahi, bienfaisante et inexplicable. Il assistait à son supplice comme s'il s'agissait d'un étranger. Pourtant, un reste d'instinct de conservation l'empêchait de se résigner tout à fait. Malgré lui, il leva la tête vers le nord. C'est de là que le salut aurait dû venir. Djemal comprit sa pensée et fit doucement:

— Il ne faut plus espérer lorsqu'il n'y a plus d'espoir.

Toujours l'habitude des Kurdes de s'exprimer par proverbe.

En effet, le ciel était désespérément vide, sans même un oiseau. Et le silence régnait autour des murs de Baakouba, sauf quelques aboiements de chiens errants.

Soudain, des ordres claquèrent dans le couloir par où les condamnés avaient été amenés dans la cour. Obèse et majestueux, le colonel Abdul Mokhless, Président du Tribunal révolutionnaire, apparut dans la lumière, suivi de plusieurs officiers. Un cordon de policiers militaires — casquettes rouges et fusils d'assaut russes AK 47 — prit place le long des murs de la prison, les armes braquées sur les cages.

A côté de Malko, l'un des Irakiens, la bouche agitée d'un tic nerveux, n'arrivait pas à détacher ses yeux de la potence.

Un lieutenant irakien s'approcha de la cage de Malko et commença à lire les attendus du jugement. Cela ne prit guère plus d'une minute.

Malko regarda avec désespoir la grosse pendule fixée sur le mur blanc de la prison. Sa torpeur l'avait abandonné, brutalement. Il avait envie de vivre.

Les aiguilles indiquaient six heures quarante. L'exécution avait déjà dix minutes de retard. Dix minutes qui auraient dû sauver leur vie. Djemal avait raison de ne plus espérer.

Impassibles, les policiers en casquettes rouges formaient une barrière infranchissable et superflue. Malko se sentit envahi d'un immense découragement. Il allait mourir là, dans cet univers hostile, pour rien, avec celui qu'il était venu sauver. A cause d'un tout petit grain de sable qui s'était glissé dans la mécanique de précision qu'il avait eu tant de mal à mettre sur pied.

Les secondes défilaient, inexorablement.

Un homme en tenue brune, nu-tête, apparut, tenant deux courroies de cuir dans la main droite.

Le bourreau.

Un autre suivait, portant, pliée sur un bras, la tunique rouge des condamnés politiques. Il y eut un bref conciliabule entre le colonel Mokhless et le lieutenant qui avait lu le jugement. Le silence était tel qu'on les entendait des cages. La prison retenait son souffle. Collés aux barreaux, les prisonniers des cellules observaient l'affreux spectacle.

— Ce n'est pas encore pour nous, remarqua Djemal, qui avait saisi la conversation.

Effectivement, deux des policiers à casquettes rouges avancèrent vers l'autre cage et ouvrirent le cadenas.

Brutalement, ils en sortirent un mince adolescent au visage couvert de croûtes marron, restes des « interrogatoires ». Sous la masse énorme de ses cheveux noirs, son visage semblait encore plus maigre.

Vêtu comme les autres prisonniers d'une chemise et d'un pantalon, il n'avait aux pieds que des chaussettes de laine trouées. C'était un juif irakien arrêté depuis plusieurs mois. Il fit quelques pas en avant, encadré des deux policiers et s'arrêta devant le colonel Mokhless. Ce dernier murmura d'un air dégoûté quelques mots qui ne parvinrent pas jusqu'aux cages. Puis, les deux hommes le poussèrent jusqu'à l'escalier de la potence.

Aussitôt, le bourreau s'approcha et, se penchant, lui entrava les deux jambes. Puis il doubla les liens de ses poignets avec sa seconde lanière. Il se recula pour laisser son aide passer au condamné la toge rouge des traîtres. A ce moment, le condamné parla d'une voix claire qui fit sursauter même le majestueux colonel. Malko se pencha sur Djemal:

— Qu'est-ce qu'il a dit?

— Il réclame un rabbin, murmura le Kurde.

Haussant les épaules, l'aide du bourreau enfila la toge et seule la tête d'oiseau maladif émergea de la masse rouge.

Un chant monta de la cage voisine de celle de Malko. Quatre de ses occupants psalmodiaient en hébreu la prière des morts en oscillant sur place. Deux gardiens de la prison se précipitèrent, menaçants, et s'arrêtèrent tout bêtes, à trois mètres de la cage. Que peut-on contre des hommes qui n'ont plus que quelques minutes à vivre?

Le chant funèbre continua.

Malko comptait les secondes, les yeux fixés sur la grande horloge.

Brusquement, il se rendit compte qu'il transpirait. Ce n'était pas la chaleur. Lui aussi, il avait peur maintenant. Il n'y a rien de plus contagieux que la peur. Sa jambe droite fut prise d'un tremblement convulsif et il dut s'appuyer aux barreaux pour ne pas tomber.

Le bourreau empoigna la corde qui pendait au-dessus du condamné. Il la déroula avec une étonnante rapidité, vérifia que le nœud était bien en place et la passa autour du cou du juif. Puis il pesa sur la commande de la trappe, après s'être écarté rapidement.

Il y eut un grincement terrifiant; la corde se tendit à tout rompre et le jeune homme disparut presque entièrement dans la trappe. Il poussa un jappement rauque qui fit passer un frisson dans l'épine dorsale de Malko. Le spectacle était hallucinant. La corde avait glissé et déchiqueté le visage du condamné, arrachant une aile du nez. Sous l'emprise du nœud coulant, le cou s'était distendu grotesquement. Le malheureux était si peu résistant que les tissus du cou avaient cédé et la tête s'était presque détachée du corps. Les yeux exorbités, les vaisseaux sanguins éclatés, une langue sans forme et énorme pointant hors de la bouche, il se débattait encore un peu. Ses jambes se balançaient spasmodiquement.

L'odeur de l'urine et des excréments expulsés par l'homme en train de mourir se mêlait à celle plus douceâtre du sang. Un des policiers en casquette rouge vomit contre le mur blanc, toujours au garde-à-vous. Un sourd grondement monta de la prison.

Le supplice dura trois ou quatre minutes puis le colonel Abdul Mokhless leva le bras. Le supplicié ne bougeait plus, même s'il n'était pas tout à fait mort. Aussitôt les deux aides du bourreau donnèrent du mou à la corde. Le corps disparut totalement dans la trappe, le bourreau ouvrit une porte donnant sur l'intérieur du socle. En un clin d'œil, le mort fut dépouillé de la toge rouge, on desserra la corde et le cadavre fut roulé dans une couverture.

Aussitôt, il fut chargé dans le camion qui allait le conduire aux potences de la place Al-Tahrir, pour l'exhibition à la foule.

Entre-temps, le bourreau et ses aides remettaient la trappe en place et réenroulaient la corde, encore suintante de sang.

Malko avala sa salive, la gorge sèche, le cœur sur les lèvres.

Sept heures moins dix. Il n'y avait plus d'espoir. Ils auraient dû être là depuis trente minutes au moins.

Deux gardiens s'approchèrent de sa cage et ouvrirent le cadenas. Ecartant les deux Irakiens qui se trouvaient au premier rang, l'un d'eux attrapa Malko par le bras en grognant un ordre en arabe, sans regarder le condamné.

Malko prit une profonde inspiration. C'était la seconde pour laquelle il n'y a aucune préparation. Il chercha désespérément une pensée douce, mais n'en trouva pas. Inexorablement le bras du gardien le tirait à l'extérieur de la cage. Soudain, il se sentait sans force. Ne se rappelant plus qu'il avait les mains entravées, il voulut tendre la main à Djemal mais ne réussit qu'un ridicule mouvement d'infirme. Le Kurde le fixait de ses yeux noirs. Il était très pâle et les poils de sa barbe drue ressortaient encore plus sur son visage hâve.

Soudain un ronronnement très lointain atteignit les sens exacerbés de Malko. Il se raidit.

C'était le bruit d'un avion.

Il prêta l'oreille, croyant être victime d'une hallucination, mais le bruit continuait, encore faible, mais augmentant régulièrement. Une vague de joie le submergea.

— Les voilà, murmura-t-il en anglais à Djemal.

Sentant la résistance de Malko, le gardien tira plus fort et celui-ci réalisa soudain que, pour lui, il n'y avait plus de salut: dans trente secondes, il monterait sur la potence. Lutter n'eût servi à rien.

C'était trop bête. Là-bas, au nord, le ronronnement continuait, régulier. Malko eut un regard désespéré pour son ami Kurde.

Soudain celui-ci jeta au gardien une phrase sèche et s'interposa entre lui et Malko.

A la grande surprise de ce dernier, le garde le lâcha et regarda Djemal, indécis. Celui-ci, ignorant Malko, sortit de la cage, tout en s'adressant au gardien sur un ton de commandement. Celui-ci haussa les épaules et remit le cadenas, laissant Malko à l'intérieur.

Alors, seulement, Djemal se retourna vers Malko.

— Je suis Aga[1], dit-il, j'ai le droit de mourir le premier. Même les Arabes ne peuvent me refuser cela. Bonne chance!

Le ronronnement augmentait d'intensité. Déchiré, Malko réalisa l'importance des quelques secondes de vie supplémentaires offertes par le Kurde.

Au prix de sa vie propre.

Il ouvrit la bouche pour protester, mais déjà les deux gardiens entraînaient Djemal. Celui-ci répéta en anglais:

— Bonne chance.

Il monta calmement l'escalier de la potence, puis se retourna face aux prisonniers, très droit. Pour lui, cela se passa très vite. Le bourreau s'était rôdé. Au moment où on lui mettait la corde au cou, il cria une phrase en kurde que Malko ne comprit pas, d'une voix tellement sau-

[1] Prince, en arabe.

vage que même les casquettes rouges sursautèrent. On ne lui avait pas passé de toge rouge.

Il y eut le déclic de la trappe, le corps disparut. Cette fois le bourreau avait bien placé la corde. Les vertèbres cervicales brisées, Djemal Talani mourut instantanément. Son corps n'eut que quelques soubresauts. Malko ne le quittait pas des yeux, ne pensant même plus à regarder le ciel, des larmes plein les yeux. Cet homme qu'il ne connaissait pas un mois plus tôt venait de donner sa vie pour tenter de sauver la sienne.

... Même s'ils arrivaient maintenant, les yeux morts de Djemal Talani ne pouvaient plus les voir.

Dèjà le bourreau enroulait le corps de l'Aga kurde dans une couverture de l'armée.

De nouveau, la cage s'ouvrit et le garde qui avait déjà empoigné Malko lui reprit le bras. Cette fois, personne ne s'interposa.

Le sacrifice du Kurde n'aurait servi à rien! Malko se força pour marcher au supplice aussi dignement que son ami. Son tremblement avait disparu. Le gardien lui effleurait tout juste le bras. Il atteignit le bas de la potence sans même s'en rendre compte. Le bourreau le poussa si brusquement sur les marches qu'il trébucha. Il avait hâte d'en avoir terminé. La corde se balançait devant lui, deux mètres plus haut.

Il lui restait quelques secondes à vivre.

Là-bas, au nord, le ronronnement ne semblait plus augmenter d'intensité. Malko commença à serrer les mâchoires progressivement pour écraser la pastille de cyanure. Il ne voulait pas donner aux Irakiens la joie de le voir gigoter au bout d'une corde.

CHAPITRE II

Celui qui a baptisé Bagdad la cité des Mille et Une Nuits devait être ivre-mort ou schizophrène. Il n'y a guère au monde de cité plus hideuse. Ville plate, étalée à l'infini des deux côtés du Tigre, elle n'offre aucun relief, aucun charme.

Le Trident des « Iraquis Airlines » venait de survoler un magma informe de maisons de briques ocres, couleur du désert plat qui cerne la ville, coupée en deux par la traînée jaunâtre et boueuse du Tigre. La seule tache de couleur venait de la mosquée Khajom aux six minarets et au dôme d'or massif, au sud de la ville. Le reste était terne et sale. Un million et demi d'habitants s'entassent dans quatre-vingts pour cent de demeures en terre battue.

Malko se pencha au hublot. A moins de cent mètres d'altitude, ils survolaient la gare. Bagdad est certainement la seule grande ville du monde où la gare est en face de l'aéroport...

En un éclair, il aperçut un rempart de sacs de sable avec des nids de mitrailleuses entourant la tour de contrôle; puis les roues du jet touchèrent le sol. Cinq minutes plus tôt l'hôtesse avait ramassé tous les journaux et les magazines traînant dans l'avion. Les Irakiens interdisaient l'importation de tout écrit étranger non-visé par la sacro-sainte censure. Le corps diplomatique, lui-même, n'y échappait pas. Depuis la dernière révolution, en juillet 68, les quatre quotidiens de Bagdad n'étaient plus que des bulletins gouvernementaux, ainsi que leur édition anglaise, le *Bagdad Observer*. Ce qu'on y trouvait de plus vrai était parfois la reproduction d'un article de la *Pravda*! La poignée d'officiers du Parti Baas qui gouvernaient l'Irak d'une poigne de fer, préféraient ne pas avoir de témoins.

Tout ce qui n'obéissait pas strictement à l'orthodoxie du Parti était traître. On avait un jour fusillé un lieutenant coupable d'avoir suggéré dans une soirée — après un peu trop de whisky — qu'il y avait des divergences de vue entre le gouvernement et le chef de l'aviation. Le mépris des Baassistes pour les vieilles lois coraniques interdisant l'alcool avait des retombées imprévues.

Dans cet univers crépusculaire, tout était possible: les Irakiens ont une longue tradition de sauvagerie et de cruauté derrière eux. C'est un pays où on a la coutume de torturer les morts. Sans préjudice des vivants, bien entendu...

Le Trident s'immobilisa et Malko fut un des premiers à descendre. D'ailleurs l'appareil était aux trois-quarts vide. Il fallait être fou pour venir faire du tourisme à Bagdad, au printemps de 1969.

Dès qu'il pénétra dans les bâtiments sales de l'aérogare, Malko se sentit pris à la gorge par une terreur sournoise et diffuse. Partout des affiches de « El Fatah », l'organisation des commandos palestiniens, appelaient au meurtre des Israéliens. Une grande caricature de Moshe Dayan pendu, surmontait le bureau des passeports.

Les gens avaient l'air las et résigné, le regard fuyant. Les prisons regorgaient de prisonniers politiques. Sans soutien populaire réel, le Parti Baas exterminait férocement tous ceux qu'il soupçonnait de la moindre divergence politique, même purement intentionnelle... Jour et nuit, Radio-Bagdad répétait que les espions impérialistes et sionistes s'acharnaient à la perte de l'Irak, pour priver son peuple du fruit des Révolutions successives du 14 juillet, du 19 mars et du 17 juillet réunies.

Dans une interprétation hsytérique, les Irakiens assimilaient *de facto* tous les étrangers à des espions. Et chacun sait qu'un espion mort vaut mieux qu'un espion vivant.

Un soldat en kaki, armé d'un fusil d'assaut russe AK 47 dévisageait les nouveaux arrivants d'un air farouche.

Un autre, préposé au contrôle des passeports, feuilleta celui de Malko. Lorsqu'il tomba sur la mention « journaliste », il tiqua et appela un civil qui prit le passeport et fit signe à Malko de le suivre dans un petit bureau disparaissant sous les affiches d'« El Fatah ».

Le civil — grosses moustaches et lunettes noires — était une « barbouze » du Parti Baas, qui « doublait » partout les militaires. Il regarda le passeport avec dégoût. L'Autriche était près de l'Allemagne et ce pays avait rompu les relations diplomatiques avec l'Irak.

Seuls, la Russie et les pays de l'Est, ainsi que la Chine communiste, étaient *persona grata* à Bagdad.

— Que venez-vous faire en Irak? demanda en anglais la barbouze du Baas.

L'Irak ayant été longtemps sous mandat britannique, c'était la seule langue étrangère officiellement parlée.

Malko se força à sourire.

— Le *Kurier* de Vienne m'a chargé d'une enquête sociale sur votre pays. J'ai l'intention d'y rester deux ou trois semaines...

— Sociale?

L'Irakien répéta le mot avec méfiance. Il regardait Malko avec une défiance non dissimulée. Si les instructions gouvernementales n'avaient pas été de ménager les journalistes étrangers, à cause des fâcheuses répercussions possibles, il aurait volontiers remis Malko dans le premier avion, ou dans une bonne prison.

— Je dois me rendre compte des conditions de vie des Irakiens en ville et dans la campagne, expliqua patiemment Malko, afin de les comparer à celles des pays occidentaux.

C'était la phrase à ne pas dire. En un anglais haché, le Baassiste dévida une longue diatribe sur la vie idyllique des pays arabes et en particulier de l'Irak. « Et s'il y avait de la mortalité infantile, c'était de la faute des Israéliens... »

Un lieutenant avec une casquette rouge entra dans le bureau et se fit expliquer le problème. Le visa de Malko sembla le chagriner énormément. Jusque-là, il était en règle. Il lui tendit son passeport.

— Il faut vous présenter au ministère de l'Information, ordonna-t-il. Dès demain matin. Ils feront tout pour faciliter votre travail.

Malko se déclara enchanté et récupéra son passeport, dûment tamponné, et le lieutenant se fendit même d'un sourire et d'une poignée de main.

— J'espère que vous apprécierez votre séjour en Irak, dit-il en anglais hésitant. Nous aimons les étrangers.

Ce n'était sûrement pas l'avis des onze Blancs qui avaient été lynchés à l'avant-dernière révolution, juste à cause de la couleur de leur peau.

La « barbouze » opina sentencieusement, faisant glisser entre ses doigts un chapelet de grains d'ambre, passe-temps favori des Arabes, bien que cela n'ait strictement aucun sens religieux.

Malko passa à la douane. La liste des objets dont l'importation était interdite en Irak était longue comme le Coran. Spécialement tous les journaux et magazines soupçonnés de contenir de la propagande impérialiste.

Un seul douanier crasseux officiait. Il découvrit avec un aboiement de joie une paire de jumelles de théâtre dans la valise du voisin de Malko et la confisqua immédiatement. Ce ne pouvait être qu'un dangereux espion.

Les valises de Malko furent soigneusement examinées, mais il avait pris ses précautions et le douanier ne trouva rien à redire.

Par contre, il palabra longuement avec le porteur d'une machine à écrire. C'était, paraît-il, en puissance un dangereux instrument de propagande subversive.

Tout cela aurait été comique s'il n'y avait pas eu les soldats hérissés de fusils d'assaut russes, les affiches appelant au meurtre des Israéliens et les « moustachus » du Baas, traînant un peu partout. Il ne se passait pas de jour sans qu'on arrête à l'aéroport un voyageur dont on venait brusquement d'annuler le visa de sortie. Parfois, dans l'avion même...

Malko monta dans une Chevrolet et se fit conduire au Bagdad-Hôtel, le seul établissement décent de la ville, dans Saadoun Street, les Champs-Elysées de Bagdad. A part quelques grandes artères sans une seule boutique élégante, la ville s'enchevêtrait en un dédale sans fin de rues de terre, où quelques buildings modernes, déjà lépreux, alternaient avec les terrains vagues et les maisons de terre battue. Çà et là, la carcasse d'un immeuble inachevé dressait ses poutrelles métalliques. Personne n'investissait plus en Irak où le gouvernement nationalisait à tour de bras. Les rares capitalistes qui avaient survécu à toutes les purges baassistes n'avaient qu'une idée: quitter le pays. Mais on ne délivrait de visa de sortie qu'au compte-gouttes. Et ceux qui partaient définitivement devaient faire don à l'Etat de tous leurs biens, comme prime de « dénationalisation ».

Suivant la bonne vieille méthode nazie.

Evidemment, cette formalité entravait considérablement l'émigration...

En passant le pont Jamhouriya qui enjambe le Tigre en face de la place Al-Trohir plus connue à l'étranger comme la place des Pendus, Malko soupira. Enfin, il se trouvait à Bagdad: la première moitié de sa mission était remplie.

Une semaine plus tôt, quand il avait vu dans le *New York Herald* la photo des juifs « espions » pendus à Bagdad, il était à mille lieux de se douter qu'il allait se trouver plongé au cœur de ce drame. Grâce à la C.I.A.

Un peu plus tard, le téléphone avait sonné dans la villa de Malko, à Poughkeepsie, dans l'Etat de New York. La secrétaire de Walter Mitchell, patron du Moyen-Orient à la Division des Plans — service action de la C.I.A., lui demandait de passer à Langley de toute urgence, voir son patron. Malko était coutumier de ces convocations. Dans son métier, on préparait rarement ses voyages à l'avance. Lorsqu'on faisait intervenir les agents noirs c'est que quelque chose avait claqué dans un plan bien préparé et qu'il fallait stopper la catastrophe au plus vite, sans trop de casse.

Depuis son étrange mission au Danemark[1], Malko s'était reposé, achevant de terminer son château. Il lui avait fallu deux semaines de cour constante pour reconquérir Alexandra, outrée de son séjour prolongé à Copenhague. Il se trouvait depuis peu aux U.S.A. et David Wise lui avait laissé entrevoir un petit tour en Colombie où il se passait des choses bizarres.

[1] Voir « L'abominable sirène ».

Le bureau de Walter Mitchell était toujours aussi dépouillé. Des murs d'acajou lisse, trois petits projecteurs encastrés dans le plafond et trois téléphones sur le bureau.

L'Américain fit signe à Malko de s'asseoir. Une grande ride verticale lui barrait le front et, contrairement à son habitude, il fumait. Aucun bruit de l'extérieur ne parvenait jusqu'au bureau, entièrement climatisé et insonorisé. Ici, au dix-septième étage, s'élaboraient les actions les plus sophistiquées et les plus discrètes de la politique américaine.

Malko s'assit. La tension qui émanait de Walter Mitchell était inhabituelle. Normalement, le responsable du Moyen-Orient envoyait les gens à la mort avec beaucoup plus de calme.

Sans mot dire, Walter Mitchell ouvrit son tiroir et en tira une coupure de presse qu'il tendit à Malko: la photo des pendus de Bagdad.

— Vous avez lu les journaux? demanda-t-il.

Malko jeta un coup d'œil sur la photo qu'il connaissait déjà et la reposa sur le bureau.

— J'ai déjà vu cela, dit-il. Les Irakiens sont des sauvages et on ne va pas les changer d'un coup de baguette magique. Souvenez-vous du 14 juillet 1958...

Walter Mitchell soupira:

— Je sais. Quand je pense que nous avons appris le coup d'Etat de Kassem par les journaux!

Un ange passa. Friande de révolutions, la C.I.A. n'avait pas su prévoir celle du Général Kassem qui avait renversé la monarchie en juillet 1958, en assassinant le roi Fayçal. Pire: l'antenne C.I.A. de Beyrouth ne savait même pas écrire le nom du Général Kassem. Malko savait qu'on ne l'avait pas convoqué pour un cours de politique étrangère. Il avait beau être l'agent hors-cadre de la Direction des Plans, le mieux payé et le plus apprécié, on lui demandait quand même de travailler... Comme s'il avait deviné sa pensée, Walter Mitchell replongea la main dans son bureau et en sortit une photo qu'il rendit à Malko:

— Jetez un coup d'œil là-dessus.

C'était un homme d'une quarantaine d'années, le visage ouvert, sans beaucoup de personnalité, l'air d'un cadre supérieur.

Malko reposa la photo sur le bureau, à côté de celle des pendus.

— Qui est-ce?

L'Américain alluma une nouvelle cigarette et appuya sur le bouton rouge qui bloquait la fermeture électronique de sa porte:

— C'est une longue histoire, commença-t-il. Cet homme se trouve en ce moment en prison à Bagdad. Sous l'inculpation d'espionnage. Il va passer en jugement, devant le Tribunal révolutionnaire. Au plus tard, d'ici une quinzaine de jours.

Il va être condamné à mort et exécuté.

Malko sursauta:

— Comment le savez-vous, puisqu'ils ne sont pas encore passés en jugement?

Le chef de la division « Moyen-Orient » sortit tristement:

— Grâce à notre antenne de Beyrouth, quelques informations nous parviennent encore de Bagdad, via la Jordanie. Des officiers du Parti Baas ont des contacts avec Amman. Les procès du Tribunal révolutionnaire sont une mascarade. Toutes les sentences sont établies d'avance, à l'échelon gouvernemental le plus haut. Il s'agit de mobiliser le peuple irakien contre les ennemis de l'extérieur. Cet homme qui se nomme Victor Rubin sera mort avant la fin du mois.

« Si nous ne parvenons pas à le sauver. »

Malko s'agita sur son fauteuil:

— Mais enfin comment en est-il arrivé là?

— Victor est ingénieur à l'Aramco. Spécialiste des stations de pompage. Parle arabe parfaitement. Il y a quatre ans, il a épousé une Irakienne très belle, actrice de théâtre. Un mariage d'amour. Il a acheté une maison à Kirkouk et s'y est installé. Mais il a fait la bêtise de sa vie. Comme les autorités de l'Irak lui refusaient un permis de séjour permanent et que sa femme tenait à vivre dans son pays, il a demandé la nationalité irakienne. Lui qui est né dans l'Iowa!

Il y a trois mois, il a été arrêté ainsi que sa femme, horriblement torturé et inculpé d'espionnage au profit d'Israël et des U.S.A.

Sa femme, d'après ce que nous savons, est morte sous les tortures. Lui va être exécuté.

— Qu'y a-t-il de vrai dans cette histoire d'espionnage?

— Oh, pas grand-chose! fit Walter Mitchell évasivement. Certes, il nous a rendu certains services, mais rien de bien grave...

A la réticence de sa voix, Malko sentit qu'il mentait. A la C.I.A., on n'était jamais complètement désintéressé.

— Espionnait-il, oui ou non?

L'Américain soupira:

— Il a communiqué, au cours de déplacements à Beyrouth(certains renseignements politiques — rien de militaire — à notre antenne. Malheureusement, les services israéliens ont eu connaissance et ont fait état de ce matériel. Ce que les Irakiens ont appris.

Les yeux dorés de Malko virèrent au vert. L'autre le prenait vraiment pour un imbécile:

— Vous ne me ferez pas croire, répliqua-t-il sèchement, que les Israéliens ont appris par hasard des informations ultrasecrètes de votre antenne. Ou alors, ils sont encore plus forts qu'on ne le dit.

Walter Mitchell haussa les épaules, mal à l'aise:

— Il y a pu avoir des fuites. Nous ne pouvons empêcher certains contacts entre nos gens et ceux de Tel Aviv. Mais je ne suis au courant de rien.

Ponce-Pilate n'aurait pas fait mieux.

Malko avait épuisé le sujet. De toutes façons, il n'arracherait pas la vérité à son vis-à-vis. On ne devient pas Directeur d'une importante division de la C.I.A. sans certaines qualités de dissimulation...

— N'a-t-on rien tenté pour lui? demanda-t-il.

L'Américain leva les yeux au ciel.

— On doit en être à la vingt-cinquième note écrite remise par l'Ambassadeur de Belgique à Bagdad au gouvernement irakien. Ils se torchent le c... avec. Leur position est très simple: nous n'avons pas à nous mêler d'une affaire intérieure irakienne, puisque Victor Rubin est irakien. Et si nous y tenons absolument, ils mettront le corps à notre disposition pour le rapatrier en Amérique. Ils ont déclaré qu'il n'y avait pas de place sur la terre d'Irak pour les traîtres, vivants ou morts.

« A part cela, tous les gouvernements des pays de l'ouest — et même la France — ont plaidé la cause de Victor Rubin en suggérant un échange ou une commutation en peine de prison. Rien à faire: ils veulent du sang.

« Sur le plan diplomatique, il n'y a plus rien à tenter. Vous savez comme moi que nous n'avons plus d'Ambassade à Bagdad depuis dix ans. Les Russes ont pris notre place et ne s'en privent pas. Je ne peux même pas garantir la sécurité d'un simple citoyen américain allant en Irak, en admettant qu'on lui délivre un visa. »

— Alors, qu'envisagez-vous? demanda Malko.

Walter Mitchell, les mains bien à plat sur la table, laissa tomber:

— Je n'en sais rien. Je ne peux proposer aucun plan qui tienne debout. Nous ne disposons à Bagdad d'aucune antenne, ni d'aucun soutien, professionnel ou non. Même pas un « honorable correspondant ». Juste quelques informations bénévoles, sans aucune utilité dans le cas présent.

« J'ai convoqué Ted Heimof, le patron de notre antenne de Beyrouth qui ne voit pas comment s'en sortir non plus. On a tâté les Russes pour qu'ils servent d'intermédiaires à un échange mais ils ont fait la sourde oreille.

« Alors, je cherche un volontaire. Pour partir à Bagdad. Les risques sont énormes. Si vous êtes repéré, c'est la mort à tous les coups, et certainement pas dans des conditions agréables. Vous connaissez les Arabes...

« Le simple fait d'entrer en Irak pose déjà des problèmes délicats. Il n'est pas question de faire débarquer à Bagdad un commando armé jusqu'aux dents. L'Irak est un monde fermé où tous les étrangers sont automatiquement suspects. De plus, nos hommes de Beyrouth sont certainement fichés à la Sécurité Irakienne et nous ne pouvons pas prendre ce risque.

Malko réfléchissait.

— Je croyais que vous aviez un accord avec le S.D.E.C.E. français. Eux doivent être assez bien vus en Irak...

L'Américain sourit amèrement:

— Bien sûr, si nous étions français, cela ne poserait pas de difficultés insurmontables pour introduire en Irak une dizaine d'hommes convenablement équipés...

Malko apprécia au passage l'euphémisme.

L'équipement de William Mitchell s'arrêtait au char léger.

« Seulement, continua l'interlocuteur de Malko, depuis 1962, nous ne faisons plus rien avec les Français. Certes, il y a encore au S.D.E.C.E. des éléments qui nous sont favorables et nous donneraient un coup de main dans une telle opération. Mais le gros de la maison a ordre de ne plus nous aider.

Or ce sont les seuls, avec les pays d'Europe de l'Est, à entretenir des missions « noires » à Bagdad.

Il écarta les mains en un geste d'impuissance:

— J'ai peu de choses à vous offrir, si vous acceptez. Sinon le soutien total de nos antennes de Téhéran et de Beyrouth. Argent et armes, autant qu'il vous en faudra. Nous ne voulons pas que Victor Rubin soit pendu. Pour cela tous les moyens seront bons: la corruption, le meurtre, l'émeute, le chantage; c'est à votre discrétion.

Malko apprécia modestement cette envolée lyrique. Le lyrisme est contre-indiqué aux barbouzes. Il se termine d'habitude par une minute de silence.

De plus, l'assassinat et le massacre étant les deux mamelles de l'Irak, il allait falloir se lever tôt, pour damer le pion aux agents locaux.

— Pourquoi avez-vous pensé à moi? demanda-t-il. Vous ne manquez pas de chevaliers de la grenade et de la mitraillette. Rien qu'à Miami, avec vos réfugiés cubains, vous auriez de quoi occuper l'Irak et l'Egypte.

William Mitchell fixa Malko de ses grands yeux faussement naïfs.

— Ce n'est pas un boulot de tueurs, précisa-t-il. Les types dont vous parlez n'auraient même pas le temps de débarquer de l'avion. J'ai besoin de quelqu'un de malin que les Irakiens ne repèrent pas immédiatement.

Malko écoutait, pas chaud. Il mourait d'envie de laisser l'Américain se débrouiller avec ses gaffes. Puis, il pensa à l'homme qui attendait la mort dans sa cellule. Sans espoir. Les Centrales barbouzes se mouillent rarement pour récupérer un agent en si mauvaise posture. Et le côté épique de la mission l'attirait.

— Quand voulez-vous que je parte? demanda-t-il.

Le visage de William Mitchell s'éclaira un peu.

— J'espérais que vous accepteriez, dit-il. Vous êtes un des rares de chez nous qui ait une minuscule chance de faire quelque chose. Grâce à votre passeport autrichien, surtout. Aller en Irak en tant qu'Américain maintenant, c'est risquer sa vie doublement. Partez le plus vite possible.

Malko n'avait jamais vu son chef dans cet état-là.

— Que vais-je faire à Bagdad? demanda-t-il? Seul et les mains nues, je peux difficilement faire évader Victor Rubin et m'enfuir ensuite du pays.

L'Américain secoua la tête:

— Si les Irakiens ont le moindre soupçon de vos intentions, vous serez liquidé sans que nous puissions rien faire pour vous. Le Département d'Etat pense au pétrole, aussi. Nous n'avons pas les coudées franches. Vous allez agir en isolé. Et si vous n'arrivez à rien, croyez-moi, personne ne vous le reprochera... Tout ce que je peux vous dire c'est que Bagdad se trouve à 200 kilomètres de l'Iran. C'est votre seule chance de sortir du pays. Notre antenne de Téhéran vous aidera, au maximum de ses moyens; je peux vous dire également que les autorités iraniennes ne vous mettront pas trop de bâtons dans les roues. Mais cela n'est valable que pour la dernière partie de la mission s'il y en a une.

Devant l'air pensif de Malko, l'Américain ajouta:

— Réfléchissez. Rien ne vous force à partir. Je ne voudrais pas, en cas de pépin, avoir la responsabilité de vous avoir forcé la main.

Malko se leva.

— Je partirai demain. Inutile de perdre du temps.

— Ce n'est pas si simple, expliqua William Mitchell. Vous devez repasser par l'Autriche afin d'y prendre votre visa irakien. Ensuite, il vous faut tout un état civil. Je me suis arrangé avec certains amis viennois: officiellement, vous partirez comme journaliste autrichien. Cela ne vous protégera pas beaucoup en cas de coup dur, mais au moins, vous entrerez à Bagdad.

*
**

A Bagdad, il y était. Le tout était d'en ressortir vivant. Et si possible avec Victor Rubin.

L'entretien avec le chef d'antenne de Beyrouth, Ted Heimof, un gros homme jeune, aux cheveux très noirs, massif avec des lunettes et une curieuse démarche chaloupée, avait été un peu plus productive que prévue. L'Américain dirigeait l'antenne « noire » sous couvert du Troisième secrétariat de l'Ambassade américaine.

Le Phoenicia, le nouveau palace de Beyrouth, étant un véritable repaire de barbouzes de toutes nationalités, Malko était descendu pour une nuit au Saint-Georges, au bord de l'eau. Beaucoup plus tranquille. C'est là qu'Heimof était venu le rejoindre, directement dans sa chambre, après un échange de coups de téléphone.

La poignée de main de l'Américain avait été presque trop chaleureuse. Avec un côté « Va et meurs, mon fils, le pays te regarde. » Frais émoulu de Princeton, en poste à Beyrouth depuis six mois seulement, il avait toute la fougue du néophyte. Peut-être était-ce le mimétisme qui lui donnait cette apparence huileuse.

— Je ne vous envie pas d'aller là-bas, avait tout de suite dit Heimof. Ce sont des dingues dangereux. Quand je pense à ce pauvre Rubin. Un brave type...

Un peu trop brave. Les yeux dorés de Malko tentaient de sonder Heimof. De son sérieux dépendait ses minuscules chances. Debout sur le balcon de la chambre donnant sur la baie de Beyrouth, tandis que les skieurs évoluaient gracieusement devant eux, Malko demanda:

— Qu'avez-vous préparé pour m'aider?

Ted Heimof, très volubile, sortit une feuille de papier de sa poche et la déplia sur la table.

— Voici les deux hommes qui vont vous être précieux. Le premier s'appelle le docteur Shawool. C'est un type formidable, un juif. Au nez et à la barbe des Irakiens, il a monté une organisation de résistance. Vous prendrez contact avec lui dès votre arrivée...

— Vous l'avez prévenu?

L'Américain secoua la tête.

— Non, les communications sont très difficiles avec Bagdad, pour ne pas dire impossibles. Ce serait courir des risques inutiles. Mais, lorsqu'il saura pourquoi vous êtes venu, il vous aidera. Allez le voir de la part du docteur Loir, de Beyrouth. C'est un de ses bons amis.

Malko n'était qu'à demi convaincu.

— Comment connaissez-vous son rôle?

Ted Heimof prit l'air mystérieux derrière ses grosses lunettes. On lui avait appris le secret et il raffolait de cela.

— Peux pas vous le dire. Faut être prudent, n'est-ce pas... Mais vous pouvez y aller. Voici où il habite. Faites attention de ne pas le compromettre. C'était un des meilleurs médecins de Bagdad, avant les événements.

Malko avait examiné et gravé le plan immédiatement dans sa fabuleuse mémoire, avant de jeter la boule de papier à la mer.

— Ensuite?

Là, Ted Heimof jubilait.

— L'autre, c'est encore mieux.

Il se pencha sur Malko comme si les skieurs, en-bas, avaient pu les entendre.

— C'est un officier de l'Armée irakienne!

Malko sursauta.

— Mais vous devez savoir des tas de choses par celui-là!

Heimof essuya ses lunettes, embarrassé:

— C'est-à-dire que nous ne l'avons pas contacté depuis un certain temps. Mais nous possédons des documents sur lui qui le forcent à nous aider. Il le sait. Son nom est Abdul Hakmat; il est commandant ou colonel de l'armée de l'air.

— Commandant ou colonel?

— Nous ne l'avons pas contacté depuis trois ou quatre ans, n'est-ce pas, et je pense qu'il est colonel, fit Ted Heimof. Nous n'avions personne sur place pour le faire.

Malko était de plus en plus perplexe. Cet officier fantôme ne lui disait rien qui vaille.

— Vous êtes sûrs que vous le tenez? insista Malko.

Le gros Américain étendit solennellement la main au-dessus du balcon.

— Nous pouvons le faire fusiller en vingt-quatre heures. Il s'est mouillé à fond en Jordanie, pour nous, et nous possédons des preuves matérielles. Je vais quand même vous donner quelques détails...

Malko écouta les « détails » avec attention. Effectivement, il ne devait pas avoir grand-chose à craindre du commandant Abdul Hakmat...

Le soleil lui chauffait agréablement le visage et il n'avait pas la moindre envie de partir pour Bagdad le lendemain matin.

D'autant que les deux « correspondants » de Ted Heimof étaient loin de résoudre ses problèmes. Comme si l'Américain avait deviné ses pensées, il enchaîna:

— Nos gens de Téhéran sont prévenus. Ils se tiennent prêts à vous venir en aide, de toutes les façons qu'ils le pourront.

Oui, mais Téhéran était à 800 kilomètres de Bagdad. Tout cela était très vague. En dépit de l'optimisme affiché par Ted Heimof, Malko avait vraiment l'impression de plonger dans le chaudron du Diable.

— J'aurai presque certainement besoin d'armes, fit-il. Où les prendrai-je?

L'Américain eut un geste d'impuissance:

— Je n'en sais rien. Le docteur Shawool, peut-être. A Varsovie, ils avaient des armes...

— Et s'ils n'en ont pas?

— Emporter même un pistolet serait extrêmement dangereux. Vous risquez d'être fouillé. Mais dès que vous serez organisé, je pourrai peut-être vous en faire parvenir. Par les Kurdes.

— Parfait, fit Malko, mais comment allons-nous rester en contact?

Les mains grasses de Ted Heimof se croisèrent nerveusement.

— Je ne sais pas encore. Je pourrais vous donner un émetteur, mais étant donné la distance entre Bagdad et Beyrouth, il serait trop gros pour être dissimulé...

« Les communications sont très difficiles avec l'Irak. De Bagdad, on ne peut pratiquement pas téléphoner à l'étranger.

« Je crois qu'il faut que vous trouviez sur place une façon de me faire parvenir vos instructions. Par quelqu'un de sûr, peut-être...

S'il existait quelqu'un de sûr à Bagdad...!

— Vous êtes bien avec les Kurdes? demanda Malko.

Heimof secoua la tête:

— Non. Leur chef, Barzani, parle russe parfaitement et a fait de fréquents séjours en U.R.S.S. Sinon, nous leur aurions demandé de vous aider.

De mieux en mieux. Malko commençait à se demander si la C.I.A. n'avait pas envie de se débarrasser de lui pour de bon. Il regarda Heimof, sérieux comme un pape.

— Vous aurez de mes nouvelles, dit-il. Du moins je l'espère. Mais il nous faut un code.

Les yeux de l'Américain brillèrent. Il devait être incurablement romantique.

— Aladin, proposa-t-il. Ce sera l'opération Aladin.

Malko sourit devant son enthousiasme:

— Qu'est-ce que vous pourrez faire sortir de votre lampe merveilleuse?

— Tout! A part le porte-avion *Enterprise*. Et si ce n'est pas moi, les copains de Téhéran seront là. Ils ont les coudées plus franches que nous. Depuis que les Irakiens ont donné asile à l'ennemi mortel du Chah, le Général Baktiar, ils ne les portent pas dans leur cœur.

Malko venait d'avoir une idée.

— Et si j'avais *besoin* d'un ou de deux avions?

Ted Heimof eut quand même un haut-le-corps.

— Des avions! Pour quoi faire?

— Je n'en sais rien encore, dit Malko, mais à tout hasard, pensez-y.

— Vous n'aurez pas besoin de tout cela, avec mes deux types, assura le gros Américain.

Malko en avait accepté l'augure. Ted lui avait vigoureusement serré la main. Au moment de le quitter, il sortit soudain une photo de sa poche et la tendit à Malko.

— Emportez cela, dit-il. Cela risque de vous servir.

A Malko sceptique, il expliqua le mode d'emploi. Assez incroyable. Pour lui faire plaisir, Malko la mit dans sa poche.

Pensif, Malko suivit des yeux sa silhouette massive. Lui n'était pas fou, il restait à Beyrouth.

CHAPITRE III

Le Tigre, lent et boueux, coulait sous la fenêtre de la chambre de Malko. Accoudé au balcon, celui-ci examinait la vue. Assez décourageante. L'autre rive du fleuve était tout aussi plate et marécageuse, avec, par endroits, des palmiers rachitiques, brûlés par le soleil.

Une grande avenue à deux voies longeait la rive où se trouvait le Bagdad-Hôtel, coincé entre le fleuve et Saadoun Street. A part les palmiers, il n'y avait pas une tache de couleur, rien que le magma jaunâtre des masures de terre mêlées au désert. C'est dans cette ville hostile que Malko était obligé de faire des miracles. Quelque part, Victor Rubin croupissait au fond d'une cellule. La première chose était de savoir où. Il ne manquait pas de prisons à Bagdad, sans compter le camp de concentration de Nassyria.

Malko s'habilla avec soin, les nerfs tendus. Il étouffait déjà à Bagdad.

La pièce était spartiate et la salle de bains tombait en ruine. Heureusement qu'il y avait la fenêtre donnant sur le Tigre. Les chambres de la façade devaient être intenables avec le vacarme des klaxons de Saadoun Street, bien que l'immeuble relativement moderne soit en retrait.

Ayant brossé son costume d'alpaga bleu marine, Malko se passa de l'eau de Cologne sur le visage, mit ses lunettes et sortit. Ted Heimof l'avait prévenu: dès que les clients avaient le dos tourné, les hommes du Baas venaient fouiller les chambres.

Ils pouvaient venir. Malko s'était même abstenu de sortir de son attaché-case la photo de son château de Liezen. Outre que cela ne cadrait pas avec son personnage de journaliste, c'eût été de la provocation. Le Baas donnait à fond dans le marxisme. Un marxisme à l'arabe, crasseux et inefficace, mais du marxisme quand même. Presque tout était nationalisé à Bagdad.

Seul dans l'ascenseur, Malko ouvrit la bouche et tâta précautionneusement les dents de sa mâchoire supérieure gauche. Un dentiste de la C.I.A. avait fixé à une molaire une pastille de cyanure de potassium, comme ultime « défense passive ». Elle ne répandait son poison que sous une pression à se briser les dents et si elle tombait dans l'estomac, son enveloppe résistait à la corrosion des acides.

Malko mangeait quand même avec précautions.

Il sortit dans le hall. Plusieurs « moustachus » semblables à celui de l'aéroport flânaient autour de la réception. Dès qu'un étranger était en conversation avec un Irakien, l'un d'eux tournait autour, cherchant à surprendre ce qui se disait.

Malko donna sa clef. La veille, on lui avait réclamé une photo à l'hôtel. Officiellement pour joindre à sa fiche, afin que l'on ne donne pas sa clef par erreur. En réalité, la photo filait à la Sécurité baassiste, concurrente redoutable de la Police militaire.

Bonne petite ambiance de Gestapo.

Refusant les offres de taxi, il partit à pied dans Saadoun Street. Avant tout, contacter le docteur Shawool. A Bagdad, seules les artères principales ont des noms. Heureusement Malko avait gravé dans son étonnante mémoire le plan de l'endroit où demeurait l'homme en qui reposaient tous ses espoirs. Il l'avait ensuite facilement situé sur le plan de Bagdad.

C'était de l'autre côté de Saadoun Street, après le cinéma Al Nasr, dans l'ancien quartier juif presque déserté, non loin d'une des rares synagogues encore ouvertes.

Il traversa en courant Saadoun Street, stoppant sur le terre-plein central. Les voitures roulaient à fond et klaxonnaient sans arrêt.

Après s'être repéré, il s'enfonça dans une petite rue non asphaltée et sans nom, perpendiculaire à Saadoun Street, juste en face du bureau de la Swissair. Jusque-là, les indications de Ted Heimof étaient parfaites.

Un restaurant en plein air exposait des poulets sanguinolents. Sans clients, le cuisinier écoutait avec ravissement un transistor hurlant à pleine puissance des slogans nationalistes entrecoupés de chansons égyptiennes. Toute la journée, les speakers se relayaient pour appeler le peuple au massacre de ses ennemis et des Israéliens en particulier.

Depuis la guerre des Six jours, les Juifs irakiens n'avaient plus que le droit de respirer, et encore avec modération. Privés de la plupart de leurs droits de citoyens, le « Croissant rouge » irakien — équivalent de la Croix-Rouge — confisquait régulièrement les colis qu'on leur envoyait de l'étranger. Au nom de la censure. Il est évident à n'importe qui de bonne foi qu'un saucisson « kasher » peut être un dangereux objet subversif.

Le docteur Shawool avait d'autant plus de mérite à résister.

Malko s'arrêta plusieurs fois pour voir s'il était suivi, sans rien apercevoir de suspect. Il espérait que la surveillance commencerait seulement après sa visite au ministère de l'Information. D'ici là, il lui fallait s'organiser.

En cinq minutes, il fut hors de vue de Saadoun Street dans un quartier de petites maisons basses, piqueté d'épiciers aux superbes étalages multicolores de fruits et de légumes. Il n'y avait pratiquement aucune circulation automobile et on le dévisageait avec une curiosité hostile. Les Européens ne venaient pas souvent jusque-là.

Quant à Malko, avec ses cheveux blonds et sa haute taille, on le voyait à un kilomètre.

Il était mal à l'aise dans cette foule connue pour sa xénophobie. Même les enfants ne lui souriaient pas, intoxiqués de propagande: on répétait aux Irakiens « tous les étrangers sont des ennemis

Brusquement, il s'arrêta: là où aurait dû se trouver la maison, il y avait un terrain vague et quelques ruines. Mentalement il maudit Ted Heimof. L'Américain s'était trompé et son erreur pouvait avoir des conséquences tragiques. A Bagdad, il n'y avait ni C.I.A. ni Ambassade américaine à qui demander de l'aide.

Pour plus de sûreté, il fit le tour du pâté de

maisons, sans rien trouver. Pas un nom sur les portes. Un Irakien en train de laver une voiture commença à le regarder avec suspicion lorsqu'il repassa pour la seconde fois devant lui.

Mako hésitait. S'il repartait sans rien demander, il risquait de ne jamais revenir. Mais qui allait le renseigner? Pendant qu'il hésitait, un Irakien s'arrêta près de lui et lui adressa la parole dans sa langue. Malko répondit en anglais qu'il cherchait quelqu'un.

L'autre appela et plusieurs hommes apparurent comme par miracle. L'épicier sortit de sa boutique. Tous pas rasés, sans cravate, les mains dans les poches. Des chômeurs. Pas encore menaçants, mais hostiles. Des gamins en train de jouer dans une cour s'approchèrent à leur tour.

— Qui cherchez-vous? demanda un autre Irakien, mieux habillé et parlant un peu anglais.

Malko hésita. Ne pas répondre eût paru encore plus suspect. Il était à près de cinq cents mètres de Saadoun Street et n'arriverait jamais à filer si ceux qui l'entouraient décidaient de lui faire un mauvais parti.

— Le docteur Shawool, fit-il le plus calmement possible. Je pensais qu'il habitait dans cette maison.

L'Irakien répétait, les sourcils froncés:

— Le docteur Shawool?

Le nom ne semblait pas le frapper particulièrement. Malko se dit qu'après tout il allait bien s'en tirer. Soudain son interlocuteur interpella l'épicier sur le seuil de sa boutique. Malko comprit qu'il lui demandait s'il connaissait le docteur.

Le commerçant, à la tête coiffée d'un bonnet de feutre, cracha par terre et lâcha une longue phrase, avec un regard noir pour Malko.

Inutile de demander ce qu'il avait dit. Un

murmure hostile parcourut le petit groupe. Malko aurait bien voulu être ailleurs. L'épicier continuait sa diatribe et les Arabes se rapprochaient insensiblement, si nombreux qu'ils semblaient sortir des murs. Ce quartier populaire était plein d'oisifs forcés, à l'affût de le moindre distraction.

Soudain une voix cria quelque chose en arabe avec un accent haineux qui n'avait pas besoin de traduction. Aussitôt les voisins de Malko se rapprochèrent, encore plus menaçants.

Celui-ci regarda d'où était venue l'exclamation et sursauta. Il était sûr de ne pas se tromper: c'était le civil qui l'avait interrogé à l'aéroport. Il n'avait même pas changé sa veste à rayures marron. Ainsi il avait été suivi!

L'Arabe qui parlait un peu d'anglais braqua un doigt accusateur sur Malko.

— You, Jew!

Malko haussa les épaules et sourit plein de bonne volonté; intérieurement il était affreusement angoissé.

— No, I'm not a Jew, fit-il lentement.

Mais l'autre était déchaîné.

— Spy, dit-il. Israeli spy.

Il y eut une houle haineuse dans la foule. Plusieurs poings se levèrent.

Luttant de toutes ses forces pour ne pas céder à la panique, Malko voulut se dégager du cercle de badauds. Aussitôt l'Irakien qui venait de le traiter d'espion poussa un hurlement hystérique et s'agrippa à sa veste, le secouant comme un prunier. Il en bavait et ses grosses lèvres découvraient des chicots noirâtres. Son haleine rappelait une bouche d'égout.

Malko reçut un coup de poing dans le dos. Maintenant, tous criaient et l'injuriaient à qui mieux mieux. Il n'osait pas se défendre, craignant que certains ne soient armés. Calmement, il répéta en anglais:

— I am not a Jew.

Soudain, il sentit une main s'agripper à son pantalon, à la hauteur du genou. Il écarta brutalement l'Irakien et se pencha: un jeune Arabe s'était foufilé à quatre pattes jusqu'à lui et s'apprêtait à lui trancher les jarrets d'un coup de poignard. Instinctivement Malko envoya une ruade qui frappa l'autre à la pointe du menton. Il tomba à la renverse. Il y eut un moment de stupeur que Malko n'eut même pas le temps de mettre à profit pour fuir. Déjà la meute hurlante se jetait sur lui. Il vit luire des lames de plusieurs couteaux. Heureusement, ses adversaires étaient si nombreux qu'ils se gênaient. Il parvint à repousser les premiers assaillants et à se précipiter dans la boutique de l'épicier. Au moins, là, ils ne pouvaient le suivre qu'un à la fois.

Les gosses reprirent en chœur, avec des cris aigus:

— Spy, jewish spy!

Un peu à l'écart, l'affreux aux lunettes noires contemplait la scène, ravi. Il aurait de l'avancement. Son initiative ne serait certainement pas blâmée et, au pire, il pourrait toujours arracher Malko à la foule avant qu'on le tue complètement.

Malko repoussa d'une bourrade le premier Arabe. Le sang s'était retiré de son visage. La boutique était un cul-de-sac. Il allait être mis en charpie. Il pensa au sort de Nouri Saïd, dépecé vivant par la foule et dont les morceaux avaient été pendus aux basses branches des arbres, à Bagdad, le 15 juillet 1958.

Maintenant, la foule assiégeant la boutique comptait une cinquantaine d'hommes et d'enfants qui s'excitaient mutuellement. Mine de rien, ceux du premier rang commençaient à piller les fruits exposés. Piètre consolation pour Malko.

Après une bordée d'injures, plusieurs Arabes foncèrent en même temps, escaladant l'étalage. L'un d'eux brandissait un poignard de trente centimètres avec une expression si féroce qu'elle en était comique. Le pauvre bougre se croyait certainement en train de défendre sa patrie. Mais Malko n'avait pas la tête à la plaisanterie.

Envoyant les deux mains croisées en avant, il parvint à dévier la lame qui ne l'éventra pas. Mais ce n'était qu'un sursis de quelques secondes. Déjà la meute hurlante envahissait la minuscule boutique. Derrière les premiers assaillants, Malko aperçut deux jeunes Arabes de quinze ou seize ans qui agitaient une grosse corde de chanvre. Les pendus remplaçaient avantageusement les Maisons de la Jeunesse et de la Culture, à Bagdad.

Il allait se faire lyncher.

Au moment où l'homme au poignard prenait son élan pour frapper de nouveau, Malko pensa brusquement aux ultimes recommandations de Ted Heimof.

La photo!

Sur le moment, il avait ri, mais il n'avait plus tellement le choix.

Fiévreusement, il se fouilla. Il la trouva immédiatement, et la brandit hors de sa poche, la montrant à ceux qui se trouvaient immédiatement contre lui. L'Arabe qui se préparait à l'éventrer resta l'arme en l'air, d'abord soupçonneux, puis un large sourire découvrit ses chicots et il abaissa son arme.

A son tour, il interpella ceux qui poussaient à la curée et leur tint un long discours. Comme des cris houleux lui répondaient, il enleva la photo des mains de Malko et la montra à bout de bras.

Là aussi la réaction fut presque immédiate. Les bras se baissèrent et un murmure flatteur parcourut la foule, s'adressant à Malko.

L'Irakien au couteau lui rendit la photo avec componction. Encore pâle, Malko la contempla un moment. Si on lui avait dit un jour qu'un portrait d'Hitler lui sauverait la vie en 1969, il aurait eu du mal à le croire... Il remit la photo dans sa poche en regrettant de ne pas en avoir emporté une douzaine. C'était plus utile qu'une mitraillette dans ce pays. C'est Ted Heimof qui lui avait affirmé en lui remettant la photo, avec son mode d'emploi :

— Cela vaut tous les passeports. Si vous êtes coincé un jour, vous leur montrez ça. Vous serez tout de suite bien vu. Comme popularité, il vient immédiatement derrière Dieu et Nasser...

Effectivement la foule se dispersait aussi vite qu'elle s'était rassemblée. L'épicier ramassait ses pamplemousses en grognant et Malko sortit sans encombre de la boutique. Aussitôt l'Irakien qui parlait un peu l'anglais s'offrit aimablement à le guider.

Du coup, personne ne se demandait plus pourquoi il voulait voir le docteur Shawool. Malko suivit son guide, tandis que le barbouze, dépité, s'éloignait. Un coup pour rien. Il n'avait pas prévu autant de machiavélisme de la part d'un étranger.

Ted Heimof s'était simplement trompé de rue. Le docteur Shawool habitait au coin suivant. Une petite maison ocre d'un étage, avec un escalier extérieur et un jardin en friche. Malko remercia et monta l'escalier. Il frappa à la porte et attendit. Presque immédiatement, le battant s'ouvrit et un visage effrayé apparut.

— Le docteur Shawool? demanda Malko.

— C'est moi, fit la voix d'un souffle. Qui êtes-vous?

En voyant un Européen, il avait parlé anglais.

— Je viens de la part d'un ami de Beyrouth, dit Malko sans se compromettre.

Il sentit une imperceptible hésitation, puis la porte s'ouvrit complètement.

Le docteur Shawool était un homme encore jeune avec de longs cheveux noirs et des yeux proéminents pleins de bonté, un teint très pâle. Il se tenait légèrement voûté et ses longues mains étaient presque diaphanes.

— Que voulez-vous? continua-t-il en anglais d'une voix très douce, avec une imperceptible tension, certainement due à la peur.

Il le regardait craintivement et Malko le sentait prêt à refermer la porte. Il eut un haut-le-corps intérieur. Quoi! C'était ce fantôme, le foudre de guerre annoncé par Ted Heimof! Le *Richard Sorge* de Bagdad?

Il se rassura en se disant que souvent les grands espions ont l'air totalement inoffensifs.

— Puis-je entrer un instant? demanda-t-il. J'ai vu un de nos amis communs à Beyrouth, le docteur Loir, il m'a chargé de vous transmettre ses amitiés.

— Ah!

A contrecœur, le docteur Shawool ouvrit et Malko se glissa à l'intérieur.

Il y avait deux petites pièces avec quelques meubles sales et déjetés. Le docteur désigna à Malko le siège le moins branlant et s'enroula frileusement dans une sorte de châle. Alors qu'en cette saison presque toutes les maisons de Bagdad comportaient un chauffage d'appoint, il régnait dans la pièce un froid pénétrant.

— Avez-vous demandé à la police la permission de me rendre visite? demanda-t-il.

Malko décida de faire l'idiot.

— Non, bien sûr, pourquoi? C'est interdit?

L'autre secoua la tête vigoureusement.

— Non, non, nous avons tous les droits, absolument tous les droits, mais nous devons nous méfier des espions, n'est-ce pas? L'Irak est entouré d'ennemis.

Cela sentait si visiblement la leçon apprise que Malko se sentit gêné pour son interlocuteur. Il fallait absolument inspirer confiance au docteur Shawool. De lui dépendait le succès ou l'échec de son impossible mission.

— Comment vont les choses pour vous? demanda-t-il. Est-ce que ce n'est pas trop dur?

Le praticien sursauta et fixa Malko sans aménité.

— Trop dur? Mais tout est parfaitement normal, dit-il d'une voix aiguë. Normal. Ce sont des calomnies répandues par les ennemis de l'Irak. Nous autres, juifs irakiens, sommes des citoyens à part entière. Tout le monde a le droit de vivre dans notre pays bien-aimé.

Les juifs aussi, mais moins longtemps, pensa Malko in petto. Il regarda le docteur Shawool avec pitié. Trois ans plus tôt, cet homme était un brillant chirurgien, riche, connu, sûr de lui.

— Et votre frère? demanda-t-il.

Le docteur Shawool sursauta comme si on lui avait donné un coup de poing:

— Mon frère, mais il va très bien, il est très heureux. Il habite Bassorah maintenant. Le climat est meilleur pour lui...

— Je vois, dit Malko pensivement.

Le frère de Shawool avait été arrêté six mois plus tôt, sur des charges extrêmement vagues. On ne l'avait jamais revu. Mais tous les parents des gens arrêtés par la police baassiste avaient l'ordre formel de se taire vis-à-vis des étrangers.

Malko ne savait plus comment attaquer. Il

semblait impossible que l'homme qu'il avait en face de lui puisse animer un mouvement de résistance.

— Vous n'exercez plus, docteur Shawool? demanda-t-il.

Le juif se hâta de répondre:

— Non, non, je me suis arrêté, j'étais un peu fatigué, j'avais besoin de repos, n'est-ce pas, et puis il y a tellement de médecins à Bagdad.

Il est vrai que les Irakiens avaient plutôt besoin de croque-morts. Malko soupira. Son vis-à-vis le prenait visiblement pour un agent provocateur. Un moment les deux hommes se regardèrent en silence, puis Malko eut une inspiration. Tirant son carnet de sa poche, il griffonna rapidement sur une feuille une interrogation:

« Il y a des micros? »

Puis il la tendit à son vis-à-vis.

Le docteur Shawool y jeta un coup d'œil, puis repoussa le papier dignement pour dire à haute voix.

— Mais absolument pas! Où vous croyez-vous?

C'était pire que des micros. La peur. La peur qui s'attrape comme une maladie et qui s'entretient. Peut-être y avait-il eu un mouvement de résistance, mais il n'existait plus. Malko voulut tenter de le secouer.

Il se pencha par-dessus la table et saisit la main posée en face de lui:

— Docteur Shawool, scanda-t-il, je suis un ami.

Il appuya sur les deux syllabes.

— Vous pouvez avoir confiance en moi. Dites-moi la vérité. Je ne répéterai pas notre conversation. A personne. Pourquoi ne quittez-vous pas l'Irak?...

Ses yeux dorés firent cligner ceux du médecin. Ce dernier était trop faible psychologiquement pour résister à une pression morale, d'où qu'elle vienne.

Il hésita une seconde, puis dit dans un souffle:

— Ils m'ont pris mon passeport.

Malko soupira. Cet aveu désespéré valait mieux que les pieux mensonges. Il sourit pour l'encourager.

— Pourquoi n'essayez-vous pas de franchir la frontière clandestinement?

— Pour sortir de Bagdad, il me faut un laissez-passer, avoua le docteur. Il y a des barrages sur toutes les routes. Nous, les juifs, nous n'avons pas le droit de voyager.

C'était pire que ce que Malko avait imaginé.

— Comment vivez-vous puisque vous ne travaillez pas? demanda-t-il?

Le médecin hocha la tête.

— Je n'ai pas beaucoup de besoins. Et j'avais un peu d'argent. Peu à peu, je vends tout ce qui m'appartient. Je connais un marchand qui ne me vole pas trop. De toute façon, nous n'avons pas le droit de posséder plus de 100 dinars [1] à la fois. Sinon, c'est la prison...

Il désigna le téléphone poussiéreux posé sur le bureau.

— Pas le droit de téléphoner, non plus. On nous a enlevé les lignes. A cause de l'espionnage. J'ai encore de vieux clients qui me voient en cachette et qui me paient un peu. Un policier, entre autres. Il n'est pas vraiment méchant...

Malko décida de tâter le terrain prudemment:

— Vous n'avez jamais essayé de, disons, résister, vous organiser? C'est mauvais de se laisser faire. Souvenez-vous de l'Allemagne nazie.

[1] 14.000 anciens francs environ.

Le médecin frotta ses mains décharnées l'une contre l'autre.

— C'est difficile, soupira-t-il. Au début, nous pensions que les autres pays allaient intervenir, que nous serions soutenus de l'extérieur, puis rien n'est venu. Nous n'avons aucun moyen de communiquer, pas de radio, pas de téléphone. J'avais voulu constituer une amicale pour se retrouver entre amis une fois par mois. Les Irakiens l'ont interdite et m'ont arrêté. J'ai été battu pendant des semaines avant d'être relâché. Alors maintenant, j'ai peur. Vous me comprenez, n'est-ce pas?

Malko comprenait. Mais il était désespéré. Son seul espoir s'effondrait. Il n'était pas question de parler de ses projets à cette loque humaine.

Enhardi, le docteur Shawool continuait:

— Ce qu'il y a de plus dur, conclut-il, c'est pour ma fille. En tant que juive, elle n'a pas le droit d'aller à l'Université. Et elle est si intelligente. Elle a beaucoup de mal à trouver du travail aussi. Dès qu'elle est chez un employeur, les gens du Baas viennent lui « conseiller » de la congédier... Elle change souvent et elle est très mal payée. Les gens ont peur...

Il y eut un silence pénible, puis le docteur demanda timidement:

— Pourquoi étiez-vous venu me voir, Monsieur? Est-ce que je peux vous aider?

Affreusement gêné, Malko se força à sourire:

— Seulement pour prendre de vos nouvelles, assura-t-il. Vos amis de Beyrouth s'inquiétaient de votre santé.

Shawool hocha la tête:

— C'est loin, Beyrouth... Je ne vais pas trop mal... Vous leur direz. Heureusement, ils nous ont laissé quelques synagogues ouvertes. Dites que cela ne va pas trop mal.

— Bien sûr, assura Malko.

Il leur dira autre chose aussi. Se levant, il prit discrètement dans son portefeuille deux billets de 100 dinars et les glissa sous le téléphone.

— Pour la consultation, docteur Shawool, dit-il en souriant. Je vous souhaite bonne chance.

Avant que le juif ait pu protester, il avait la main sur la poignée de la porte. Sa dernière vision du docteur Shawool fut celle d'un visage hâve crispé dans un sourire de joie. Il se retrouva dans la rue, écœuré. Il y avait huit mille Shawool à Bagdad. Les Irakiens avaient expulsé la plupart des juifs irakiens en leur confisquant tous leurs biens, mais en avaient gardé une poignée, moitié comme otage, moitié comme matériel de pogrom, le jour où le peuple s'ennuierait trop.

Son projet semblait de plus en plus compromis. Il ne connaissait plus personne à Bagdad. Une fois seul, il se laissa aller à sa rage contre Ted Heimof, jurant à mi-voix.

A force de vivre dans le mensonge, certains agents arrivaient à s'intoxiquer eux-mêmes, à prendre leurs désirs pour des réalités. Un vague racontar devenait une certitude absolue, après quelques intermédiaires.

Du coup, il n'avait plus très envie de contacter le colonel Abdul Akmat. Cela risquait de mettre définitivement fin à sa mission. Il risquait fort de ne revoir Victor Rubin que sur la Place Al-Tahrir le jour où on le pendrait. Encore heureux s'il ne lui tenait pas compagnie.

Il retrouva avec soulagement le bruit de Saadoun Street. Il avait bien failli rester définitivement dans le monde crépusculaire du docteur Shawool.

*
**

Le général Latif Okeili avait les yeux saillants et globuleux d'un crocodile neurasthénique. Une ombre de moustache noire semblait peinte sur sa lèvre supérieure et tout ce qu'il disait était empreint d'une modération onctueuse. Il passait plus de douze heures par jour dans son bureau climatisé de la Sécurité Militaire, épluchant lui-même tous les dossiers, les annotant avec des crayons de couleurs différentes, d'une écriture miscroscopique.

Sa tête de citrouille sur un corps de chouette lui donnait l'air vaguement comique, mais personne ne riait sur son passage. Latif Okeili était la méfiance incarnée et l'homme le plus dangereux d'Irak.

Chef du « Directorat » de la Sécurité Militaire, personne n'échappait à sa vigilance. Et nul n'avait prise sur lui. Son vice le plus grave consistait, lorsqu'il était en déplacement officiel, à faire escorter sa Mercédès blindée par douze motards en étincelant casque à pointe argenté du plus gracieux effet.

Le général Okeili avait à son actif un nombre incalculable d'arrestations et d'exécutions. Ce n'était ni un sadique ni un assoiffé de sang, mais un excellent technicien. Le gouvernement lui avait défini les normes des coupables, ce n'était pas de sa faute si ces normes étaient extrêmement larges...

Pour l'instant, il lapait son thé, le dossier de Malko sur son bureau. Pour une fois, la Sécurité baassiste lui avait communiqué son rapport, avec l'incident lié à la visite au docteur Shawool.

Le général contemplait pensivement la photo de Malko, remise avec sa demande de visa. En soi, le fait qu'un journaliste étranger tente de contacter un Israélite n'avait rien de bien étonnant. Cela aurait suffi à le faire expulser immédiatement, ce que les Baassistes avaient réclamé. Mais le général avait dit « non ». Sans qu'il sache pourquoi, cet étranger blond et distingué ne lui inspirait pas confiance. Pour qu'il ait été droit chez le docteur Shawool, il fallait qu'il ait eu des contacts avec des juifs, en dehors de l'Irak.

Donc, il était automatiquement suspect. Le général Okeili se dit qu'il mènerait peut-être à quelque chose d'intéressant. Au crayon vert, il écrivit sur le dossier de Malko:

« Accorder carte de presse. A surveiller sans interruption. »

Il ne se faisait pas d'illusions. La plupart de ses subordonnés étaient incapables et paresseux. Aussi, souligna-t-il deux fois, le mot « surveiller ».

Puis, il écrivit une courte note destinée au colonel Tcherkow, responsable du G.R.U. [1] à Bagdad, à laquelle il joignit la photo de Malko. De temps en temps, les Russes leur donnaient un coup de main, plutôt pour se faire bien voir, que dans un souci de véritable efficacité.

Mais ils disposaient de moyens qui faisaient rêver le pauvre général Okeili. Lui qui n'avait même pas un ordinateur.

Il se leva et partit déjeuner. Ce n'est qu'assis sur les coussins de la Mercédès, en traversant le vieux pont Shuda, en plein centre de Bagdad, qu'il réalisa la cause profonde et impalpable de sa méfiance. Le regard de l'homme blond était trop aigu, trop intense pour être celui d'un simple journaliste.

[1] Equivalent russe du S.D.E.C.E.

CHAPITRE IV

Malko broyait du noir, assis dans un fauteuil du hall du Bagdad-Hôtel. Il avait trouvé sa vodka favorite « Krepkaia » au bar de l'hôtel, mais cela n'avait pas effacé la déconvenue du docteur Shawool. Il avait beau se creuser le cerveau, aucune solution n'apparaissait. Il était dix heures du soir et Saadoun Street était déjà déserte.

Dans une ville où la mitraillette sur le ventre remplaçait la poignée de mains, c'était un peu compréhensible. A part un groupe de touristes japonais qui passaient leurs journées à escalader les ruines de Ninive et quelques hommes d'affaires des pays de l'Est, l'hôtel était désert.

Il n'avait plus que cela à faire, lui aussi. Après avoir poireauté deux heures dans les locaux du ministère de l'Information, une baraque minable à l'autre bout de Bagdad, dans Al Iman Adham Street, il s'était retrouvé porteur d'une carte de presse irakienne qui ne lui donnait strictement aucun droit. Sinon celui de ne pas être arrêté toutes les cinq minutes... Il n'avait pas fallu moins de neuf signatures pour obtenir ce sésame.

Quant à délivrer Victor Rubin, il n'y avait plus qu'à trouver la vraie lampe d'Aladin et à en faire sortir un régiment de Marines et quelques chars.

Abandonnant son fauteuil, il entreprit l'exploration du rez-de-chaussée et découvrit une salle avec un écran de télévision allumé. C'était mieux que rien. Il entra et s'assit non loin d'un autre européen, aux cheveux gris et courts, avec des lunettes carrées sans montures, l'air énergique et ouvert, le teint très mat.

Malko regardait d'un œil distrait le présentateur arabe lorsqu'il sursauta: un pendu en gros plan venait d'apparaître sur l'écran. Il crut tout d'abord qu'il s'agissait d'un film, puis la caméra recula et découvrit la place Al-Tahrir. Aussitôt la caméra pivota et s'arrêta complaisamment sur un groupe de badauds qui tendaient le poing aux deux cadavres suspendus à la potence. L'un d'eux, apercevant l'opérateur, sourit largement.

Puis l'image disparut pour faire place à une danseuse du ventre et à un orchestre. Le présentateur dit quelque chose et s'effaça, avec un bon sourire. Le voisin de Malko secoua la tête et murmura à mi-voix:

— Trash!

Malko sourit. C'est une expression qu'il avait souvent entendue dans la bouche de son fidèle majordome, ex-tueur à gages d'Istambul, Elko Krisantem. Cela signifiait à peu près: « Va te faire sodomiser par les Grecs. » Visiblement, l'inconnu partageait les sentiments du monde civilisé envers les Irakiens... Encouragé, il demanda en turc, langue qu'il parlait à peu près:

— Vous êtes Turc?

Ravi, l'autre lui répondit en turc, persuadé d'avoir affaire à un compatriote. Malko le détrompa et ils continuèrent la conversation en anglais.

— Ils ont fabriqué un show télévisé avec les pendus, expliqua le Turc. Pour tous ceux qui n'ont pas pu ou voulu les voir place Al-Tahrir. Ils le passent quatre fois par jour. Regardez, ils alternent les variétés et les potences.

Effectivement, la danseuse du ventre avait disparu pour faire place à une colonne d'enfants qui défilait sagement devant les potences, en rang par deux. Chaque groupe s'arrêtait quelques secondes sous la direction d'un guide qui devait expliquer les crimes commis par les « espions ».

— Ce sont les enfants des écoles, expliqua le Turc.

La caméra fit un long panoramique sur les quatre potences, s'attardant sur les pancartes suspendues au cou des morts, expliquant leurs méfaits. Aussitôt, une ravissante speakerine apparut et enchaîna sur un orchestre de tambourins venu spécialement de Bassorah admirer la justice irakienne.

Puis, nouveaux gros plans de pendus. Cette fois un journaliste irakien interviewait un spectateur en admiration devant les potences.

« Il dit que le Tribunal révolutionnaire a bien fait, traduisit le Turc, et qu'on devrait laisser les corps jusqu'à ce qu'ils tombent en poussière pour effrayer les espions. »

Re-musique, re-interview. Très beau gros plan d'un visage mort succédant à une chanteuse locale. Enfin, la place Al-Tahrir, noire de monde, les banderoles et les haut-parleurs sur fond de pendus. Le show continuait. La télévision irakienne avait trouvé son second souffle. Plus besoin d'acheter des films aux étrangers.

Ecœuré, Malko se leva, suivi de son interlocuteur. Celui-ci sourit tristement.

— Incroyable, non? Et on nous accuse, nous les Turcs, d'être primitifs...

Il se présenta: Ismet Vanly, journaliste turc. Malko sauta sur l'occasion:

— Je suis journaliste moi aussi, de Vienne en Autriche.

Le Turc eut une grimace et le prit par le bras:

— Allons boire un verre au bar. A part « Ali-Baba » et « L'Embassy-Club », qui est sinistre, il n'y a rien le soir à Bagdad.

Une demi-heure plus tard, ils bavardaient

comme de vieux amis devant des bières Ferida à un dollar, dans le bar désert. Le Turc soupira:

— Cela fait du bien de pouvoir dire ce qu'on pense. Il y a dix jours que je suis ici, je repars demain. Heureusement! Il y a de quoi devenir fou... Ils sont partout.

— Qui, ils?

L'autre se pencha par-dessus la table.

— Les barbouzes Baassistes. Vous n'avez pas vu dans le hall de l'hôtel. Les trois types qui jouent aux tarots jusqu'à deux heures du matin? C'en est. Ils sont chargés de voir à qui parlent les étrangers. Les Irakiens n'ont pas le droit d'avoir des contacts avec l'extérieur.

« Et le portier, le type en turban blanc qui ouvre les portières? C'en est une aussi. Lui, il écoute les adresses que l'on donne aux chauffeurs de taxi.

« Il y en a dans les étages. Dès que vous tournez le dos, ils fouillent les bagages, ils lisent les livres que vous avez.

« Méfiez-vous des taxis aussi, la moitié des chauffeurs travaillent pour la Sécurité Baas. D'ailleurs, dès que vous voyez un homme sûr de lui, jeune, avec une moustache et des lunettes noires, vous savez que c'en est un. Ils sont dangereux, parce que le Baas les a recrutés parmi les criminels de droit commun. On ne sait même pas où se trouve leur quartier général ni qui les dirige. S'ils vous prennent, vous disparaissez et c'est fini. Un jour, on rapporte le corps à la famille. Mort accidentellement. Vous ne trouverez pas un médecin pour faire l'autopsie. »

Le Turc but une gorgée de bière. Il était déchaîné. Malko l'écoutait avec une attention extrême. Tout ce qu'il apprenait était précieux. Mais pas encourageant.

« C'est arrivé il y a six mois au directeur de Coca-Cola, continua le Turc. Un garçon de trente-six ans. Il s'est engueulé avec deux types du Baas. Un soir, on l'a enlevé. Un mois plus tard ils ont rendu le corps à sa femme en disant qu'il s'était suicidé dans sa cellule. Ils l'avaient suspendu à un ventilateur jusqu'à ce qu'il devienne presque fou. Puis ils l'avaient étranglé. »

Malko, à son tour, raconta l'histoire du médecin juif. Ismet hocha la tête.

— Ça ne m'étonne pas. Il y a un mois, ils ont forcé le Grand Rabbin à recevoir les journalistes étrangers et à déclarer que les juifs irakiens vivaient dans un petit paradis. Le pauvre, il ne peut pas faire autrement: son fils est en prison comme otage.

Tout à coup, il se leva et fit signe à Malko. Deux Irakiens venaient de s'installer à la table voisine. Ils descendirent et sortirent à pied, puis tournèrent à droite dans Saadoun Street.

— C'étaient des barbouzes, expliqua Ismet. Ici, nous sommes plus tranquilles.

Instinctivement, Malko sentait qu'il pouvait se fier au Turc.

Afin de le rassurer, il lui parla d'Elko Krisantem, en mentant un peu, expliquant qu'il lui avait trouvé du travail en Autriche. Ismet bondit de joie:

— Elko! Mais je l'ai connu au bataillon de Corée, j'étais correspondant de guerre. Je ne savais même pas qu'il était toujours vivant.

Jusqu'au monument aux morts de la place Abi-Nowas, ils parlèrent de leur ami commun.

Tout à coup, une rafale d'arme automatique éclata, venant de l'autre côté du Tigre, du quartier Myryah. Il y eut encore plusieurs coups de feu isolés, puis le silence retomba. Deux taxis passèrent à toute vitesse et plusieurs chiens aboyèrent.

— Qu'est-ce que c'est? demanda Malko

Ismet Vanly haussa les épaules:

— Difficile à dire. Peut-être des Baassistes en train d'assassiner un communiste. Depuis le rapprochement avec Moscou, le Gouvernement a relâché les cocos. Mais il les fait liquider en sous-main par ses miliciens. Ils les traquent tous les soirs.

« ... Ou des Kurdes en expédition punitive sur un Irakien qui aura un peu poussé sur la torture. Mais ça viendrait, dans ce cas, plutôt du nord, du quartier des officiers. Ce sont des durs, les Kurdes. En janvier dernier, ils sont venus chercher jusqu'à Bagdad le colonel Badreddin, condamné à mort par les Kurdes libres pour avoir napalmisé des villages. Ils l'ont descendu ici, en plein quartier des officiers et ils sont repartis dans le nord. »

Malko avait entendu parler des Kurdes, mais n'avait pas fait la liaison. Soudain, il entrevoyait une possibilité presque miraculeuse de se tirer d'affaire.

« Dans ce pays de merde, conclut le Turc, ce sont les seuls types qui valent quelque chose. »

— Cela m'intéresserait d'en rencontrer, dit prudemment Malko.

Ismet éclata de rire:

— Bien sûr, je vous comprends, mais ce n'est pas facile. Ils sont un million en Irak et tiennent la montagne, dans le nord du pays, à partir de Souleymanié. Depuis trente ans, les Irakiens n'ont pas réussi à les soumettre. En dépit du Napalm et des Migs 21, ils occupent pratiquement le Kurdistan, soutenus par leurs compatriotes d'Iran et de Russie. »

A force de marcher, ils étaient arrivés devant « Ali-Baba ». La plus grande boîte de nuit de Bagdad. A plus d'un kilomètre de Bagdad-Hôtel. Avant de traverser la place, Malko demanda:

— Comment faire pour aller dans le Nord?

Ismet secoua la tête:

— C'est presque impossible. Il faut un laissez-passer spécial que les Irakiens ne délivrent pas aux étrangers. Officiellement, il n'y a pas de problème kurde. Personne ne doit voir les villages détruits et se rendre compte que le gouvernement central ne contrôle pas le Nord du pays. De plus, les Kurdes vous accueilleront à coups de fusils.

Malko insista:

— Il doit bien y avoir moyen d'y aller officieusement?

Ismet sourit:

— Vous vous croyez où? L'armée a établi des barrages sur les routes tous les vingt-cinq kilomètres. Et aucun Irakien ne prendra le risque de vous conduire. Il n'y a qu'une seule route, par Kirkouk.

Ils pénétrèrent dans la boîte de nuit. Six policiers à casquette rouge, hérissés de mitraillettes tchécoslovaques, gardaient l'entrée. Comme ils étaient étrangers, on ne les fouilla pas.

Ali-Baba se composait d'une immense salle sombre au très haut plafond avec une scène et une estrade sur laquelle jouait un orchestre arabe. Une énorme danseuse du ventre trémoussait ses cent kilos pour une assistance rigolarde. Ismet et Malko s'assirent au fond, en surélévation.

Le Turc se pencha immédiatement sur Malko, dès qu'ils eurent commandé la sempiternelle bière Farida.

— Vous voyez les deux hommes, à la table là-bas? Des barbouzes baassistes. Ils prennent les noms de ceux qui viennent souvent pour leur demander des contributions volontaires...

N'invitez pas de fille à votre table, c'est trente dinars![1]

Mais Malko avait autre chose en tête que de faire la cour à des entraîneuses.

Quand le garçon se fut éloigné, il demanda à voix basse:

— Il y a des Kurdes à Bagdad?

Le Turc eut une moue de mépris:

— La plupart sont des « djach », des traîtres, ralliés aux Irakiens pour un peu d'argent. Quand les partisans de Barzani les attrapent, ils les coupent en morceaux.

La danseuse du ventre fut remplacée par un ballet de danseuses européennes vêtues de maillots pailletés et de jupes évasées qui se livraient à une danse étrange tenant à la fois du french can-can et du paso-doble, exhibant le plus de chair blanche possible. Déprimant.

— La plupart sont des Cubaines, expliqua Ismet, qui paraissait avoir un faible pour les entraîneuses.

Mais Malko tenait à son idée:

— Vous semblez bien connaître les Kurdes, insista-t-il. Aidez-moi à en rencontrer. J'aimerais écrire quelque chose sur eux.

Ismet but une gorgée de bière. Il hésitait. Soudain, il se décida.

— J'ai un copain kurde, ici, à Bagdad. Djemal Talani. Je vais lui téléphoner. S'il est d'accord, nous irons boire un verre avec lui.

— Mais je croyais que les Kurdes se cachaient? s'étonna Malko.

— Pas tous, fit Ismet. Celui-là, c'est un peu spécial. Il appartient à une très grande famille, dans les affaires depuis trois générations. Il a aidé certains des chefs actuels du gouvernement lorsqu'ils étaient en exil, du temps du général

[1] 42 000 anciens francs environ.

Kassem qui traquait le Baas. Alors, ils lui fichent à peu près la paix. Mais il n'a pas le droit de vendre ses propriétés, sinon, il y a longtemps qu'il serait parti.

Malko n'aimait pas beaucoup ce demi-traître.

— Il connait des vrais Kurdes? s'inquiéta-t-il.

Ismet rit.

— Bien sûr. Plusieurs de ses cousins sont en prison ou dans le maquis. Mais il est prudent. Il va souvent à Soulemanyé, lui. Attendez, je vais lui téléphoner.

Pendant qu'il s'éclipsait, Malko essaya de s'intéresser à une seconde danseuse du ventre dont l'astuce consistait à demander à un spectateur son chapelet d'ambre et à le glisser dans son slip pailleté, ce qui provoquait invariablement un début d'émeute quand elle le jetait dans la salle après usage. Malko commençait à trouver le temps long quand Ismet revint, radieux.

— Il accepte de vous voir. Allons-y.

*
**

La maison de Djemal Talani était située au nord de Saadoun Street, dans un vieux quartier résidentiel. En descendant du taxi, Ismet montra à Malko une haute antenne de radio dont le balisage rouge brillait à une centaine de mètres d'eux.

— Le Quartier Général de la Sécurité Militaire. Nous sommes en bonne compagnie.

Ils frappèrent à la porte. Le Kurde ouvrit immédiatement. Il fut aussitôt sympathique à Malko. Les cheveux très noirs, le nez busqué et épais, tiré à quatre épingles dans un complet de très bonne coupe européenne, il émanait de lui une impression de force et de franchise. Il les guida dans un salon peu meublé ou attendaient trois tasses de café turque.

Son anglais était parfait et, au début, la conversation roula sur des banalités.

Malko ne le brusqua pas, laissant faire son nouvel ami. A plusieurs reprises, les deux hommes parlèrent en arabe. Enfin, Ismet s'adressa à Malko.

— Djemal dit que c'est très difficile de rencontrer des Kurdes ici, très dangereux aussi.

Malko avait préparé son plan.

— Ce que je veux, dit-il paisiblement, c'est aller dans le Nord, vivre dans le maquis.

Ismet traduisit. Djemal eut un rire gêné. En anglais il répondit:

— Ce n'est pas facile. Je ne peux pas vous emmener moi-même. Et il y a de gros risques, même pour vous.

S'il avait su les *vrais* risques que courait Malko! Mais celui-ci devait rester dans son personnage de journaliste, sinon les deux autres allaient s'enfuir en hurlant...

Il insista, expliquant qu'il voulait faire un reportage sur les Kurdes. Mais Djemal se dérobait poliment.

— Vous y arriverez plus facilement par l'Iran, expliqua-t-il. Depuis deux ans les Iraniens sont au mieux avec les Kurdes. Je peux vous donner des recommandations pour des gens, là-bas.

Mais Malko s'entêtait: il lui était difficile d'expliquer pourquoi il voulait absolument connaître des Kurdes en Irak. La conversation s'enlisa. Un domestique silencieux rapporta de minuscules cafés turques terriblement forts et amers. Malko commençait à croire que son hôte ne l'avait reçu que par politesse. C'était désespérant. De nouveau, il allait se retrouver seul et impuissant à Bagdad, alors que le temps passait. Il ignorait même si Victor Rubin n'était pas en train de marcher au supplice.

Il hésitait aussi à se découvrir plus. Après tout, ce Kurde était assez suspect.

Au bout d'une demi-heure, Ismet donna le signal du départ. Djemal nota le nom et le numéro de chambre de Malko au Bagdad-Hôtel et promit de lui téléphoner.

Malko remercia sans trop y croire. Quand ils se retrouvèrent dehors, il dit à Ismet:

— Il n'a pas l'air très décidé à m'aider, votre copain.

Le Turc sifflota:

— Il a peur comme tout le monde ici. Et il ne vous connaît pas. Mais il faut le revoir. Peut-être arriverez-vous à le convaincre de vous emmener dans le Nord. Je suis sûr qu'il connaît des filières. Si c'était vraiment un traître, il serait déjà mort. Les Kurdes ne pardonnent pas aux « djach »...

« En tout cas, je vous souhaite bonne chance, moi je pars demain matin. »

Dans le hall du Bagdad-Hôtel, les trois barbouzes de service jouaient toujours aux tarots.

Malko eut envie de leur tirer la langue. Il alla se coucher assez cafardeux. Les aboiements des innombrables chiens errants de Bagdad l'empêchèrent longtemps de s'endormir. Les photos des pendus de la télévision l'obsédaient. Partout, il se heurtait à la peur, parfaitement organisée.

CHAPITRE V

L'antique téléphone grelotta et Malko décrocha. Il n'entendit d'abord que des parasites. Les lignes, installées sous le mandat anglais, tombaient en ruine. En plus, les tables d'écoute qui ne se cachaient même pas, ajoutaient une friture supplémentaire.

— C'est Djemal, annonça la voix du Kurde. Djemal Talani. Je voulais vous inviter pour une petite soirée. Si vous êtes libre, je passerai vous prendre à l'hôtel vers huit heures.

Malko faillit ne pas accepter. Il n'avait que faire des mondanités. Mais Djemal était l'ultime fil ténu qui le reliait à sa mission.

Il dit « oui ».

Afin de rassurer les Irakiens sur la réalité de sa mission journalistique il décida d'aller un peu visiter la ville et de déjeuner dans un des petits restaurants bordant le Tigre. Malko loua un taxi et partit à l'aventure.

Immédiatement, le chauffeur l'emmena au Palais présidentiel, de l'autre côté du fleuve, et lui montra fièrement la demeure du Président Al Bakr. Elle donnait sur l'avenue Al Mansour, bordée de l'autre côté par des terrains vagues.

Apparemment, le Président était un homme prudent. Son « palais », une bâtisse de trois étages au fond d'un parc, était encadré par deux miradors équipés chacun de deux canons antiaériens, et un escadron de chars lourds russes T.54 s'alignant sous les arbres du parc.

A droite de la résidence présidentielle, Malko aperçut une haute tour de radio. Les révolutions commençant en Irak par la prise de la radio, Al Bakr avait pris ses précautions. De chez lui il pouvait émettre si l'émetteur principal tombait entre des mains ennemies.

Le taxi l'emmena ensuite jusqu'à la mosquée « Khadom » un peu plus au sud, aux dorures d'or massif. Pratiquement, le seul attrait touristique de Bagdad avec les souks entourant Rachid Street. Après cette courte promenade hygiénique, Malko se décida pour la « Casino-Gardenia », minable guinguette des bords du Tigre où il mangea du mouton cuit au pétrole, à en juger par son odeur.

N'ayant pas le temps d'aller voir les ruines de Ninive, il alla flâner dans Saadoun Street, marchant jusqu'à la place Al-Tahrir. C'était d'une mortelle tristesse. Le magasin le plus élégant était la vitrine de l'Aéroflot, jouxtant le centre de recrutement des commandos palestiniens, El Fatah. Les trottoirs étaient défoncés, s'interrompant brusquement pour laisser place à la terre battue.

Lorsqu'il rentra à l'hôtel, il compta au moins six barbouzes dans le hall...

*
**

Malko dut subir une poignée de main enveloppante et appuyée de son hôte, un grand gaillard au visage poupin barré d'une moustache à la Clark Gable.

Le maître de maison était si visiblement pédéraste que c'en était comique. Attaché culturel d'une grande puissance, il recevait chaque mois des fonctionnaires irakiens, des diplomates et ce qui restait de l'ancienne société de Bagdad. Les mauvaises langues murmuraient que son pays devait beaucoup à son amour pour ses homologues irakiens.

Dans les pays arabes, la pédérastie n'est qu'un vice mineur et parfaitement honorable.

A peine Malko avait-il échappé à son hôte qu'il tomba littéralement dans les bras d'un jeune Irakien au visage fin et lisse, à qui il ne manquait qu'une jupe entravée pour faire une très jolie mariée. Il coula un regard mouillé aux yeux dorés de Malko avant de le gratifier d'une poignée de main encore plus caressante que la précédente. A la grande fureur de l'hôte — qui était aussi son amant — il entraîna Malko vers le buffet. Très prolixe, il apprit à celui-ci qu'il chantait et donnerait un mini-récital ce soir-là. Un peu plus, il invitait Malko à venir voir ses estampes japonaises. Profitant de l'arrivée de l'Ambassadeur de Hollande, Malko s'éclipsa.

Il ne décolérait pas. Comme prévu, Djemal était venu le chercher à l'hôtel pour l'emmener à ce cocktail. Le Kurde n'avait pas soufflé mot de leur conversation de la veille. Il agissait avec Malko comme si ce dernier avait été uniquement préoccupé de se mêler à la vie mondaine de Bagdad. Boudeur, Malko emporta sa coupe de champagne tiède et se retrancha dans un coin à peu près tranquille. Ça promettait.

Une centaine de personnes se pressaient dans trois pièces minuscules, tandis qu'un orchestre irakien jouait par intermittence des airs folkloriques. Debout, serrés comme des sardines, les invités échangeaient des propos dénicotinisés. Les barbouzes devaient être présentes aussi.

Soudain, l'amoureux irakien de Malko surgit de plus en plus froufroutant et cajoleur, traînant une fille par la main d'un air dégoûté.

— Je veux vous présenter Amal, dit-il. Elle adore parler anglais.

Malko regarda Amal. Ce qui frappait immédiatement c'était son énorme poitrine, presque disproportionnée à sa taille. De longs cheveux noirs coulaient sur ses épaules et sa bouche immense souriait sans cesse sur des dents étincelantes. Elle vit le regard de Malko posé sur son pull mauve et rougit. Un instant ses yeux noirs effleurèrent le regard doré et Malko sentit une fugitive complicité.

Il se présenta, s'inclina et alla lui chercher une coupe de champagne. Elle ne se fit pas prier pour bavarder. Speakerine à Radio-Bagdad, elle parlait bien l'anglais et semblait plus « européanisée » que les autres Irakiennes présentes. Mais quand Malko lui demanda si elle sortait beaucoup, si elle allait danser, elle prit l'air effrayé pour répondre:

— Mais je suis une jeune fille! Je ne sors que dans les cocktails officiels.

Malko était sûr qu'elle mentait. Ses yeux pétillaient trop. Et, il n'avait pas tellement de contacts à Bagdad pour négliger celui-ci. Les jambes d'Amal étaient fines et l'ensemble assez tentant.

— Et si je vous invitais à déjeuner? demanda-t-il en souriant.

Amal secoua la tête:

— Je ne peux pas. Je ne sors jamais seule en tête à tête avec un homme.

Et elle avait vingt-trois ans! Malko la sentait attirée et effrayée en même temps. Ses collants noirs et sa jupe assez courte montraient qu'elle ne se prêtait pas à toutes les règles de la femme musulmane. Irrésistiblement, il revenait à sa poitrine. Elle intercepta son regard et dit brusquement, furieuse:

— Je sais que j'ai trop de poitrine, c'est affreux, n'est-ce pas?

Mais Malko discerna un certain trouble dans sa voix.

Il lui affirma le contraire, mais elle voûta les épaules et se renfrogna. Djemal réapparut soudain et se mêla à la conversation. Aussitôt, Amal fut plus distante avec Malko. Quelques instants plus tard, elle s'excusa et disparut dans la foule, laissant Malko un peu dépité.

Djemal eut un sourire goguenard.

— Ce n'est pas très amusant ici, n'est-ce pas? Mais il fallait venir, ajouta-t-il d'un air mystérieux. Nous allons ailleurs, bientôt. Tenez, regardez cet Irakien, là-bas. Il travaille pour « eux » aussi. Il est dans tous les cocktails. Il écoute.

Malko regarda dans la direction indiquée et vit un vieil homme voûté, le regard chafoin derrière des lunettes fumées. L'air parfaitement inoffensif. Il n'eut pas le temps de répondre à Djemal. Son infatigable amoureux irakien réapparut, traînant cette fois deux jeunes femmes.

Il les présenta à Malko comme faisant partie d'un quatuor à cordes de passage à Bagdad pour une tournée de concerts. Des Françaises. L'une, Michèle, était le chef d'orchestre, la seconde, la contrebassiste. Michèle était assez jolie, bien qu'éteinte et effacée. Timidement, elle engagea la conversation en français avec Malko. Très vite, il s'aperçut que la contrebassiste, au nom de la sacro-sainte musique, veillait sur sa vertu comme un dragon. Echevelée et mafflue, corsetée de principes andropholes elle prit d'autorité le bras de sa compagne, au bout de dix minutes de conversation:

— Viens, Michèle, je dois te présenter à l'attaché culturel de l'Allemagne de l'Est.

Visiblement, elle craignait que Malko ne détourne de la musique son chef d'orchestre... Dieu sait s'il en était loin. Il regrettait même d'avoir vaguement proposé à la jeune Française de l'emmener visiter les ruines de Ninive, puisqu'ils étaient au même hôtel. Heureusement, ce n'étaient que propos de cocktail sans importance.

Djemal s'était de nouveau éclipsé. Malko se mit à la recherche d'Amal. Il la retrouva en train d'admirer le chanteur pédé en pleine exhibition. Son amant, l'organisateur de la soirée, gloussait de joie au premier rang.

Debout derrière Amal, Malko la frôla légèrement et elle se retourna. La main de Malko se posa sur sa hanche, invisible dans la foule, et elle ne fit rien pour se dégager. Mais quand il se pencha vers son oreille, elle mit un doigt sur ses lèvres.

Patiemment, Malko attendit la fin des vocalises sur fond de tambourin. Enfin, la chanson se termina et les auditeurs se dispersèrent, Amal en tête. Ostensiblement, Malko se dirigea vers le petit jardin. Le seul endroit où ils trouveraient un peu de calme. Du coin de l'œil, il vit Amal hésiter. Puis, elle se décida à le suivre à quelques mètres.

Le jardin était désert, faiblement éclairé par deux lanternes. Malko s'appuya au mur et regarda le ciel étoilé. Il sentit plus qu'il ne vit Amal; mais son parfum parvenait jusqu'à ses narines. Le fait qu'elle soit venue jusque-là était bon signe.

— Je veux absolument vous revoir, souffla-t-il.

Elle baissa la tête sans répondre et il crut qu'elle allait regagner le cocktail.

— Pourquoi?

— Vous me plaisez beaucoup. Vous êtes la plus jolie femme de la soirée...

Platitudes qui font toujours plaisir. Il la sentit faiblir. Elle dit très vite:

— Demain à six heures à l'hôtel Sémiramis. Mais il ne faut le dire à personne. Vous me le jurez?

— Juré, promit Malko.

Rapidement, il chercha sa main dans la pénombre et la baisa. Elle frémit, comme sous une caresse particulièrement audacieuse, et tourna aussitôt les talons.

Malko attendit un moment, vida sa coupe de champagne puis regagna le brouhaha du cocktail. Cette fois, il n'avait plus rien à y faire.

Djemal bavardait avec des Irakiens. Lorsqu'il aperçut Malko, il les quitta et vint vers lui.

— Je vous attendais. Partons.

Malko ne se le fit pas dire deux fois. Ils s'esquivèrent discrètement.

— Vous allez revoir cette fille? demanda le Kurde à brûle-pourpoint.

— Oui, fit Malko surpris, elle a accepté un rendez-vous. Pourquoi?

Djemal secoua la tête:

— Ou vous avez de la chance, ou il y a autre chose. C'est très rare qu'une Irakienne accepte de voir un étranger. Surtout quand il lui fait la cour.

Il n'avait pas les yeux dans sa poche, Djemal. Mais il ne voulait pas croire qu'Amal soit, elle aussi, une barbouze.

Ils montèrent dans la Mercédès. A peine avaient-ils parcouru cent mètres que Djemal demanda:

— Vous voulez toujours aller dans le Kurdistan?

Malko n'en croyait pas ses oreilles.

— Bien sûr, dit-il en dissimulant sa joie. Plus que jamais. J'en ai par-dessus la tête de Bagdad.

— Alors, je crois que je vais vous aider, répliqua lentement Djemal. J'aime de moins en moins les Irakiens, ajouta-t-il sombrement.

— Que s'est-il passé depuis hier? interrogea Malko devant son air mystérieux.

Le Kurde eut un sourire méprisant: autour d'eux les rues désertes de Bagdad défilaient à toute vitesse.

— La police. Ils étaient chez moi à huit heures du matin. J'ai été obligé d'aller à Sécurité sans même prendre un thé ni me raser. Ils m'ont interrogé comme un malfaiteur, m'ont menacé. Je suis resté jusqu'à cinq heures de l'après-midi sur un banc, sans rien manger. Si je n'avais pas fait téléphoner à un ami qui me doit beaucoup et qui est puissant, j'y serai encore.

Malko n'en revenait pas.

— Mais comment ont-ils su?

— Le taxi. Il travaille pour la police. Chaque fois qu'il transporte un étranger, il dit où il l'a amené...

— Je suis désolé, dit Malko confus, je ne voulais pas vous attirer d'ennuis.

Le Kurde balaya les excuses d'un geste large.

— Ce sont des imbéciles. Je n'ai pas l'habitude que l'on me traite ainsi. Vous êtes donc décidé à aller dans le nord? Cela risque d'être très dangereux pour vous.

— Je suis habitué à prendre certains risques dans mon métier, dit Malko, dans un magnifique « understatement ».

Djemal arrêta la Mercédès en face du restaurant Matam al Matam, le meilleur de Bagdad, et se tourna vers Malko, le visage grave.

— Dans ce cas, il va falloir faire à partir de maintenant exactement ce que je vous dis. Sinon, nous nous retrouverons tous les deux en prison ou au bout d'une corde... D'accord?

— D'accord.

— Bon, attendez-moi dans la voiture.

Malko le vit traverser la place et entrer dans le building du restaurant. Le Matam al Matam, réputé meilleur restaurant de Bagdad, occupait le premier étage. Le Kurde ressortit quelques minutes plus tard et regagna sa voiture.

— Nous allons attendre ici, expliqua-t-il. On va venir nous chercher...

— Déjà, fit Malko très excité.

Cela se passait mieux que prévu.

Djemal rit:

— Ce n'est pas encore ce que vous croyez. J'ai seulement téléphoné à ma coiffeuse habituelle.

— Votre coiffeuse? fit Malko éberlué.

Djemal éclata d'un rire tonitruant.

— C'est vrai, vous ne connaissez pas les habitudes de Bagdad. Ici, quand on veut une fille, il faut téléphoner à un coiffeur pour dames. Ce sont tous des officines de call-girls. Des Egyptiennes, la plupart du temps. On prend rendez-vous quelque part et on vient vous chercher. Ç'est plus discret...

— Je vois, dit Malko pensif. Sans comprendre le lien avec son voyage au Kurdistan.

Au moins, le socialisme n'avait pas tué la libre entreprise. Penser qu'il existait un réseau de call-girls dans une ville comme Bagdad était assez réconfortant. Décidément, la civilisation occidentale avait la vie dure. A moins que les call-girls ne soient nationalisées...

— Vous vous demandez pourquoi j'ai réclamé des call-girls? interrogea Djemal.

— Effectivement...

Le Kurde sourit.

— Ce n'est pas seulement par hospitalité. Mais nous sommes surveillés. L'incident d'hier le prouve. Il faut que nous ayons une raison officielle de nous voir. Les barbouzes ne se méfieront pas de deux célibataires qui courent les filles ensemble. Après, nous pourrons faire ce que nous voudrons, ils se désintéresseront de nous.

Astucieux.

Djemal se pencha à la portière.

— Le voilà.

Un arabe avec une fine moustache, nu-tête, frileusement enveloppé dans un manteau, venait d'apparaître sur le trottoir. Djemal et Malko descendirent de la Mercédès. Une brève conversation à voix basse entre Djemal et l'inconnu, puis les trois hommes se dirigèrent vers une vieille Chevrolet arrêtée un peu plus loin. Elle portait la plaque rouge des taxis.

Un quart d'heure plus tard, la voiture stoppait devant une petite villa au fond d'une allée déserte. L'Arabe ouvrit le cadenas de la grille et referma derrière eux. Puis il les précéda dans une pièce meublée uniquement de coussins où il régnait une vague odeur d'encens. Djemal semblait très à l'aise.

Ils s'assirent à l'arabe et une vieille apporta un plateau de cuivre avec du thé et des cigarettes. L'homme avait disparu. Djemal désigna les cigarettes.

— C'est du Haschisch. Si vous aimez... Ils vont nous montrer les filles, expliqua-t-il. Si nous n'en voulons pas, nous paierons seulement 250 fils[1] et nous partirons, mais cela compliquera nos plans.

Malko but une tasse de thé, un peu inquiet. La vieille revint et mit un disque de musique arabe sur un vieil électrophone. Presque aussitôt la première fille s'encadra dans la porte. Elle portait un costume étrange, très Mille et Une Nuits, composé de voiles transparents sur un slip et d'un soutien-gorge en lamé or. Le visage était joli bien que très typé, avec un nez retroussé et une grande bouche.

L'autre suivit aussitôt. Presque maigre, ce qui est rare dans les pays arabes, elle avait un curieux visage triangulaire, une grosse bouche outrageusement maquillée et de grands yeux très noirs. Un clou d'or était enfoncé dans sa narine gauche.

Elle n'avait pas quinze ans!

Les deux filles eurent une sorte de révérence et attendirent les yeux baissés.

Djemal se tourna vers Malko.

[1] 1 dinar vaut 1000 fils.

— Comment les trouvez-vous? Il s'est donné du mal; c'est, paraît-il, ce qu'il y a de mieux à Bagdad en ce moment.

Avec une muette excuse pour Alexandra, Malko soupira:

— Allons-y.

Les voies de la C.I.A. étaient décidément aussi imprévisibles que tortueuses.

Djemal annonça la bonne nouvelle. Les deux filles sourirent largement. Leur soirée était gagnée.

Comme mues par le même ressort, elles se mirent à danser. Evoluant avec une sensualité assez primitive, elles donnaient de furieux coups de reins, faussement évocateurs, se déhanchaient, ondulant de la croupe avec des clins d'yeux accrocheurs. Djemal paraissait ravi mais Malko avait beaucoup de mal à ne pas rire, par moments, tellement l'exhibition était outrée.

Le disque s'arrêta et elles vinrent s'asseoir près de leurs clients.

— La vôtre s'appelle Leila, dit Djemal, la mienne Soussan.

C'est Soussan qui devait avoir quatorze ans, ce qui ne l'empêchait pas d'être très à l'aise. Leila défit son soutien-gorge. Elle avait de très beaux seins avec des bouts énormes. Gentiment, elle prit la main de Malko et la posa sur sa poitrine. Sa chair était tiède et ferme et, pour la première fois depuis leur arrivée, son indifférence commença à s'effriter...

La fille commença à se caresser la poitrine avec une mimique significative, se massant pour terminer sur les bouts érigés. Soussan remit le disque et elles recommencèrent à danser, mais d'une façon beaucoup moins sage, la poitrine libre sous leurs voiles. Celle de Soussan était très petite et elle avait peint l'extrémité de ses seins en rouge sombre.

C'était assez triste, cette orgie au thé. Pourtant, les deux filles paraissaient s'exciter mutuellement, entraînées par la musique. Tout en dansant, elles ôtèrent leurs slips, ne gardant que leurs voiles diaphanes.

De nouveau, lorsque la musique cessa, elles se laissèrent tomber près des deux hommes. Aussitôt, elles allumèrent des cigarettes de haschisch et se mirent à fumer après avoir remis un disque. Elles tiraient de longues bouffées et conservaient la fumée le plus longtemps possible. Cela dura dix minutes environ. Peu à peu, leur expression se modifia. Leurs yeux étaient plus brillants, leurs gestes flous.

Leila prit la tête de Malko et l'embrassa longuement en se frottant contre lui. Elle sentait la menthe. Puis, probablement vexée de le voir toujours habillé, elle posa la main sur lui et commença à le caresser.

Malko jeta un coup d'œil à Djemal parfaitement détendu. Aidé par les mains diligentes de la fillette, le Kurde n'avait plus que ses chaussettes et semblait s'amuser beaucoup.

On frappa un coup à la porte et l'Arabe qui les avait amenés passa la tête dans l'entrebâillement. S'adressant à Djemal, il voulait savoir s'ils désiraient quelques badines pour fouetter les deux call-girls. Djemal refusa poliment. Une minute plus tard, l'autre réapparut, tenant un petit projecteur de cinéma. Ils avaient droit sans supplément de prix à la projection d'un film pornographique.

— Sommes-nous absolument obligés de consommer? demanda Malko.

Djemal sourit.

— Cette fois au moins. Sinon, cela semblerait bizarre.

Leila délaissa Malko pour mettre en route le film, puis revint s'allonger sur les coussins, lui prit la main et la posa sur ses seins.

Etant donné la barrière des langues, ils n'échangeaient pas un mot.

Le film était assez étonnant. Pendant dix minutes, une sorte de géant barbu tenait tête, si l'on peut dire, à deux créatures assez peu appétissantes. Il n'en avait que plus de mérite à exhiber le fantastique attribut dont la nature l'avait gratifié. Les gros plans abondaient.

Dans la pénombre, on n'entendait plus que des bruissements de tissu. Soussan poussa un petit cri. Djemal haletait comme une locomotive. Malko tourna la tête et vit qu'il avait assis la petite fille sur ses genoux, face à lui, et lui mordait les seins. Le film paraissait lui faire un effet considérable. Sur l'écran, l'énorme sexe du barbu s'enfonçait rythmiquement dans le corps d'une de ses deux partenaires. Brutalement Djemal, comme un fou, allongea Soussan dans les coussins, sur le ventre et s'étendit sur elle.

Malko sentit soudain le clou d'or de Leila frôler la peau de son ventre et laissa faire. Il préférait cette façon de remplir ses obligations, n'ayant qu'une confiance très relative dans la prophylaxie des deux Egyptiennes.

Sa partenaire parvint à son but juste au moment où le film se terminait et resta contre lui à lui caresser les hanches, sans même avoir enlevé ses voiles, avec la satisfaction du devoir accompli.

Soussan, meurtrie, s'éclipsa et revint avec des serviettes. Malko jeta un coup d'œil sur le corps de Djemal: il était velu comme un singe.

— J'aime les filles jeunes, avoua-t-il à Malko. J'en connais plusieurs qui viennent me rendre visite régulièrement le matin. Leurs parents croient qu'elles sont en classe. Mais ça me force à me lever tôt...

— Quel âge a celle-ci? demanda Malko.

— Douze ans, fit paisiblement le Kurde. C'est la sœur de l'homme qui nous a amenés.

Il se rhabillait avec soin. Il était aussi coquet que Malko. Les filles disparurent et revinrent avec des maillots différents et un plateau de sucreries écœurantes de douceur. Djemal alluma une cigarette de haschisch, caressant d'un geste distrait la poitrine de Soussan. Le rimmel de la petite fille avait coulé mais elle était encore ravissante. La main de Djemal disparaissait sous ses voiles. Tout en fumant, il parcourait le corps docile de sa partenaire.

— Que signifie cette bague? demanda-t-il à Malko en désignant sa chevalière.

Malko expliqua qu'il s'agissait de ses armes et résuma l'histoire de sa famille. Il n'osa pas parler de son château, détail ne cadrant pas avec sa profession de journaliste.

C'est maintenant Soussan qui le caressait, tandis qu'il racontait à Malko comment son père se battait déjà dans les montagnes du Kurdistan contre les Anglais, trente ans plus tôt.

Malko sauta sur l'occasion:

— Vous n'oubliez pas mes projets? demanda-t-il.

Djemal sourit.

— Ce soir, il est trop tard et il faut d'abord que je prenne certains contacts. Ce sera pour demain, si tout se passe bien.

« Nous viendrons ici, et ensuite vaquerons à nos affaires. »

Malko sursauta:

— Comment, il faut recommencer tous les soirs?

Le Kurde fit éclater son rire sonore.

— Il y en a qui ne se plaindraient pas et vous

êtes mon hôte. Mais nous boirons seulement un peu de thé. Je vais m'arranger avec le frère de Soussan. Les filles lui verseront son pourcentage et il sera content. Il n'assistera même pas à nos prochaines visites, aussi personne ne risquera de nous suivre lorsque nous partirons d'ici.

« Vous pouvez être sûr que, dès demain, cet Egyptien dira à la police que nous étions ici. Lorsqu'ils nous suivront et quand ils verront que nous retournons ici, ils ne se méfieront pas. Je les connais, ce sont des crétins. »

Malko opina. Le plan paraissait au point. De toute façon, il n'avait pas le choix. Rhabillés, ils prirent congé des filles qui les raccompagnèrent avec force protestations de tendresse. Djemal laissa deux billets de cents dinars, ce qui était royal.

Ils marchèrent près de cinq cents mètres avant de trouver un taxi. A un coin de rue, Malko se heurta presque à un homme dissimulé dans l'ombre. Un vieil Arabe enveloppé dans une djellaba, un antique fusil Springfield à l'épaule. Il salua respectueusement les deux hommes en portant la main droite à son turban.

— Qui est-ce? demanda Malko.

— Une sorte de vigile, expliqua Djemal. Ils veillent contre les bandits dont Bagdad fourmille et ils espionnent un peu pour le gouvernement. Il y en a un peu partout dans la ville. Souvent, on les tue pour leur voler leurs fusils.

Enfin, ils retrouvèrent la voiture de Djemal. Il était une heure du matin et Bagdad était totalement déserte. A part les aboiements des chiens, c'était le silence complet. Djemal soupira.

— Ils ont fermé la plupart des boîtes de nuit, il y a un mois. En novembre, ils ont interdit les mini-jupes parce que cela corrompait la jeunesse. Cette ville est morte.

— Où sont détenus tous les gens que l'on

pend? demanda Malko du ton le plus indifférent possible.

Djemal haussa les épaules.

— Toutes les prisons du pays sont pleines. Surtout la vieille prison centrale de Bagdad, celle qui est en face du ministère de la Santé. Mais elle ne contient aucun prisonnier politique.

« Les cas graves sont tous regroupés dans la prison de Baakouba, à une vingtaine de kilomètres de Bagdad, en plein désert. Une cube de béton gardé comme une forteresse. Mon cousin s'y trouve. Ils ne sortent des cellules que pour être conduits dans la cour et exécutés ou libérés. Il y a de quoi devenir fous.

— Cela m'intéresserait de voir à quoi ressemble Baakouba, pour un article, dit Malko.

Djemal ne répondit pas immédiatement.

— Je vous y emmènerai, fit-il. Demain, si vous voulez. Mais on ne peut pas approcher. Et il ne faut pas se faire remarquer. Vous ne verrez pas grand-chose...

— Cela me suffira, affirma Malko.

Enfin, il avançait, même si peu que ce soit!

Ils passèrent devant le curieux monument aux morts en forme de voûte, où les deux soldats de garde se chauffaient les mains à un brasero. Non loin de là, une Mercédès noire avec des étoiles blanches sur les portières était arrêtée, tous feux éteints. Djemal la désigna à Malko.

— La police. Il y en a des dizaines, la nuit, dans Bagdad.

En arrivant à l'hôtel, l'homme au turban blanc se précipita, servile. A haute voix, Djemal remarqua:

— J'espère que vous avez été content de votre soirée?

Malko remercia.

Les trois barbouzes jouaient toujours aux tarots près de l'escalier, en dépit de l'heure tardive.

Arrivé dans sa chambre, Malko ouvrit la fenêtre et se mit au balcon pour mettre un peu d'ordre dans ses idées. A ses pieds le Tigre coulait, jaunâtre sous le clair de lune. Un chien aboya dans le lointain.

Une ébauche de plan commençait à se faire jour, mais cela semblait de plus en plus difficile. Enfin, maintenant, il savait avec certitude où se trouvait Victor Rubin. Mais le seul moment où il serait relativement accessible serait celui de son exécution. Autrement dit, son plan devrait être réglé comme un mouvement d'horlogerie, sous peine d'échouer.

CHAPITRE VI

La route de Bassorah s'étendait à perte de vue sans un virage. Tout le sud-ouest de l'Irak se compose d'une steppe pierreuse presque inhabitée, jusqu'à l'Arabie Saoudite. Malko scrutait la droite de la route. Djemal était venu le prendre au Bagdad-Hôtel après le déjeuner.

Le Kurde jurait, accroché à son volant. Depuis que les Anglais étaient partis, le revêtement n'avait jamais été refait et les lourds camions de pétrole le défonçaient un peu plus chaque jour.

— Pourquoi a-t-on construit cette prison si loin? demanda Malko.

Djemal eut une moue méprisante:

— Ils avaient peur. A Baakouba, il n'y a que

des prisonniers politiques. La vieille prison en ville est trop entourée de bâtiments. On pourrait la prendre d'assaut. Ici, c'est différent.

La Mercédès ralentit et ils tournèrent à droite, dans un chemin de terre.

— Le village de Baakouba est beaucoup plus loin, à cinquante kilomètres, expliqua Djemal. La prison est à mi-chemin entre Bagdad et le village.

Ils tournèrent encore à droite et suivirent un chemin étroit, parallèle à la route de Bassorah. Malko évalua la distance à un mille environ. Quelques cahutes de terre battue bordaient le chemin, mais il n'y avait aucune agglomération.

Soudain, deux soldats surgirent d'une cabane et firent signe de stopper. Tous deux portaient des fusils d'assaut russes, chargeur engagé. Djemal obéit. Il y eut un court dialogue, puis la Mercédès repartit.

— Je leur ai dit que nous nous étions égarés, expliqua le Kurde. Personne ne va de son plein gré à Baakouba. Ils m'ont cru.

— Il y a souvent des barrages?

— Tous les dix ou quinze kilomètres. La nuit, on n'a pas le droit de s'approcher de la prison. Ils tirent à vue. Le jour, ils contrôlent, comme sur toutes les routes d'Irak. Tenez, nous approchons.

Les huttes en terre battue étaient plus nombreuses. Malko aperçut un haut mur blanc, long d'une centaine de mètres.

— C'est là, dit Djemal. La prison est à l'écart du village, pour ne prendre aucun risque. On n'a pas le droit de s'en approcher plus, sinon, ils nous demanderaient nos papiers. Nous allons la contourner.

Malko regardait de tous ses yeux. Victor Rubin se trouvait là, à quelques mètres, aussi inaccessible que s'il était dans une autre planète.

Il commençait à se faire une idée assez exacte de la prison. C'était un grand rectangle entouré de murs de près de six mètres de haut, crépis à la chaux et hérissés de barbelés. On apercevait un mirador, certainement pourvu d'une arme automatique.

Djemal arrêta la voiture et se pencha sur Malko désignant un point, à travers la glace ouverte.

— C'est là qu'ils pendent les gens ou qu'ils les fusillent. Dans la cour nord-ouest de la prison. C'est le seul moment où les prisonniers sortent de leur cellule. Pour les politiques, il n'y a ni promenade, ni détente. On va directement de la cellule au gibet. Ensuite, ils hissent le drapeau noir sur la prison quand tout est terminé.

— Comment savez-vous cela? demanda Malko.

Djemal remit en route avec un sourire amer.

— Mon cousin est à Baakouba, et plusieurs de mes amis y ont été.

Malko enregistrait. Il n'aurait que quelques minutes pour agir. Une marge de sécurité minuscule. Jamais rien n'avait été tenté de pareil.

— Ils amènent les condamnés un par un? demanda Malko.

Djemal secoua la tête.

— Non, ils les groupent dans des cages, dans la cour, pour qu'ils puissent voir le supplice de leurs amis. C'est très irakien, cela.

— Il y a d'autres rites?

Le Kurde chercha:

— Non, rien de spécial, sauf l'heure. Toujours entre sept heures et sept heures et demie du matin. Jamais plus tôt, parce que les officiers commandant l'exécution viennent de Bagdad et ils n'aiment pas se lever tôt.

« Cela se passe très vite, bien qu'il n'y ait qu'un gibet. Ensuite, ils dépendent les corps, les chargent dans un camion et les amènent Place Al-Tahrir, pour les rependre. »

La prison s'éloignait derrière eux. Dans le soleil, elle était presque pimpante, avec ses murs blancs. Malko remarqua une ligne à haute tension qui courait à cinq cents mètres environ, de l'autre côté, parallèlement à la route de Bassorah.

Pour un avion, c'était un excellent point de repère: le bloc de béton se trouvait entre ces deux lignes, faciles à identifier dans ce paysage désespérément plat. Et la prison était le seul bâtiment en dur à trente kilomètres à la ronde, depuis les cheminées des briqueteries.

Djemal roula encore un kilomètre, puis tourna à gauche pour rattraper la grande route. Malko enregistrait le paysage. Rien de particulier, hélas. Ce n'était pas un terrain propice à une attaque par surprise.

— On s'évade souvent de Baakouba? demanda-t-il.

Le Kurde secoua la tête:

— Personne n'y a encore réussi. Les gardiens sont nombreux. Il y un poste militaire dans le village, à cent mètres de là, avec des chiens et des armes automatiques. En plus, vous avez vu les murs? Ce ne sont pas des pierres disjointes, comme la prison centrale de Bagdad, mais du ciment.

« La nuit, des projecteurs éclairent la façade. »

Baakouba était un petit camp de concentration miniature. Alors qu'ils revenaient vers Bagdad, Malko se creusait déjà la tête pour trouver un plan réalisable. Non seulement il fallait pénétrer dans la prison, mais encore à une heure et à un jour précis: celui des exécutions!

Le Kurde n'avait posé aucune question. Malko se demandait s'il avait deviné les vraies raisons de la promenade. Mais qui pouvait avoir la folle idée d'attaquer la prison de Baakouba, au cœur d'un pays hostile?...

Un peu plus loin, Djemal fit un détour et montra à Malko une grande propriété fermée:

— Le Bagdad Society-Club. Les autorités l'ont fait fermer, il y a quatre mois. Parce que c'était le seul endroit où l'on pouvait parler sans crainte. Nous nous connaissions tous. Il n'y avait pas de « barbouzes ».

Sans commentaires.

Ils ne dirent plus rien jusqu'à Bagdad, perdus chacun dans leurs pensées.

Malko tenait enfin le premier morceau de son puzzle. Mais il en manquait encore beaucoup. Et les plus difficiles. Il avait contre lui une armée régulière, aidée par une population fanatique et une infinité de barbouzes.

*
**

La sensation d'être constamment surveillé est épuisante et Malko commençait, lui aussi, à ressentir les premières atteintes du mal qui dévastait Bagdad: la peur.

Il trouva sur le plan de Bagdad l'hôtel Sémiramis. Ce n'était pas très loin, au nord de Saadoun Street. Malko décida de s'y rendre en marchant, pour réfléchir plus tranquillement. Et si on le suivait, tant pis. Ce n'était pas un rendez-vous bien compromettant.

*
**

Amal était en avance. Elle attendait dans un coin du bar du Sémiramis, une pièce sans charme, éclairée au néon. Ses immenses yeux noirs sans cesse en mouvement, enveloppée dans un manteau noir. Quand elle vit Malko elle baissa la tête, confuse. Il s'assit près d'elle et lui baisa la main.

Le bar était désert. Le « Sémiramis », petit hôtel d'une trentaine de chambres, très propre, était à un kilomètre du Bagdad-Hôtel, dans une rue calme, entouré d'un petit jardin. Aucune barbouze ne traînait dans le hall. Malko se demandait pourquoi la jeune fille lui avait donné rendez-vous à cet endroit qui manquait quand même de discrétion.

— Que voulez-vous boire? demanda-t-il.

— Oh rien, il ne faut pas rester ici, susurra-t-elle. Je ne veux pas que l'on me reconnaisse.

Malko retint un geste d'irritation. Les volte-face de la jeune Irakienne méritaient une bonne fessée.

— Où voulez-vous aller?

— Je n'aurais pas dû venir, gémit-elle, qu'est-ce que vous allez penser de moi? Je ne sors jamais avec des hommes.

A voir sa nervosité, ce n'était pas bon pour ses nerfs. Malko connaissait le calvaire des jeunes filles dans les pays musulmans. Elles doivent arriver vierges au mariage sous peine de se voir répudier après la nuit de noces. En dépit de son apparence sexy, Amal l'était certainement. Bien qu'il y ait des accommodements avec le ciel, grâce à certains chirurgiens compréhensifs et habiles.

Il lui fallut dix minutes de patience pour faire avouer à Amal qu'une de ses amies possédait un appartement à côté de l'hôtel et qu'elle lui avait laissé la clef. Qu'à condition d'être discrets, ils pourraient s'y retrouver, mais qu'il ne fallait pas en déduire qu'elle voulait lui accorder ses faveurs.

Malko souscrit à tout. Le bar était sinistre et il sentait Amal si mal à l'aise que c'en était gênant. Elle sursautait chaque fois que la porte s'ouvrait. Après lui avoir expliqué où se trouvait la maison de son amie — elle ne voulait pas qu'ils sortent ensemble — elle se leva et sortit.

Il but une vodka paisiblement pour lui laisser le temps d'arriver.

La maison se trouvait à moins de cent mètres de l'hôtel. Elle ressemblait à toutes celles de Bagdad, était entourée d'un petit jardin. Aucune lumière et Malko se demanda si Amal ne s'était pas tout simplement esquivée. Il frappa au rez-de-chaussée et la porte s'entrouvrit immédiatement.

Il eut un choc agréable. Le manteau noir avait caché une vision inattendue: des bas noirs, une robe qui moulait son extraordinaire poitrine et s'arrêtait à mi-cuisse et un nuage de parfum. Malko rencontra son regard et il se dit que le temps des mots était dépassé.

Sans lui laisser le temps de protester, il la prit dans ses bras et l'embrassa.

D'abord, elle se débattit furieusement, donnant des coups de pied, refusant sa bouche, cherchant à se dégager. Intérieurement, Malko soupirait. Il n'était plus à l'âge où l'on embrasse les filles de force.

Abandonnant la bouche, il enfouit ses lèvres dans son cou au-dessus du col de la robe. Il eut l'impression d'avoir branché Amal sur du 220 volts. Elle cessa immédiatement de lutter, sa grande bouche recouvrit la sienne et ses seins aigus s'écrasèrent contre sa veste. Non seulement elle lui rendait son baiser, mais s'accrochait à lui comme une noyée.

Pendant un interminable baiser, ils oscillèrent comme des ivrognes dans le hall de l'appartement, sans reprendre souffle. Amal ne semblait pas vouloir s'arrêter. Son corps était parcouru de secousses nerveuses d'un effet érotique stupéfiant. Comme si ses muscles avaient une vie indépendante. Les yeux chavirés, elle ne vivait que par sa bouche et sa langue, collée de tout son corps à Malko. Ce dernier, pour la première fois depuis son arrivée à Bagdad, perdit de vue provisoirement ses problèmes. On peut être barbouze, on n'en est pas moins homme.

Lorsqu'il posa une main sur sa poitrine, à travers la soie épaisse de la robe, il crut qu'elle allait lui arracher la peau de la nuque. Ses seins, en dépit de leur taille, étaient durs comme du marbre. D'abord elle écarta la main de Malko, puis se laissa faire, s'abandonna, appuyée au mur, tétanisée. Ou elle était naturellement hystérique où elle n'avait pas touché un homme depuis un an.

Finalement, ils échouèrent sur un canapé défoncé, essoufflés et ravis. Les yeux d'Amal lançaient littéralement des éclairs. Malko caressa une des jambes gaînées de noir au-dessus du genou et elle eut un gémissement, recolla sa bouche à la sienne, se frottant furieusement contre lui, comme une chatte en chaleur.

Malko voulut défaire la fermeture éclair de sa robe, mais elle se déroba avec une mimique furieuse:

— Je ne suis pas une putain, souffla-telle.

C'étaient les premiers mots qu'ils échangeaient. Malko s'abstint de lui demander ce qu'elle entendait par là, après la séance qu'ils venaient de partager.

Comme pour se faire pardonner, Amal revint à la charge.

Dans un mouvement, elle découvrit une de ses cuisses presque entièrement, jusqu'à l'endroit où le bas s'accrochait à la jarretelle et Malko laissa glisser sa main plus haut que la décence ne l'aurait permis. Il avait quelques excuses. Amal fut agitée d'un tel frémissement qu'il crut qu'elle atteignait l'orgasme. Elle lui mordit la lèvre cruellement et il la repoussa. Ce n'était pas une femme, mais un chat sauvage. Qu'est-ce que cela serait s'il lui faisait l'amour...

— Ne me touchez plus, supplia-t-elle, à mi-voix, cela me rend folle.

Folle, elle allait le devenir complètement à ce petit jeu-là. Les pointes de ses seins étaient dressées à crever le tissu de sa robe. A son tour, Malko s'était pris au jeu. Il taquina les pointes de ses seins et l'embrassa dans le cou.

Elle lui mordit la main, puis se coula contre lui, la langue hors de la bouche.

De nouveau, ils roulèrent sur le divan, enlacés. Lorsqu'elle sentit à quel point Malko avait envie d'elle, ses yeux se révulsèrent complètement et elle s'incrusta contre lui à lui faire mal, ondulant tant et si bien qu'elle parvint à un résultat dépassant ses espérances. Les yeux fermés, elle partagea son plaisir.

Mais ensuite elle le repoussa pour de bon, tira sa robe et s'assit sur le divan, les yeux brillants et les pommettes rouges.

— Je suis vierge, avoua-t-elle. Je ne pourrai jamais faire l'amour avec vous. Flirter seulement.

Dieu merci, elle avait une conception élargie du flirt.

C'est seulement à ce moment que Malko réalisa que sa nuque saignait. Amal l'avait complètement déchiré. Bel exemple de refoulement. Une vraie cavale en furie. Un peu calmée, elle lui versa du thé à la menthe et ils bavardèrent. Elle voulait tout savoir de l'Europe; la façon dont les femmes s'habillaient, comment elles faisaient l'amour, avec qui. Tout doucement, Malko la ramena au sujet qui l'intéressait. Son travail à elle.

— Je veux devenir une grande actrice, dit-elle fièrement, mais c'est très difficile ici. Alors je mets les disques tous les jours de six heures du matin à deux heures de l'après-midi à Radio-Bagdad.

— Je viendrai vous voir, plaisanta Malko.

Elle sauta en l'air comme s'il avait prononcé une obscénité.

— Oh non, il ne faut pas! D'ailleurs on ne vous laissera pas entrer à la Radio. Il faut une autorisation pour les étrangers. Et puis personne ne doit savoir que vous me voyez. Si je sors avec vous, c'est parce que vous êtes étranger et que vous ne connaissez personne ici.

« Tous les jours, le directeur de la radio me demande si je veux dîner avec lui et je refuse.

— C'est très flatteur, dit Malko.

Elle prit l'air effrayé.

— Il me fait peur. L'année dernière, il a violé une fille et il l'a fait mettre en prison parce qu'elle se plaignait. Il est très influent au Parti Baas. »

Afin d'effacer ses craintes, Malko l'embrassa de nouveau et la corrida recommença. Mais elle refusait obstinément de se déshabiller, même partiellement. A la fin, ce supplice de tantale commençait à devenir exaspérant. Malko comprenait sa crainte du viol.

Pas complètement injustifiée. C'est souvent ainsi que finissent les demi-vierges.

Comme si Amal avait suivi sa pensée, elle se leva brusquement.

— Je dois partir, maintenant, annonça-t-elle.

Devant l'état physique évident de Malko, elle se colla contre lui, contrite et humble.

— Il ne faut pas se revoir. Je vous ai dit, je ne peux pas faire l'amour avec vous. Il y a plein de filles à Bagdad qui accepteront. Je peux demander à ma coiffeuse pour vous.

Elle aussi. Cela devenait une habitude. Malko tâcha de reprendre son calme.

— J'aimerais quand même vous revoir Amal, demanda-t-il. Demain à la même heure?

Elle fit semblant d'hésiter:

— Je ne sais pas si je pourrai venir. Et puis, c'est dangereux, si on nous voit...

Malko lui prit les mains et les baisa:

— Je vous promets qu'on ne nous verra pas. Je ferai attention à ne pas être suivi en quittant l'hôtel.

Ils s'embrassèrent toujours avec autant de violence. C'était de la lave en fusion, Amal. Il sortit le premier, encore essoufflé. La rue semblait déserte, mais toutes les maisons en ruine cachaient tant de recoins que rien n'était sûr. Malko espéra qu'on ne l'avait pas suivi. Une idée encore vague commençait à se faire jour, concernant Amal. Encore un petit morceau de son puzzle.

*
**

Le dossier de Malko venait de s'enrichir d'un rapport de trois pages. Le récit succinct de ses débordements en compagnie des call-girls et une note plus courte signalant sa promenade à la prison de Baakouba.

Seul dans son bureau, le général Okeili suçait pensivement son crayon vert. Il le posa pour prendre le rouge, hésita. Une note rouge signifiait « action immédiate »: soit élimination, soit expulsion du pays.

La mine toucha le papier et, trop aiguisée, se cassa. Le général n'était pas superstitieux, mais croyait aux présages. En plus, son opinion n'était pas encore faite sur le cas Malko. Il reprit le crayon vert et relut soigneusement les rapports.

Pourquoi ce déplacement à Baakouba? On avait relevé le numéro de la voiture et signalé la présence d'un homme blond. Le recoupement avec les renseignements des hommes en surveillance au Bagdad-Hôtel avait permis d'identifier immédiatement Malko. Le général Okeili mit un point d'interrogation en marge.

Il lut avec un certain plaisir le second rapport. L'Egyptien, l'œil collé à un trou du mur, avait assisté à toute la soirée qu'il décrivait avec un luxe de détails qui n'avaient pas tous leur place dans un document sérieux. Mais il ignorait les intentions de ses patrons et préférait pécher par excès que par omission.

Le général apposa sa griffe au bas du rapport et le classa. De ce côté-là, rien que de très normal. Il commençait à croire que son intuition l'avait trompé sur le compte de Malko. La promenade à Baakouba s'expliquait peut-être par la simple curiosité.

Il décrocha son téléphone et demanda au standard de lui passer le colonel Tcherkov, à l'Ambassade soviétique. Ses locaux se trouvaient de l'autre côté du Tigre, à plus de deux kilomètres.

Ce dernier parlait parfaitement arabe. Dès qu'il l'eut au bout du fil, le général ne s'embarrassa pas de préliminaires.

— Que savez-vous sur l'homme dont je vous ai parlé? demanda-t-il.

Hélas, le Russe ne savait rien encore. Il avait envoyé un cable codé à Moscou, mais attendait encore la réponse. Le G.R.U. devait vérifier auprès du K.G.B. et cela prenait quelques jours, afin d'éviter tout risque d'erreur. Il tiendrait son homologue au courant dès qu'il aurait du nouveau.

Le général raccrocha, satisfait. Il avait fait d'une pierre deux coups. Le double du câble envoyé par le colonel Tcherkov était sur son bureau, mais il soupçonnait les Russes de posséder un moyen secret de communiquer avec Moscou. Si le colonel Tcherkov avait eu la réponse, sans que lui, Okeili, la connaisse déjà, c'eût été la preuve par neuf que ses soupçons étaient fondés. Tant pis, ce serait pour une autre fois...

Il avait un autre sujet de satisfaction: la jeune Amal Chroukri, que la Sécurité Militaire utilisait parfois pour de petits « sondages » auprès de suspects étrangers, semblait avoir sympathisé avec ce journaliste autrichien. Elle avait reçu l'autorisation de le revoir et les rendez-vous se déroulaient dans un immeuble appartenant à la Sécurité Militaire.

Au bas du troisième rapport, Latif Okeili écrivit au crayon vert:

« Continuer la surveillance. Me rendre compte jour par jour. »

CHAPITRE VII

Djemal était arrivé à pied à l'hôtel. Malko attendait dans le hall et le rejoignit immédiatement. Le Kurde hésita entre les taxis, puis choisit une vieille 404 Peugeot avec un chauffeur au visage particulièrement servile.

Vingt minutes après, ils débarquaient devant la villa des deux Egyptiennes. Dès qu'ils furent seuls, Malko demanda:

— Pourquoi avez-vous choisi ce taxi? C'était le plus sale.

Le Kurde eut un grand rire silencieux.

— Celui-là, je suis sûr que c'est une « barbouze », expliqua-t-il. Comme cela, les autres sont tranquilles, ne nous suivent pas. Celui-là, dans dix minutes, sera à l'hôtel et dira où nous sommes. Ils sont trop paresseux pour chercher ce que nous ferons après. C'est plus agréable de rester jouer aux cartes, bien au chaud, en buvant du thé.

Soussan et Leila accueillirent leurs clients avec des manifestations de joie touchantes. Le dinar était rare à Bagdad, en cette période de révolution.

Dans un souci d'européanisation, elles avaient troqué leurs voiles pour des pantalons en lastex moulant et des pulls de lainage ajouré à travers lesquels pointaient l'extrémité de leurs seins.

Djemal les interrogea après les premières embrassades et traduisit pour Malko.

— C'est bien ce que je pensais, le frère de Soussan n'est pas là. Il viendra seulement demain.

Les calculs du Kurde se vérifiaient. Malko ne tenait plus en place. Enfin, il allait faire quelque chose de vraiment utile. Mais il fallut se prêter à un minimum de cérémonial. Thé, danses, libertinage. Les deux Egyptiennes avaient déjà dénudé leur poitrine lorsque Djemal les arrêta.

Avant tout, il posa deux billets de 100 dinars sur la table puis leur tint un long discours, qu'il résuma pour Malko.

— Je leur ai expliqué que la séance d'hier nous avait fatigués mais que nous reviendrions consommer demain peut-être. Il ne faut pas les vexer.

Effectivement, devant l'air renfrogné de Soussan, la plus jeune et donc la plus consciencieuse, Djemal se laissa quand même un peu caresser.

Mais un quart d'heure plus tard, Malko et le Kurde étaient dehors. Le visage de Djemal s'était durci d'un coup. Il entraîna Malko par le bras, marchant très vite.

Ils parcoururent plus d'un kilomètre avant de trouver la Mercédès de Djemal garée dans une rue sombre.

Le coin était sinistre. Des terrains vagues bordant le fleuve, des masures de terre battue endormies, un cinéma isolé et quelques bâtiments plus modernes sans une lumière. Il n'y avait pas âme qui vive.

— C'est là que nous allons? demanda Malko.

Djemal sourit nerveusement.

— Pas du tout, mais on ne prend jamais assez de précautions.

Embusqués derrière un pan de mur, ils attendirent et écoutèrent d'interminables minutes. Mais aucun bruit, sauf les chiens, ne troublait le silence de la nuit. Enfin, Djemal monta dans la voiture, faisant signe à Malko de ne pas claquer les portières. Il démarra, tous feux éteints, et n'alluma ses phares qu'en arrivant sur une grande place brillamment illuminée.

Un peu plus loin, une voiture à l'étoile blanche était arrêtée dans un coin d'ombre, inquiétante et sinistre.

De nouveau, ce fut la course dans les rues désertes de Bagdad. Djemal ne disait pas un mot. Puis il s'arrêta brusquement. Ils se trouvaient dans une rue étroite, aux bâtisses en ruine, sans le moindre éclairage. Le vrai coupe-gorge.

Djemal descendit et se fondit dans l'ombre d'un mur, puis attira Malko près de lui.

— Nous sommes arrivés, dit le Kurde. C'est au

bout de la rue. Dans une cave, il y a un groupe de Kurdes du Nord qui se cachent depuis plusieurs jours. Ils sont commandés par une femme. Elle est très connue chez nous. Nous l'avons surnommée la Panthère Noire. Très romantique, n'est-ce-pas? Elle s'appelle Gulé en réalité, ce qui signifie « Rose ». Elle parle anglais. Vous pouvez lui demander de vous emmener dans le Nord. Elle est prévenue de votre arrivée.

Malko sursauta.

— Comment? Vous ne venez pas?

Le Kurde secoua la tête.

— Non. Je ne peux pas laisser ma voiture ici. C'est trop risqué. Si une patrouille l'aperçoit, ils fouilleront tout le quartier pour savoir où je suis.

« Vous allez marcher jusqu'au bout de la rue. Un homme vous attend. Vous lui direz « Gulé ». Il vous conduira. »

— Comment reviendrai-je? fit Malko, pas plus rassuré que cela.

Dans l'obscurité, les dents du Kurde le firent ressembler à un fauve:

— Ils vous reconduiront. Mais si vous voulez aller dans le Nord, il faut vous habituer à certaines précautions et à certains risques.

C'était un blâme détourné. Malko chercha à percer l'obscurité de la rue et se sentit bien seul. Décidément, il aurait dû emmener Krisantem. Mais il était impossible de reculer.

— Bien, dit-il. J'y vais. Merci.

D'un pas ferme, il s'engagea au milieu de l'étroit boyau. Lorsqu'il se retourna à mi-chemin, le Kurde avait disparu. Immédiatement, il entendit le bruit de la voiture qui s'éloignait. Le bruit de ses pas lui semblait monstrueux et il faillit faire demi-tour. Cela sentait furieusement le guet-apens. Après tout, il connaissait à peine Djemal. L'extrémité de la rue était si sombre qu'il ne distinguait même pas la porte des maisons.

Il trébucha sur une pierre, jura en allemand et manqua s'étaler. Le sol de terre battue était creusé d'énormes trous. Dans chacun des terrains vagues bordant la ruelle, dix tueurs pouvaient être embusqués. Il ignorait même dans quelle partie de Bagdad il se trouvait. Certainement pas dans un quartier résidentiel. Bien qu'à dix mètres de Saadoun Street, il y ait d'effroyables bidonvilles de terre battue où des familles vivaient avec leurs chèvres!

La rue se terminait par un coude à angle droit, vaguement éclairé par un réverbère lointain. Pas très loin, un chien aboya. Puis il y eut une rafale de coups de feu, très lointaine. Tendu, Malko s'attendait à n'importe quoi.

Il s'arrêta. Personne. Il attendit le temps de compter cent, immobile, commençant à croire à une blague, puis appela à voix basse:

— Gulé!

Rien.

Il fit demi-tour, frôlant les murs, dans une illusoire recherche de sécurité.

Tout à coup un objet pointu s'enfonça dans son dos. Malko avait beau avoir été prévenu, il sauta en l'air. Se retournant, il devina dans la pénombre le visage farouche d'un homme qui lui enfonçait la lame d'un poignard dans les reins. Il était sorti sans le moindre bruit d'une encoignure devant laquelle Malko venait de passer.

A le toucher.

— Gulé, dit Malko à voix basse.

L'autre ne répondit pas. Mais d'une poussée, il le fit entrer dans une anfractuosité qui s'ouvrait entre deux maisons. A tâtons Malko avança, faisant rouler des pierres sous ses pieds. Puis il se trouva devant une porte en bois. Son guide le dépassa, ouvrit d'un coup d'épaule, le poussa à l'intérieur, puis referma vivement.

Ils étaient dans le noir total. Malko entendit farfouiller, puis l'inconnu craqua une allumette et alluma une vieille lampe à pétrole. C'était une pièce vide avec de la paille par terre. Tout en le surveillant du coin de l'œil, l'inconnu écarta la paille et découvrit une trappe qu'il souleva. Au même moment, Malko aperçut deux yeux rouges dans la pénombre: un rat gros comme un chat adulte les contemplait...

Brrr!

Sur un geste de son guide, Malko s'engagea dans l'étroite ouverture qui cachait une échelle branlante. Il était entièrement à la merci de ses étranges hôtes.

Il atterrit dans une sorte de soupente. Tout de suite, une odeur effroyable frappa ses narines. Comme s'il venait de débarquer dans un charnier. L'odeur douceâtre de la mort se mêlait à celle de la pourriture. On ne pouvait même pas se tenir debout.

L'homme qui escortait Malko lui appuya sur l'épaule pour le faire asseoir. Cette pièce aussi était éclairée d'une lampe à pétrole. Mais la lueur était si faible qu'il ne distinguait que des ombres autour de lui, couchées ou appuyées au mur. La hauteur de la pièce n'excédait pas un mètre cinquante. Les murs ruisselaient d'humidité.

Il mit quelques secondes à habituer ses yeux à la pénombre. Puis quelque chose bougea et une main invisible rapprocha la lampe à pétrole de sa tête. Mais ce qu'il vit d'abord ce fut le long canon d'un énorme revolver, braqué sur son visage, à quelques centimètres. Si près qu'il aurait pu compter les rayures du canon. Il était tenu par une main de femme aux ongles faits, aussi grande qu'une main d'homme.

Derrière le pistolet, il y avait un visage large et plat avec deux immenses yeux jaunes, presque comme ceux de Malko, un nez à l'arête plate et une bouche lourde, sensuelle et cruelle, aux lèvres épaisses. La femme était étendue sur une sorte de grabat, vêtue d'un pantalon bouffant à la Kurde et d'une tunique militaire kaki qui s'entr'ouvrait sur son torse, découvrant un pansement sale qui lui entourait la poitrine. Un second pistolet, automatique celui-là, était passé dans sa large ceinture, ainsi qu'un poignard recourbé et un long fume-cigarettes de bois.

La lueur de la lampe augmenta et Malko distingua près du lit une bassine avec du liquide blanc et des piles de cartouchières pour les deux longs fusils tchèques accrochés au mur.

Il se sentit particulièrement gêné. Que voulait dire cet accueil?

Sans quitter Malko des yeux, la femme dit quelques mots. L'homme qui l'avait amené hocha la tête et Malko eut le pressentiment d'une catastrophe. La femme répéta la même phrase.

— Elle dit qu'elle va vous tuer, dit l'homme.

De près, il n'avait pas l'air d'un Arabe avec ses yeux verts et ses cheveux roux. Les hommes étendus sur le sol ne bougèrent pas. On les entendait à peine respirer.

Elle n'avait pas l'air de plaisanter du tout, la Panthère Noire. Malko essaya de garder son calme. De toutes façons, il n'y avait pas tellement de choses à faire. Il plongea ses yeux dorés dans ceux de la Kurde et demanda en turc:

— Pourquoi voulez-vous me tuer?

Elle parut surprise qu'il parle la langue, mais sa méfiance s'accentua. Avec un accent guttural, elle dit:

— Vous êtes un traître payé par les Arabes.

Mais vous n'aurez pas le temps de profiter de votre trahison.

— Comment le savez-vous?

— Je le sais.

Silence. Djemal lui avait fait un beau cadeau. Malko commençait à comprendre pourquoi il ne l'avait pas accompagné.

Il y eut une seconde de tension insupportable. Malko transpirait à grosses gouttes sous l'œil impavide de la Kurde.

— Tu vas mourir, « Djach », dit-elle en turc.

Brusquement, chez Malko, la rage l'emporta sur la peur. Ses yeux dorés ne cillèrent pas et il dit:

— Tuez-moi, mais vous faites une erreur. Je suis votre ami. Je suis Américain.

— Tu mens, cracha la fille. Aucun Américain ne se risquerait ici à Bagdad.

Malheureusement, Malko n'avait aucune preuve de son identité.

La Kurde eut un sourire cruel. Le pistolet se leva de deux centimètres. Malko vit le barillet tourner lentement et le chien partir en arrière. Le gros index poussait la détente lentement et régulièrement. Dans une fraction de seconde, sa tête allait éclater sous l'impact de la balle de 45. Il quitta le pistolet pour les yeux de la femme. Il ne pensait plus, n'avait plus peur; le temps s'était arrêté.

Brutalement, la Kurde éclata de rire et remit son pistolet dans la ceinture.

Le changement d'attitude fut si soudain que Malko resta cloué sur place sans réagir. Maintenant, la Panthère Noire appuyée au mur, contemplait Malko avec un mélange d'avidité et d'intérêt. Elle n'était pas vraiment belle et aurait déparé le grand salon de Dior, mais son corps massif et son visage aux traits épais dégageaient une sensualité bestiale, avivée par les multiples breloques et bracelets qui cliquetaient à chacun de ses mouvements. Elle prit le long fume-cigarettes taillé dans un morceau de bois, alluma une cigarette et sourit à Malko.

— Un traître ne peut contempler la mort en face sans implorer la pitié, dit-elle en anglais. Votre regard n'a pas quitté le mien, donc votre âme était pure.

Rétrospectivement, Malko eut froid dans le dos. A quoi tiennent les choses? Les Kurdes utilisaient quand même un curieux sérum de vérité.

— Mais si j'avais baissé les yeux, vous m'auriez tué? demanda-t-il.

La Kurde tira une longue bouffée de sa cigarette.

— Bien sûr. Votre corps aurait pourri dans cette cave pendant des années. Il n'aurait pas été le seul.

Son fume-cigarettes désigna une masse sombre dans un coin. C'est là que la puanteur était la plus atroce. C'était un cadavre roulé dans une couverture.

— Vous l'avez tué? demanda Malko.

— Non. C'est un des nôtres. Il était blessé et il est mort. Nous ne pouvons pas le mettre dehors. Cela risquerait de mener la police jusqu'à nous. Cela fait cinq jours que nous sommes ici.

Il fallait du cran pour vivre cinq jours dans cette puanteur inhumaine!

Malko accepta la cigarette offerte et le verre de thé, attendant qu'elle reprenne la parole.

— Pourquoi voulez-vous aller dans le Nord? demanda la Kurde après un moment de silence.

— Je veux voir votre combat de plus près, dit Malko, et les Irakiens ne me laissent pas faire.

Elle souffla une bouffée de fumée bleue.

— Vous pouvez y laisser la vie...

Ce fut à son tour de hausser les épaules. On n'appréciait pas les lâches chez les Kurdes.

— C'est mon affaire. Quand partez-vous?

Elle sourit franchement cette fois:

— Pas avant une semaine. A cause de ça. Sinon, je ne serais pas dans ce trou à rats.

Elle écarta sa tunique, et arracha une large bande de sparadrap souillé de sang. Sous un sein lourd et blanc, il y avait une énorme blessure violette et boursouflée, raccommodée, il n'y avait pas d'autre mot, avec un fil noir. La Kurde referma lentement sa veste, soutenant le regard des yeux dorés de Malko.

— Vous avez vu un médecin? demanda-t-il un peu bêtement.

Elle haussa les épaules.

— Il n'y a pas de médecins pour nous à Bagdad. Mais je suis solide. Je reverrai mes montagnes.

— Pourquoi vous appelle-t-on la « Panthère Noire »? demanda Malko.

La Kurde lui lança un regard pénétrant:

— Parce que je traque mes ennemis partout, jusqu'aux endroits où ils se croient en sûreté. Nous étions venus exécuter trois « Djach », mais ils se sont défendus. L'un d'eux a voulu me poignarder avant de mourir.

« Les Irakiens ont mis ma tête à prix pour 10 000 dinars. Cela fait beaucoup d'argent. Simplement pour me dénoncer. C'est de l'argent facilement gagné, fit-elle pensivement. »

Ce ne devait pas être une profession d'avenir de dénoncer la « Panthère Noire ».

Malko hésitait encore. Il avait l'impression d'être tombé exactement sur la personne qu'il lui fallait. Pourtant, tout cela semblait bien folklorique. Sauf le cadavre, évidemment, et les armes suspendues au mur. Ou c'était une mise en scène fabuleuse destinée à le piéger, ou il avait vraiment affaire à d'authentiques maquisards.

Les seules personnes capables de l'aider dans sa mission... il n'y avait qu'une seule façon de le savoir: s'avancer tellement que, si la soi-disant « Panthère Noire » travaillait pour les Irakiens, il se retrouverait en prison ou mort, le lendemain. Il la laissa finir sa cigarette. Sa décision était prise. Mais il voulait quand même ne prendre qu'un risque calculé.

L'odeur le mettait au bord de la nausée. Heureusement qu'elle fumait.

— Je voudrais vous parler seul, demanda-t-il en anglais.

Aussitôt, elle fronça les sourcils:

— Pourquoi? Les hommes qui sont ici sont des « pesh merga », des combattants sûrs. Je n'ai rien à leur cacher.

— Bien sûr, dit Malko. Mais moi, je peux avoir quelque chose à cacher. Ce que j'ai à vous dire.

Elle le regardait, indécise. Il sentit qu'il fallait lui donner des gages de sa bonne foi.

— Je suis Américain, dit-il, et je ne suis pas journaliste. Je ne vous en dirai pas plus, tant que je ne serai pas seul avec vous.

Cette fois, elle donna un ordre bref et les quatre hommes se levèrent et disparurent par un petit tunnel qui devait donner dans une autre pièce. Malko resta seul avec le cadavre et la Kurde. Ses yeux jaunes le contemplaient, pleins de méfiance.

— Alors? dit-elle.

Pour éviter de parler fort, il fit un geste pour se rapprocher d'elle. Aussitôt, le Colt jaillit des couvertures comme un cobra.

— Si vous avancez, je vous tue, fit-elle sèchement.

La confiance ne régnait pas.

— Pourquoi me soupçonnez-vous? reprocha Malko. Moi aussi, j'ai pris des risques pour venir vous voir. Je suis seul et sans arme.

Elle soupira et baissa son arme:

— Il y a tant de gens qui voudraient me tuer! Et puis, c'est Djemal Tarouni qui vous a amené. Je n'ai pas entièrement confiance en lui. C'est un mou. Il devrait être dans les montagnes à se battre. Alors, que vouliez-vous me dire?

Mentalement, Malko fit un signe de croix.

— J'ai besoin d'une dizaine d'hommes décidés, exposa-t-il. Avec des armes, capables de risquer leur vie. Et ensuite, de s'enfuir dans le Nord.

Gulé le regardait, les sourcils froncés, visiblement sans comprendre.

— Que voulez-vous faire? demanda-t-elle. Vous êtes étranger à Bagdad: vous n'avez personne à venger!

— C'est mon affaire, répondit Malko. Je vous ai posé une question. Répondez-moi si c'est possible ou non?

— Et si c'est un piège?

Il sourit.

— Vous me tuerez. Parce que je serai avec vous. Et ce n'est pas un piège.

Ils se jaugèrent pendant d'interminables secondes. Elle avait vraiment des yeux de fauve, en amande, plus jaunes que ceux de Malko, plus durs aussi. Il la sentait désorientée et perplexe, au bord du refus.

— Je ne peux rien vous dire, si je ne sais pas de quoi il s'agit, fit-elle. Mes hommes sont des soldats, pas des bandits.

La lampe à pétrole vacilla, dans un courant d'air invisible. Malko frissonna. Une humidité glaciale suintait des murs. Ils devaient être en contre-bas du Tigre. Il se dit qu'au point où il en était, autant dire la vérité.

Mais s'il y avait la moindre fuite, tout était perdu.

— Il me faut un commando pour attaquer la prison de Baakouba. Pour neutraliser les gardes, libérer un certain prisonnier et lui faire quitter le pays par le Kurdistan.

Gulé ne put réprimer un mouvement de surprise. Elle secoua la tête.

— C'est impossible, fit-elle avec une nuance de regret dans la voix. Il s'agirait de la prison de Bagdad, ce serait encore possible. Elle est vieille et mal gardée. On peut s'en approcher facilement et les murs ne sont pas très hauts.

« Mais Baakouba, c'est impossible. Les murs sont en ciment, de six mètres de haut. C'est dans le désert et personne ne peut s'en approcher sans autorisation. Nous n'arriverions jamais à pénétrer à l'intérieur de la prison. Pourquoi voulez-vous faire cela? »

Malko avait prévu toutes ces objections et il improvisait au fur et à mesure. Il venait d'avoir une idée.

— Je me charge des murs, dit-il. Vous aurez simplement à pénétrer dans la prison, lorsqu'ils seront écroulés, et à enlever un prisonnier dans la cour, puis à vous enfuir avec. Cela, est-ce possible?

La Panthère Noire le regarda ironiquement:

— Qui êtes-vous donc pour parler de miracle? Aladin en personne? Vous allez repousser les murs de vos mains! Croyez-vous que, si on pouvait attaquer la prison de Baakouba, nous ne l'aurions pas déjà fait pour délivrer nos frères?

Malko tira une bouffée de sa cigarette. Il ne sentait même plus la puanteur de ce caveau avant la lettre, tant il était excité. Le succès ou l'échec de sa mission dépendait de toute cette conversation. S'il ressortait sans avoir convaincu la Kurde, il avait perdu. La chance ne lui ferait pas rencontrer deux fois des gens comme elle.

— Vous seuls, ne pouvez pas attaquer la prison, admit-il, moi tout seul non plus. Mais, à deux, nous réussirons. Je vous le jure. Et je serai avec vous.

Elle secoua la tête:

— Même si cela était vrai, je ne peux pas risquer la vie de mes hommes pour un étranger fou. Je n'en ai pas le droit.

Cela, c'était un argument plus juste. Mais Malko avait enregistré sa conversation avec Djemal.

— Je ne vous demande pas cela, dit-il. Je suis prêt à payer avec ce que vous voudrez: de l'or ou des armes.

Cette fois la Panthère Noire éclata de rire.

— Vous vous moquez de moi! Où prendrez-vous de l'or ou des armes? Il n'y a rien de tel à Bagdad!

— Qui vous parle de Bagdad? dit Malko. Si vous voulez des armes, elles viendront de plus loin.

Elle le fixa, indécise:

— Qui êtes-vous?

— Je suis Américain, dit paisiblement Malko. Je travaille pour les services de Renseignements. Un de nos agents est à Baakouba. Il va être exécuté. Nous devons le sauver. Ici à Bagdad, je ne peux rien, mais ailleurs, j'ai derrière moi toute la puissance de mon pays et cela peut faire des miracles.

Cette fois, la Kurde marqua le coup.

— Vous êtes venu de si loin pour sauver cet homme? fit-elle incrédule.

— Oui, dit simplement Malko, et je ferai tout

ce qui est en mon pouvoir pour y parvenir. Même si cela semble impossible.

— Vous dites la vérité?

Malko chercha son regard.

— Pourquoi serais-je venu jusqu'ici? Je risque ma vie tout autant que vous. Je suis un « espion », ne l'oubliez pas. Si vous me dénonciez, on vous laisserait probablement repartir dans vos montagnes.

Elle eut un rire cruel:

— Un Kurde ne vend pas ses amis. Mais comment ferez-vous parvenir des armes?

— Parachutage, dit Malko. Où vous voudrez, quand vous voudrez.

Là, il s'avançait un peu parce qu'il n'avait aucun moyen sûr de communiquer avec Beyrouth ou Téhéran. Les câbles étaient épluchés, le téléphone ne marchait pas avec l'étranger et il ne pouvait ressortir du pays, son visa n'étant valable que pour un seul voyage.

Gulé appela et un des Kurdes réapparut. Elle eut une longue conversation avec lui, ponctuée de regards étonnés pour Malko. C'était presque un vieillard et ses traits disparaissaient sous les rides. Ses petits yeux noirs étaient extraordinaires de vivacité.

Finalement, la Kurde reprit la parole.

— Je ne sais pas qui vous êtes, dit-elle. Moi, je vous crois, mais c'est trop grave pour prendre des risques. Voici ce que je vous propose. Avant tout, vous allez livrer les armes à l'endroit que je vous indiquerai. Je suis encore clouée ici pour une semaine, vous avez donc le temps. Après, seulement, nous discuterons.

» Est-ce d'accord?

— D'accord, dit Malko. Que voulez-vous, et où?

Il y eut un moment de flottement. Nouveau conciliabule. La Panthère Noire semblait de plus en plus étonnée par cet étranger, paraissant doué de pouvoirs fabuleux.

— Vous le saurez demain, dit la Kurde. Vous irez au cinéma Atlas vers six heures. On joue un film égyptien. Quelqu'un s'asseoira près de vous et vous remettra une liste. Ensuite, le reste dépend de vous.

— Parfait.

Brusquement, l'ambiance changea. La Kurde paraissait beaucoup plus détendue. Elle demanda à Malko:

— Parlez-moi de votre plan, puisque c'est moi qui l'exécuterai.

— Vous? sursauta Malko.

Elle lui jeta un regard furibond.

— Vous n'avez pas confiance en moi? Je peux tuer un homme à vingt mètres avec un de mes pistolets. Et j'ai autant de courage que mes Pesh-Merga, et deux fois plus qu'un Arabe...

— Mais vous êtes blessée, objecta Malko.

— Je serai guérie, affirma-t-elle. Je suis toujours guérie quand il faut se battre. Alors?

Il comprit qu'il allait s'en faire une ennemie s'il se taisait. Et, connaissant le pays, elle pouvait lui donner de précieux conseils.

— Nous n'aurons qu'un moment très court pour agir, commença-t-il. Moins d'une heure. Il me manque encore des éléments, mais je les obtiendrai d'ici là.

Il parla plus de dix minutes, se faisant le plus convainquant possible. La Kurde buvait ses paroles, comme une petite fille écoutant un conte de fées. Quand il se tut, elle éclata de rire:

— Vous êtes aussi fou qu'un Kurde!

Elle se rembrunit aussitôt:

— Votre plan est audacieux, mais il ne réussira pas. Mais donnez les armes et nous le tenterons. Même si je dois y laisser la vie.

— Je serai avec vous, souligna Malko.

La Kurde le regardait avec une expression nouvelle. Contrairement aux femmes de sa race, particulièrement prudes, surtout avec les étrangers, la « Panthère Noire » était célèbre pour ses aventures amoureuses. Elle se faisait une gloire de vivre comme un homme, ce qui représentait un certain courage dans une contrée où on lapide encore les femmes adultères avec l'aide du mari.

Malko croisa son regard et ce qu'il y vit le rassura sur l'avenir de leurs relations. Si elle recevait les armes.

La tension tombée, l'odeur abominable l'assaillait encore plus violemment.

Il termina son thé et dit:

— Je crois que nous n'avons plus rien à nous dire. J'attendrai votre messager demain et je m'occuperai immédiatement des armes.

La Panthère Noire ne lui tendit pas la main mais son regard jaune le suivit tandis qu'il montait l'échelle. Le même homme qui l'avait rencontré dans la ruelle, l'accompagna jusqu'au bout.

Ensuite, Malko marcha un bon moment avant de trouver un taxi. Il était deux heures du matin quand il rentra au Bagdad-Hôtel. Les Barbouzes étaient toujours là et cette fois il éprouva un frisson désagréable dans la nuque. La Kurde avait raison: son plan était complètement fou.

CHAPITRE VIII

La caissière du cinéma Atlas regarda curieusement Malko lorsqu'il se présenta au guichet. On ne voyait pas souvent d'Européens dans son établissement ne passant que des films arabes en version originale, bien que ce soit un des plus grands cinémas de Bagdad, sur Saadoun Street, à deux pas de la place Al-Tahrir.

Malko ne saurait jamais ce qu'il avait été voir car il s'agissait d'une version originale, non sous-titrée. La salle sentait la sueur et la crasse. Il s'assit dans une rangée vide, afin de permettre à l'homme qui le rencontrerait de s'asseoir près de lui facilement.

L'homme qui collait à ses pas depuis le Bagdad-Hôtel, hésita puis s'installa à la terrasse du café, en face de l'Atlas. Il avait déjà vu le film et il faisait beau. Machinalement, il commença à égrener son chapelet d'ambre pour passer le temps. Il commençait à en avoir pardessus la tête de filer des étrangers, c'était toujours la même chose.

Rien ne se passa durant vingt minutes. Malko commençait à être inquiet. Si le Kurde ne venait pas, c'était très mauvais signe. Il ne pourrait pas demander à Djemal de le conduire une seconde fois. Pourtant, il avait mis près d'un quart d'heure pour venir de l'hôtel, en marchant très lentement, afin qu'on puisse le repérer.

Enfin, quelqu'un s'assit près de lui. Malko ne bougea pas et l'examina du coin de l'œil. C'était un Arabe comme les autres, sans cravate et pas rasé, qui semblait s'intéresser uniquement au film. A aucun moment, il ne tourna la tête vers son voisin.

Pourtant, cinq minutes plus tard, Malko sentit une main qui se glissait vers la poche de sa veste. Il en ressentit autant de plaisir que si son voisin avait été Brigitte Bardot. L'homme tâtonna, sans quitter l'écran des yeux, jusqu'à ce qu'il ait trouvé l'ouverture de la poche. Puis il y glissa un papier plié.

Aussitôt après, il reprit son immobilité sans avoir prononcé une parole. Personne ne pouvait rien avoir vu, même de la rangée derrière eux.

Pour plus de sécurité, Malko décida de rester jusqu'à la fin du film. Sur l'écran se déroulait un horrible mélo peuplé d'adipeuses beautés égyptiennes. Il essaya vainement de s'y intéresser puis laissa son esprit divaguer. Maintenant, il fallait transmettre la commande d'armes à Beyrouth. S'il sortait d'Irak, il risquait de ne jamais y remettre les pieds, puisqu'il lui faudrait un nouveau visa qu'il ne pouvait obtenir qu'en Autriche.

Une lettre était également exclue. D'abord la censure en ouvrait un grand nombre, ensuite, elle risquait de se perdre. Le téléphone et les câbles étant également à éliminer pour des raisons évidentes, il ne restait qu'un messager sûr. Malko aurait bien voulu posséder un de ces postes-émetteurs pas plus gros qu'un attaché-case que la C.I.A. utilisait si souvent, mais cela supposait tout un réseau de complicités qui n'existaient pas en Irak.

Dans cet univers clos et hostile, les gadgets électroniques n'étaient d'aucune utilité. On revenait au système D.

Le film se termina sur un concert de sanglots des principales héroïnes et Malko se leva, tâtant malgré lui le papier à travers l'alpaga de sa veste.

Plus vite, il s'en débarrasserait, mieux cela vaudrait.

*
**

La réclame lumineuse de l'Aéroflot brillait sur Saadoun Street, en caractères russes et arabes, lorsque Malko sortit de l'Atlas. Les Russes possédaient le bureau le plus luxueux de toutes les compagnies aériennes.

Il avait la certitude d'être surveillé, mais impossible d'identifier son suiveur. Il avait hâte d'être à l'hôtel pour apprendre par cœur le contenu du message. C'était de la dynamite.

En prenant sa clef au bureau de l'hôtel, il se heurta presque à la jeune Française chef d'orchestre qu'il avait rencontrée à la soirée du pédéraste diplomate. Elle discutait avec le concierge et Malko l'entendit demander une voiture pour explorer les ruines de Ninive.

— Je pars après-demain soir pour Beyrouth, expliquait-elle, et je voudrais avoir vu autre chose que Bagdad...

Malko se retint de pousser un cri de joie: Beyrouth! C'est exactement ce qu'il lui fallait. Il ne voulait pas mêler Djemal à ce trafic d'armes, c'était trop délicat.

Avec une étrangère, il prenait moins de risques.

A condition qu'elle accepte.

Au moment où elle se retournait il sourit, puis s'inclina devant elle:

— Je comptais moi-même aller à Ninive, dit-il, et je me ferai une joie de vous y emmener, si toutefois cela ne dérange pas vos projets... J'ai une passion pour l'archéologie.

Rarement, il avait fait un mensonge plus effronté.

La musicienne rougit. Visiblement, elle appréciait l'offre de Malko — pas seulement pour Ninive, mais ce n'était pas le genre de dame à se jeter à la tête des hommes.

— Je ne sais pas si je dois accepter, minauda-t-elle. Vous devez déjà être avec quelqu'un et nous sommes quatre...

— Qu'à cela ne tienne, assura Malko, je suis seul et j'ai loué une grande voiture. Cela sera plus drôle ainsi.

La Française ne pouvait plus qu'accepter. Malko lui proposa un rendez-vous en fin de journée pour mettre les choses au point.

Les barbouzes du hall regardaient la scène, attendris. Si tous les étrangers avaient des occupations aussi innocentes! Dès que la jeune musicienne se fut éloignée, Malko demanda au concierge de lui réserver une voiture de location pour le lendemain.

L'archéologie mène à tout.

Il monta à son tour dans sa chambre et déplia le papier remis au cinéma. Ses doigts le picotèrent d'excitation. Les Kurdes n'y allaient pas de main-morte. D'une écriture maladroite, en anglais, on avait écrit:

200 carabines Mauser 98 K
20 bazookas tchèques
20 mitrailleuses MG 42
100.000 cartouches, 7,65
2 tonnes de T.N.T.

De quoi remplir quelques containers. En dessous, il y avait un seul mot: GALALE. La capitale du Kurdistan clandestin; en plein cœur des montagnes. La livraison allait poser quelques problèmes. De plus, il ne s'agissait pas d'armes américaines, ce qui allait compliquer le programme. Les mitrailleuses MG 42 étaient allemandes, ainsi que les carabines. Ce ne pouvait être que des armes de récupération. Et tout cela à trouver en moins d'une semaine!

Ted Heimof allait perdre quelques kilos et, par la même occasion, avoir l'occasion de réparer sa légèreté.

*
**

L'Américain fit repenser Malko au mystérieux colonel « traître » de l'armée de l'air irakienne Abdul Akmat. Maintenant que le puzzle avançait, il y avait sa place. A condition qu'il ne soit pas, comme le docteur Shawool, une branche pourrie.

Malko relut une dernière fois la liste des armes et la brûla dans le cendrier. Inutile de tenter le diable. Maintenant, il lui manquait encore un renseignement essentiel: quand auraient lieu les exécutions.

Devant les difficultés, il fallait renoncer à pénétrer à l'intérieur de la prison. Les gardes pourraient se retrancher et les alliés de Malko ne seraient pas en force suffisante pour affronter une bataille rangée. Donc, l'heure et le jour de l'exécution prenaient une importance primordiale, puisque les prisonniers seraient à ce moment, et, à ce moment seulement, dans la cour.

Le Colonel Akmat pouvait lui obtenir ce renseignement. Dans ce cas, il enverrait tout à Beyrouth et n'aurait plus à communiquer avec eux. Au jour dit, ses alliés de l'extérieur interviendraient...

Cela le décida. La Française partait le surlendemain, ce qui lui laissait presque deux jours pour agir. C'était court, mais il n'avait pas l'intention de ménager le colonel Akmat. Il ne lui dévoilerait pas son plan, d'ailleurs.

Il n'y avait plus qu'à prier pour que l'officier irakien soit de bonne composition. Sinon, il ne voyait pas qui pourrait lui communiquer à temps un renseignement aussi précieux et indispensable.

L'opération ressemblait à une partie de billard électrique où il faut accumuler un certain nombre de points avec un nombre limité de boules.

La première boule s'appelait le docteur Shawool... Il faudrait que la seconde — le colonel Akmat — fonctionne particulièrement bien.

*
**

Membre de l'Etat-Major de l'Armée de l'Air, le colonel Abdul Akmat avait un rôle assez effacé et se tenait à l'écart des bouillonnements politiques. Son dossier à la Sécurité Militaire était totalement vide. Il avait toujours fait preuve d'assez de souplesse et d'intelligence pour ne jamais se distinguer particulièrement au service d'un des régimes qui s'étaient succédés à la tête de l'Irak depuis dix ans, ce qui lui avait permis de passer plusieurs caps épineux avec bonheur.

Certes, il avait bien mitraillé quelques villages kurdes, fait fusiller des chefs communistes, mais était toujours parvenu à rester en coulisse.

Lorsqu'il ordonnait une exécution, il n'y assistait pas et il ne s'amusait pas à écarteler les ennemis du régime entre deux camions russes. Il avait un rêve secret: être nommé attaché militaire à Beyrouth, bien que les séjours hors d'Irak ne lui soient pas très recommandés.

En 1963, il avait été détaché en Jordanie, pour y commander l'escadre aérienne irakienne. Il passait toutes ses permissions à Beyrouth, délices de Capoue après Amman, isolé dans les sables du désert. C'est là qu'il avait eu quelques mauvaises fréquentations. Son meilleur ami — un commandant jordanien — lui avait avoué un jour travailler pour la Sécurité Militaire de son pays. Il lui avait demandé peu de choses, au début. De petites informations sur certains officiers irakiens.

Cela n'avait pas choqué outre-mesure le commandant Akmat. La Jordanie était l'alliée de l'Irak, un pays arabe comme lui. Le commandant irakien ne s'était pas formalisé non plus de rencontrer quelques civils très gentils, visiblement anglo-saxons. Ceux-ci débordaient de dollars et le commandant Akmat avait de plus en plus délaissé le mess d'Amman pour le Casino de Beyrouth.

Les soirées s'étaient terminées de plus en plus tard. Une chance ne venant jamais seule, Akmat avait rencontré une jeune Chinoise ravissante, aux ongles interminables et à l'avidité sans limite. Processus très classique. Avec un peu de jeu pour couronner le tout, il avait été très vite aux abois. Heureusement, son ami, l'officier jordanien, lui avait prêté 20.000 dinars pour l'aider à franchir cette passe difficile.

Trop heureux, Abdul Akmat n'avait pas demandé comment un modeste capitaine pouvait disposer d'une somme aussi importante. Evidemment, ce dernier obtenait du commandant irakien un certain nombre de choses.

Ils voyaient de plus en plus leurs amis étrangers qui étaient de plus en plus gentils.

Le scénario avait continué, ultra-classique. Un jour, demande de remboursement, affolement, proposition d'un accord.

Abdul Akmat avait fait semblant de croire que les renseignements que lui demandait son ami le capitaine jordanien ne sortiraient pas de la Jordanie, pays allié. Il avait communiqué le dossier personnel et politique de tous les officiers les plus importants de l'armée de l'air irakienne, dossiers qu'il détenait en raison de son poste de Président de la Mutuelle des officiers de l'Armée de l'Air.

Mais le jour où la conversation avait dévié sur des sujets encore plus brûlants, comme le nombre de jours de munitions des unités irakiennes, le commandant Akmat s'était repris et avait menacé son Jordanien de le dénoncer à la Sécurité Militaire irakienne.

Le nuage avait crevé.

La Chinoise aux lèvres sensuelles s'était évaporée. Le capitaine jordanien était devenu très cassant. Un soir, deux inconnus avaient sonné chez le commandant Akmat. Ils étaient porteurs d'un certain nombre de documents qui pouvaient l'envoyer directement devant un poteau d'exécution. Durant ses séjours à Beyrouth, il avait été suivi, photographié, écouté, même filmé pendant qu'il faisait l'amour avec la Chinoise. Par la même occasion, il avait appris que ses informations avaient abouti directement à la C.I.A. via son « ami » jordanien.

Les inconnus avaient été très aimables. Le commandant Akmat n'avait rien à craindre. Pour l'instant, ils n'avaient plus besoin de lui. Mais peut-être, un jour, lui demanderait-on d'autres services.

Pour gagner du temps, Abdul Akmat avait promis n'importe quoi. Puis, très vite, il avait demandé son rappel à Bagdad. Là, il se sentait plus tranquille.

Peu à peu, il avait complètement oublié que, quelque part dans le monde, des gens détenaient sur lui des documents accablants. L'Irak était un monde clos, hermétique et secret. Les agents américains ne s'y risquaient pratiquement jamais, laissant ce secteur aux britanniques.

Aussi, le commandant Akmat, promu colonel, s'était-il endormi dans une sécurité trompeuse. Ses deux filles avaient grandi et fréquentaient l'Université de Bagdad. Il ne comptait que des amis parmi les officiers, et la Sécurité irakienne avait depuis longtemps renoncé à trouver l'origine des fuites d'Amman. On avait tellement fusillé d'officiers depuis, que le coupable devait se trouver parmi eux...

Jusqu'au matin où le téléphone sonna dans son bureau.

*
**

Le colonel Akmat venait d'arriver au ministère de la Défense, lorsque le téléphone grelotta Il eut d'abord la voix d'un employé irakien du Bagdad-Hôtel, puis celle d'un étranger, parlant anglais.

— Je suis un ami du capitaine Hossein, de l'armée jordanienne, annonça la voix inconnue. Il m'a demandé de vous saluer si je passais à Bagdad...

Le premier réflexe du colonel Akmat fut de raccrocher, cédant à la panique. Il était seul dans son bureau et cela ne tirait pas à conséquence.

Puis il se domina. Après tout, c'était peut-être un véritable ami du Jordanien. Rien à voir avec son histoire. De toutes façons, il devait en avoir le cœur net. Et si le correspondant inconnu lui voulait du mal, ce n'est pas en lui raccrochant au nez qu'il écarterait le danger.

Par contre, cela pouvait sembler suspect au service d'écoute téléphonique du ministère.

— Bienvenue en Irak, s'entendit-il dire. Je serai très heureux d'avoir des nouvelles de mon ami le capitaine Hossein.

Le correspondant était tout aussi aimable. Akmat convint de lui envoyer une voiture à son hôtel une heure plus tard avant de raccrocher. Puis il alluma une cigarette et essaya de faire le vide dans son cerveau. Il faisait un temps magnifique et le soleil entrait à flots par la fenêtre de son bureau. Plusieurs de ses camarades passèrent la tête par la porte pour lui dire bonjour au cours de l'heure suivante.

Le colonel téléphona à sa femme qu'il ne rentrerait pas déjeuner.

A tout hasard, il prit dans le tiroir de son bureau un pistolet Tokarev 7,65, cadeau d'un officier soviétique et en vérifia le chargeur, avant de le glisser dans une des poches de sa tunique.

Bien qu'il ne comptât pas vraiment sur ce genre de moyens. A l'heure dite, il expliqua à son chauffeur sa mission et attendit. Il serait très vite fixé.

*
**

Malko était tout aussi anxieux que l'homme qu'il allait rencontrer. Certes, en théorie, il pouvait ruiner la vie et la carrière du colonel Abdul Akmat. Mais ici, à Bagdad, il n'avait pas beaucoup de moyens d'action. L'autre devrait le croire sur parole. S'il estimait qu'il bluffait, Malko allait se retrouver en prison; même si le colonel Akmat devait plus tard payer son erreur de jugement très cher, cela ne changerait rien au résultat.

Le portier du ministère de la Défense le salua respectueusement et le fit escorter par un troufion rogomme et barbu, bien que le chauffeur soit resté dans la voiture. Le colonel avait donné des ordres.

Les couloirs étaient sales et la peinture partait en morceaux. Malko croisa plusieurs officiers qui le dévisagèrent curieusement. On ne voyait pas beaucoup d'étrangers dans ces murs. Enfin, son guide frappa à une porte vitrée.

Le colonel Abdul Akmat s'était composé un visage noble et impassible et ne se leva pas pour accueillir Malko. Mais ce dernier lut instantanément la peur sur les traits de son vis-à-vis. La bouche, large et molle, tremblait très légèrement. On sentait que l'officier surveillait continuellement son expression et ne se permettait de n'avoir que des pensées en accord avec son personnage.

— Asseyez-vous, dit-il à Malko.

La conversation fut des plus banales. Echange de vues sur le Liban, la Jordanie, le beau temps de Bagdad précoce pour la saison. Dans la conversation, Malko glissa soudain un nom qui fit involontairement sursauter l'officier irakien.

Celui de la jeune Chinoise qui lui avait procuré de si agréables moments et pesé tellement sur sa vie. Il ne pouvait pas savoir qu'elle avait eu la gorge tranchée peu de temps après, à la suite d'un obscur règlement de compte entre barbouzes et qu'elle ne ferait plus trahir personne.

Mais ce nom sonnait le glas de ses espoirs. L'homme élégant et aimable qui se trouvait en face de lui était venu pour l'abattre, ou au moins, pour mettre sa sécurité en danger. Il décida de prendre l'initiative des opérations. A tout prix éviter une conversation sérieuse dans ce bureau.

— Voulez-vous être mon hôte pour déjeuner? offrit-il. Nous allons dans un restaurant sur les bords du Tigre.

Malko accepta. Lui aussi préférait un endroit tranquille pour causer.

Lorsque le colonel se leva pour sortir du bureau, Malko remarqua la silhouette empâtée, légèrement bedonnante et les plis du cou débordant l'uniforme. Le colonel Akmat n'était pas un foudre de guerre, il serait facile à manœuvrer. Après la déception du docteur Shawool, il avait bien droit à une compensation.

En passant, le colonel lui montra la Place Al-Tahrir, avec son énorme fresque de pierre dans le style Egypte antique, exaltant la Révolution. Humour peut-être involontaire.

Le chauffeur renvoyé, ils s'installèrent à une table tranquille au « Gondolia », guinguette des bords du Tigre. Il n'y avait que peu de clients et personne ne songea à occuper les tables voisines de la leur.

Jusqu'à la viande, rien ne se passa. Puis, n'y tenant plus, le colonel attaqua:

— Pourquoi êtes-vous venu en Irak, Monsieur Linge?

Les yeux dorés de Malko fixèrent le beau visage lisse et serein qui regardait les flots boueux du Tigre.

— C'est une longue histoire, Colonel, dit-il. Une histoire qui a commencé en Jordanie voilà bientôt sept ans.

L'Irakien fit semblant de ne pas comprendre:

— Vous étiez alors en Jordanie? demanda-t-il.

Mais, brusquement le curry n'avait plus aucun goût dans sa bouche. Il n'aurait jamais cru que cela puisse arriver...

— *Vous* étiez en Jordanie, rectifia gentiment Malko. Vous y avez connu un certain nombre de gens, qui je crois, vous ont rendu quelques services... Aujourd'hui, je suis en Irak pour vous en demander un...

Le colonel Akmat jouait avec sa fourchette. Il eut un regard pour la Mercédès qui attendait dehors, avec son chauffeur. C'était tentant d'inviter l'inconnu à une promenade et de l'abattre dans le désert entourant Bagdad...

Mais il en viendrait un autre, certainement.

— Que voulez-vous dire? demanda-t-il. Je ne comprends pas.

Il avait réussi à conserver son expression

noble et impassible, mais sa main droite était crispée au fond de sa poche et une veine battait à sa tempe avec un bruit qui lui semblait énorme.

Malko vrilla ses yeux dorés dans ceux de l'officier irakien. Il éprouvait une certaine pitié pour lui. Ce n'était certainement pas un mauvais homme. Un jouisseur seulement.

— Colonel, dit-il, ce que j'ai à vous dire est désagréable et dangereux pour vous comme pour moi.

« Vous avez travaillé pour des Services de Renseignements, il y a quelques années. A l'époque, un dossier a été réuni sur vous bien que l'on ne vous aie rien demandé et que vous ayez coûté assez cher... Disons que c'était un investissement.

« Aujourd'hui, ceux qui vous ont aidé désirent amortir cet investissement. Dans la plus grande discrétion, bien entendu. »

Un ronflement affreux remplissait le crâne du colonel. C'était pire que dans ses cauchemars. Cet homme bien habillé, charmant, lointain, était la Mort en personne.

— Que se passera-t-il si je refuse? fit-il d'une voix étranglée.

Malko regarda le Tigre: c'était quand même un métier immonde.

— Cela serait maladroit. Comme je vous l'ai dit, il existe un véritable dossier sur vous. Assez compromettant. Ce dossier est en plusieurs exemplaires. L'un d'entre eux pourrait éventuellement être communiqué anonymement à votre gouvernement. Par une de vos Ambassades à l'étranger.

Cela pour ôter au colonel la tentation de se payer sur la bête.

« C'est une solution que je déplorerais,

conclut Malko, mais j'ai malheureusement besoin de vous. »

Il attendait le dernier moment pour lui dire en quoi. Simplement, la date de la prochaine exécution et quelques autres précisions. En langage barbouze, le sujet était bien « verrouillé ». Le colonel, s'il ne voulait pas échouer devant un Tribunal militaire, n'avait plus qu'à obéir.

Soudain, ce dernier oublia de se contrôler. Ses beaux traits sereins et lisses s'affaissèrent d'un coup et son visage se fripa. Le menton agressivement pointé vers son interlocuteur retomba; même les pommettes se plissèrent.

En quelques secondes, Malko avait en face de lui un vieil homme fatigué qui ne cherchait plus à donner le change. Les cheveux gris eurent l'air poivre et sel et l'élégante tunique fit des plis un peu partout.

— J'ai besoin de réfléchir un peu à tout cela, fit-il misérablement.

— Je comprends, dit Malko, impitoyable, mais je n'ai pas beaucoup de temps. Ce que je vous demanderai peut vous réclamer quelque temps...

Discrètement, il paya l'addition. Il devait bien cela au colonel Akmat. Celui-ci, pour son chauffeur, reprit son beau visage de patricien romain, un peu hautain. Malko s'assit à côté de lui sur la banquette. Ils ne dirent pas un mot jusqu'au Bagdad-Hôtel. Au moment de descendre, Malko dit du ton le plus naturel.

— Voulez-vous être mon hôte, demain pour déjeuner? Je pourrai venir vous prendre à votre bureau. Je tiens à vous rendre cet excellent déjeuner.

— Très bonne idée, dit le colonel. Même heure demain.

*
**

Il se fit reconduire à son bureau, mais n'y resta pas. Il devait assister à un exercice d'entraînement des commandos d'El Fatah, dans la banlieue de Bagdad, et une jeep russe l'attendait. Toute la journée, il réfléchit à son problème, tandis que les rafales d'armes automatiques crépitaient autour de lui.

Pas une seconde, il ne mettait en doute le sérieux de son interlocuteur. On ne prend pas des risques pareils pour plaisanter. Il rit intérieurement en pensant qu'il était le seul à connaître l'existence d'un agent américain à Bagdad.

Il avait le choix entre plusieurs solutions.

La plus stupide consistant à se débarrasser de son tourmenteur par des moyens violents. Ce ne ferait que retarder l'échéance de quelques jours ou de quelques semaines. En ne le voyant pas revenir, ses supérieurs déclencheraient la vengeance ou en enverraient un autre.

Il pouvait aussi le faire arrêter, raconter qu'on avait essayé de l'acheter. Mais il n'avait aucune preuve et on revenait à la première solution.

A quatre heures, il faillit téléphoner à un de ses amis, commandant à la Sécurité Militaire, à qui il avait sauvé la vie lors d'un pustch. Lui le comprendrait. Mais il ne pourrait pas le protéger. Maintenant, les Jordaniens étaient presque aussi mal vus que les Israéliens. De plus, tout ce qui appartenait à l'Armée de l'Air était suspect aux yeux du Gouvernement. Au mieux, il s'en tirerait avec vingt ou trente ans de prison.

A son âge, c'était trop.

Il y avait aussi la solution d'obéir, de faire ce que demandait l'inconnu. Dans l'immédiat, cela signifiait la sécurité. Mais aussi la peur. Chaque fois que le téléphone sonnerait dans son bureau, il tremblerait. Après cet inconnu, il en viendrait un autre, puis encore un autre. Le colonel connaissait les Services de Renseignements. Il n'était pas assez important pour être ménagé. On le presserait comme un citron, jusqu'au pépin final.

Un pépin en forme de balle dans la nuque. Il ne se sentait pas les nerfs assez solides pour tenir le coup, pour le double jeu.

Il interrompit ses réflexions pour féliciter les volontaires d'El Fatah. La séance était terminée. En quelques mots bien sentis, il fustigea l'Impérialisme israélien, puis prit congé et remonta dans sa jeep, n'ayant toujours pas trouvé de solution. En une heure de route, il ferait le point.

Mais plus il se rapprochait de Bagdad, moins il y voyait clair. Le Tokarev pesait dans sa poche et il fut tenté de le prendre et de se tirer une balle dans la tête.

Encore une solution impossible. Un suicide attirerait l'attention de la Sécurité et on relierait immédiatement le fait à la visite du matin. Arrêté, l'agent américain parlerait et la famille du colonel en pâtirait. Ils seraient chassés du cottage confortable qu'ils occupaient pour huit dinars par mois au quartier des officiers. Sa fille ne pourrait plus continuer l'Université.

La nuit tombait et il alluma ses phares, puis stoppa une seconde à un contrôle baassiste. Le civil le salua avec respect. Un peu plus loin, il fut obligé de prendre le bas-côté de la route pour éviter un camion militaire roulant à toute vitesse et oublia quelques secondes ses tourments, cramponné à son volant. Jurant et pestant, il revint sur la route.

Et d'un coup, il se trouva en paix. Il venait de trouver la solution à ses problèmes. Une solution cruelle et dure, mais qui avait le mérite de limiter les dégâts.

Il soupira et jeta le Tokarev par la portière. Un paysan le ramasserait et le vendrait à prix d'or. Les armes valaient cher à Bagdad.

Une longue ligne droite s'étendait devant lui, longeant le chemin de fer de Bassorah. Ensuite la route s'incurvait vers la droite et les premières maisons de Bagdad commençaient.

Progressivement, il appuya sur l'accélérateur. La jeep russe accéléra puis plafonna autour du 80. Le bruit était effroyable, ce genre de véhicule n'étant pas fait pour rouler aussi vite. Le colonel Akmat avait toutes les peines du monde à la garder sur la route. Bien qu'il soit seul, il avait repris le contrôle de son visage sauf de sa bouche. Sa lèvre inférieure pendait, molle et sans forme.

Il attendait.

Pour l'instant aucun véhicule ne venait en face. Il ne pensait plus à rien. Soudain, deux phares blancs jaillirent de la courbe. A leur écartement, le colonel Akmat devina qu'il s'agissait d'un camion, ce qui l'arrangeait. Il se laissa aller un peu en arrière, tenant le volant entre deux doigts.

Le camion n'était plus qu'à cent mètres. Lentement, il laissa le volant revenir vers la gauche et ferma les yeux.

Il n'avait pas le courage de voir venir sa propre mort.

*
**

Il fallut à Malko dix minutes de conversation en petit nègre pour comprendre que le colonel Abdul Akmat avait eu un accident de voiture la veille après l'avoir quitté et qu'il était mort.

L'officier qui lui parla ne semblait rien suspecter. La jeep du colonel qui rentrait sur Bagdad s'était jetée contre un camion de primeurs. Le chauffeur de ce dernier avait été tué également. Le corps broyé du colonel Akmat reposait dans une chapelle ardente. C'était un stupide accident.

Malko abonda dans ce sens et partit à pied vers la Place Al-Tahrir, amer et furieux.

Les calculs des Services de Renseignements oubliaient trop souvent qu'ils n'avaient pas affaire à des ordinateurs mais à des hommes.

Le piège pour utiliser le colonel Akmat était parfait. Si parfait qu'il n'avait vu comme échappatoire que la mort. Comme les rats de laboratoire qui, perdus dans un labyrinthe sans issue. préfèrent se suicider.

L'incertitude commençait pour Malko. Le colonel s'était-il vengé avant de mourir?

CHAPITRE IX

— Bizarre, bizarre, était en train de penser le général Latif Okeili.

Il avait devant lui le compte rendu de l'accident survenu au colonel Abdul Akmat. Le document ne serait jamais parvenu sur son bureau si le chef de la Sécurité n'avait donné l'ordre d'avoir un rapport sur tous les gens qui rencontreraient le journaliste autrichien.

Justement, le colonel Akmat l'avait rencontré et il était mort le lendemain. D'une mort parfaitement naturelle, d'ailleurs. Mais c'était quand même une étrange coïncidence.

Or, dans le métier du général Okeili, il n'y avait pas de coïncidences. Bien entendu, il s'était immédiatement fait donner le dossier secret du colonel Akmat. Rien ne l'avait éclairé C'était un officier sans histoires.

Sans en avoir aucune preuve, le général était

maintenant persuadé que le journaliste était en réalité un agent de renseignements. Mais il devait avouer qu'il n'avait pas encore la moindre idée de la raison de son séjour à Bagdad. Ses activités ne semblaient pas se relier les unes aux autres et cela agaçait prodigieusement l'officier irakien. En même temps, cela l'excitait. Il avait enfin une véritable histoire d'espionnage à se mettre sous la dent.

Il décrocha son téléphone et demanda le Q.G. de la Sécurité baassiste. Bien qu'il ait le plus profond mépris pour eux, les Baassistes disposaient de plus de personnel que lui et pouvaient l'aider dans le cas présent. Dès qu'il eut son correspondant, il lui expliqua le cas:

— J'aimerais qu'on fasse contacter cet étranger par quelqu'un de sûr, ordonna-t-il, qu'il le sonde.

La jeune Amal Choukray s'en occupait déjà, mais deux précautions valaient mieux qu'une.

Le Baassiste de service promit de se mettre en campagne immédiatement.

Ensuite, le général Okeili appela le lieutenant Mahmoud, du service « Action ». Jeune et brillant officier, parlant parfaitement anglais et allemand.

— A partir d'aujourd'hui, dit-il, tu es chauffeur de taxi...

Dès que son subordonné fut sorti du bureau, il rédigea une courte note au crayon bleu pour connaître le nom des gens suspects que le Kurde Djemal Talani avait pu approcher au cours des derniers mois. Les Baassistes et le Directorat de la Police étaient plus au courant que lui de ce genre de détails.

Le général Okeili venait de décider d'appliquer à Malko ce que les Services de Renseignements nomment la technique de « la longue corde ». On n'arrête pas le suspect, mais on le surveille étroitement pour qu'il vous mène à tous ses contacts.

Un seul risque: que l'homme achève sa mission et vous file entre les doigts.

Sûr de lui, le général était prêt à prendre ce risque. On ne sortait pas si facilement d'Irak.

Il écrivit aussi une note à l'attention des compagnies aériennes, afin que, jusqu'à nouvel ordre, il n'y ait plus de place sur aucun avion quittant Bagdad pour aucune destination pour Monsieur Malko Linge. Le piège se refermait.

A force de relire les rapports d'activité du « journaliste », il découvrirait bien la faille. Mais il aurait donné un mois de solde pour savoir ce qu'il était venu faire en Irak. Bien entendu, l'interrogatoire du docteur Shawool n'avait rien donné.

L'âme en paix, le général Okeili sonna pour se faire apporter du thé.

*
**

Le taxi déposa Malko à cent mètres de l'entrée de l'immeuble de la radio et de la T.V.: les sentinelles armées refoulaient impitoyablement tous les véhicules voulant stopper en face de l'entrée, pour des raisons de sécurité.

Malko éprouvait une sensation indéfinissable de malaise. Après la mort du colonel Akmat, il s'était attendu à une ruée des barbouzes.

Rien. Pas un coup de téléphone. La veille, Amal était allé au rendez-vous dans la maison de son amie. Ils avaient flirté d'une façon toujours aussi torride et elle avait même consenti à se débarrasser de son chemisier, à vrai dire transparent.

Puis, ils avaient bavardé de choses et d'autres. Malko sentait la jeune fille plus réceptive. Elle lui avait confié qu'elle n'avait pas envie de se marier tout de suite, qu'elle s'ennuyait à

Bagdad. Elle rêvait d'aller à Beyrouth. Ils avaient parlé de l'Autriche, du métier de journaliste. Amal en voyait beaucoup, à cause des cocktails diplomatiques. Elle se plaignait que les Irakiens aient mauvaise réputation dans le monde. Malko lui avait assuré qu'en ce qui le concernait, elle faisait de son mieux pour dissiper ce fâcheux renom.

Malko avait eu du mal à dissimuler sa tension. Le silence des Irakiens pouvait signifier deux choses: ou ils étaient vraiment au-dessous de tout, ou il ne pourrait plus lever le petit doigt sans être surveillé. De plus, ce colonel mort, il ne disposait plus d'informateur pour apprendre la date de l'exécution de Victor Rubin, indispensable à son plan. Et il n'osait pas encore aborder ce sujet avec Amal, bien qu'il ait une idée encore vague sur les services que la jeune Irakienne pourrait lui rendre dans ce domaine.

C'est pour cela qu'il avait demandé à visiter l'immeuble de la Télévision. Heureuse surprise, l'autorisation avait été immédiatement accordée. Trop rapidement, avait pensé Malko en la quittant une demi-heure plus tôt. D'habitude, les Irakiens étaient plus méfiants. Pourtant, le grand fonctionnaire jovial qui recevait Malko au ministère lui avait donné une poignée de main tout aussi chaleureuse. Ce dernier avait eu droit à son thé aussi chaud et aussi écœurant.

Deux heures plus tard, il partait aux ruines de Ninive, avec le quatuor à cordes. La lettre pour Ted Heimof n'était pas encore écrite. Il attendait le dernier moment. Il fallait tout organiser, sans connaître le jour de l'exécution. S'il arrivait jamais à le savoir à temps.

« Cela ferait toujours un beau stock d'armes pour les Kurdes » conclut-il philosophiquement en franchissant le Tigre.

On ne pouvait pas rater l'immeuble de la T.V. Deux chars hérissés de mitrailleuses stationnaient de chaque côté de l'entrée.

Malko pénétra dans le petit poste de garde, bourré de civils à mine patibulaire, et se fit connaître. Une immense caricature représentant quatre pendus dont un avec un bandeau noir sur l'œil « égayait » le poste. Le Directeur avait prévenu. Deux barbouzes escortèrent Malko jusqu'à son bureau.

D'innombrables « civils » traînaient dans les couloirs et dans les jardins reliant les différents bâtiments.

Le directeur de la T.V. était un grand Irakien, très maigre, aux yeux clairs, parlant à peine l'anglais. Plusieurs personnes attendaient sur un canapé, dans son bureau. Il les chassa d'un geste à l'arrivée de Malko et ils s'éclipsèrent peureusement. La première chose qui sautait aux yeux était le fusil d'assaut Russe AK-47 posé sur son bureau au milieu des dossiers, un chargeur engagé. Curieux presse-papiers. Le Directeur suivit le regard de Malko et caressa la crosse de l'arme.

— Nous devons être vigilants, remarqua-t-il.

Comme si M. Moshe Dayan allait sortit de sous le bureau!...

Les rideaux de la pièce étaient soigneusement tirés, et on avait l'impression de vivre dans une cave. Au mur, les sempiternelles affiches d'El Fatah, avec Ben Gourion et Moshe Dayan pendus.

Cela devenait une obsession.

Après quelques propos sans intérêt, Malko comprit que son interlocuteur n'avait qu'une idée: se débarrasser de lui. Ce qui l'arrangeait assez. Il demanda à son puissant interlocuteur s'il pouvait avoir un guide pour visiter les studios radio et télé.

Cinq minutes plus tard, il partait escorté d'un énorme officier boudiné dans un uniforme trop petit pour lui de deux tailles. Ne parlant strictement pas un mot d'anglais. Programmé comme un ordinateur. Cela limitait les indiscrétions et les initiatives.

La visite n'offrait aucun intérêt; cela ressemblait à toutes les radios du monde, en plus pauvre. A cela près que les speakers entraient en pleine crise d'hystérie dès qu'il s'agissait d'annoncer la plus banale nouvelle politique. Trois coups de feu sur le Jourdain, prenaient une allure d'épopée, avec des hurlements gutturaux, des imprécations et l'éternelle antenne: « Mort à Israël. » Même seuls, devant leurs micros, les speakers roulaient des yeux féroces et s'excitaient à plaisir.

Malko se demandait si sa visite allait être utile, quand son guide le fit entrer dans un petit studio. Malko retint un sourire. Amal triait des disques, vêtue d'une robe de lainage qui n'arrivait pas à écraser son opulente poitrine. Du coup, le gros officier n'était plus pressé d'écourter la visite. Il en salivait. Il faut dire que les seins d'Amal moulés dans de la laine violette avaient de quoi faire oublier les crimes d'Israël.

La jeune Irakienne se retourna et aperçut Malko à travers la pièce du studio. Il ne lui avait pas parlé de sa visite. Elle esquissa un sourire crispé, posa un disque sur l'électrophone et déchaîna une horrible cacophonie: elle s'était trompée de vitesse. Le lieutenant rit beaucoup, avec un clin d'œil égrillard pour Malko.

La visite se termina au poste de garde avec des poignées de main muettes. Malko s'éloigna à pied.

Il venait d'avoir une idée. Cela demandait

beaucoup de doigté, mais cela semblait pour l'instant l'unique solution à son problème le plus important. Si ce qu'il pensait se vérifiait...

***

Malko rêvait aux coussins de la Chevrolet comme un chien rêve à un os, mais Michèle, un guide d'archéologie à la main, auscultait chaque pierre comme si sa vie en avait dépendu. Depuis quatre heures, ils parcouraient les ruines de Ninive, sous un soleil relativement chaud. Chaque pas déplaçait une poussière jaune et impalpable qui pénétrait sournoisement dans les poumons. Groupé, le quatuor à cordes prenait méthodiquement possession de chaque vieille pierre. Ils devaient en être à leur quinzième kilomètre... Et, chaque fois que Michèle se rapprochait timidement de Malko, la contrebassiste surgissait de derrière une colonne, pour l'entraîner vers un bas-relief qui ne s'envolerait certainement pas... Enfin, le tour terminé, la voiture était en vue. Ce qui avait inquiété et intrigué Malko, c'était que le chauffeur ne les avait pas lâchés d'une semelle. A croire qu'il occupait toutes ses heures de loisir aux recherches sur la Mésopotamie. Mince, le visage fin barré d'une petite moustache, il souriait largement chaque fois que Malko le regardait.

Celui-ci réservait tout son charme à Michèle. Celle-ci, en dépit de son attitude réservée, lui coulait de temps à autre des regards qui n'avaient rien de froid. Chaque fois, les yeux dorés renvoyaient le message muet. Elle commençait à être sérieusement en condition.

Pourtant, ce qu'il avait à lui demander n'était pas très difficile: emmener une lettre à Beyrouth et la remettre à une certaine personne.

Il n'était pas question de préciser à la musicienne que la lettre contenait une commande d'armes, un plan de situation de la prison de Baakouba et quelques desiderata capables de mettre le feu au Moyen-Orient s'ils tombaient dans les mains des Irakiens. Le tout risquait de donner quelques sérieuses migraines à Ted Heimof et à d'autres. Mais Walter Mitchell avait bien dit: *tous les moyens*. Il allait être servi.

Tous ces préparatifs requéraient le secret le plus total, parce que les Services de Renseignements irakiens existaient quand même... Surtout à Beyrouth.

Si la lettre ne parvenait pas à son destinataire, rien ne pourrait sauver Victor Rubin.

Et si elle tombait entre les mains des Irakiens, Malko ne donnait pas un dinar de sa peau. Et Dieu sait si le dinar n'est pas une monnaie forte... Il fallait la donner au dernier moment à Michèle. L'insistance du chauffeur-archéologue ne disait rien de bon à Malko.

Repue de poussière historique, Michèle eut un regard de reconnaissance pour Malko, défiant les foudres de la contrebassiste.

— C'est merveilleux, la promenade que vous nous offrez, dit-elle spontanément. J'avais toujours rêvé de voir Ninive.

— Moi aussi, assura Malko imperturbable. Et avec vous, c'est une double joie...

Les joues de Michèle prirent la couleur du désert ocre. Sur sa lancée, Malko continua:

— Pourquoi ne dînons-nous pas ensemble?

Michèle désigna ses trois musiciennes:

— Je ne peux pas, cela ne serait pas gentil pour elles.

— J'en ai tellement envie, insista Malko. Puisque vous partez demain.

— Justement, dit Michèle, je préfère ne pas trop vous voir, après je penserais trop à vous...

Aussitôt, elle se mordit les lèvres. Comme son énorme contrebassiste les rejoignait, elle enchaîna sur les bas-reliefs.

Evidemment, Malko aurait pu lui demander simplement de lui emporter une lettre à Beyrouth mais il fallait compter avec les Irakiens. Michèle n'avait rien d'une barbouze. Si les Irakiens l'interrogeaient — et c'était une possibilité — elle ne saurait rien dissimuler...

Mais, d'autre part, si elle donnait la lettre à la première demande, c'était encore plus fâcheux...

Pris entre ces deux écueils, Malko n'avait pas beaucoup de marge de manœuvre.

A cinq heures, ils prirent enfin le chemin du retour. Dans le rétroviseur, il croisa souvent le regard du chauffeur qui surveillait l'arrière. La contrebassiste était à l'avant. Serré contre Michèle, Malko en profita pour lui saisir la main. Il vit que le chauffeur l'avait observé et en fut ravi. Son intérêt pour les musiciennes avait ainsi officiellement un motif.

Par moments, il en avait par dessus la tête de cette vie où tout n'était que faux-semblant. Où il était obligé de travestir les choses les plus vraies et les plus sincères. De vivre dans un monde parallèle et dangereux.

En arrivant à l'hôtel, il crut que tout était perdu. Michèle lui tendit la main, sous l'œil vigilant du chauffeur.

— Au revoir, je ne vous reverrai plus. Ce soir, nous donnons un concert et demain nous partons très tôt, par l'avion de 8 heures trente pour Beyrouth.

— Et après le concert?

Elle rougit comme une pivoine.

— Mais je me couche!

La contrebassiste s'était rapprochée, menaçante, dragon veillant sur la vertu de son chef d'orchestre. Malko comprit qu'il valait mieux éluder.

— Je vous reverrai quand même, promit-il mystérieusement.

*
**

Djemal et Malko somnolaient devant une bouteille de bière, au Select, ex-Ali-Baba. Le Kurde avait proposé une visite aux call-girls égyptiennes, mais Malko avait préféré le dancing pour tuer le temps. Michèle terminait son concert à onze heures, mais avait un cocktail officiel ensuite.

— Attention aux entraîneuses, avait prévenu Djemal. C'est 30 dinars pour qu'elles passent la soirée avec vous. Sans engagement ultérieur.

Les danses du ventre se succédaient, monotones et déprimantes. Quelques filles étaient bien venues rôder autour de la table de Malko mais n'avaient pas insisté, devant le peu d'enthousiasme des deux amis.

D'un accord tacite, ils n'avaient pas reparlé de la Panthère Noire. Djemal n'avait même pas demandé le résultat de l'entretien. Prudence, prudence.

Soudain, une pulpeuse créature se dirigea droit sur Malko. Moulée dans un fourreau vert électrique, elle avait un visage étrange avec une énorme bouche, un nez un peu aplati et des yeux en amande, outrageusement maquillés. L'incarnation de la sensualité bestiale. On pouvait la suivre à la vague de silence qui l'accompagnait. Elle se déhanchait systématiquement et savamment, à la manière des danseuses du ventre.

Elle s'arrêta devant Malko et s'adressa à lui en anglais:

— Je m'appelle Chelo. Voulez-vous me faire danser?

Averti des prix, Malko refusa poliment. Inutile de ruiner la C.I.A. pour rien. Mais la fille insista.

— Free, précisa-t-elle. Gratuit. Vous êtes étranger.

Djemal poussa Malko du coude, vaguement jaloux:

— Vous ne risquez rien, fit-il. C'est la plus jolie fille de la maison. Mais vous avez de la chance.

Malko se leva et la suivit sur la piste. L'orchestre jouait un air innommable, union contre nature d'un jerk et d'un tango. Chelo commença une démonstration de danse du ventre très personnelle. Sa bouche épaisse était fascinante comme un fruit tropical. Son parfum, bon marché mais puissant, contribuait à l'envoûtement. Certes, ce n'était pas une princesse, mais elle ne devait pas laisser beaucoup d'hommes de marbre.

C'était la belle femelle qu'on avait envie d'honorer séance tenante, contre un pilier de la boîte.

Elle dut sentir l'embarras de Malko car elle se serra encore plus contre lui et découvrit ses dents de carnassier.

— Je vous plais? Je suis Cubaine.

Une Cubaine à Bagdad!

Malko se cantonna dans des généralités, mais Chelo continuait son manège, s'appliquant contre Malko avec la fougue d'une ventouse adulte. Chaque fois qu'il baissait les yeux, il rencontrait son mufle sensuel et offert.

— Si vous voulez me retrouver chez moi, offrit-elle, il suffit de payer cinq dinars pour que je m'en aille. Puis, vous donnez à l'hôtel un dinar au portier pour qu'il vous laisse monter. Je suis à l'Ambassador.

Tentant. Malko éluda la proposition mais lui

posa quelques questions sur sa vie à Bagdad. Aussitôt, ce fut un déluge de critiques sur les régimes socialistes et en particulier l'Irak. Cela rappelait — en sens inverse — la leçon apprise du docteur Shawool.

Voilà pourquoi la belle Chelo s'intéressait à lui. C'était tout simplement une provocatrice. Il eut la tentation d'en profiter, car elle valait la peine, puis se dit que ce n'était pas sérieux.

— Je ne suis pas d'accord avec ce que vous dites, dit-il imperturbable, je trouve que l'Irak est une vraie démocratie. Sinon, vous ne seriez pas là, puisque vous n'êtes pas d'accord avec le régime...

Cela plongea la taxi-girl dans des abîmes de réflexions. Elle en oubliait sa danse du ventre. Le petit front se plissait sous l'effort de la réflexion. Mais l'orchestre s'arrêta avant qu'elle ait résolu le problème. Galamment, Malko la raccompagna à sa table, s'inclina devant elle et repartit.

Lorsqu'il raconta l'histoire à Djemal, le Kurde gronda:

— Vous auriez dû aller à l'hôtel avec elle, la baiser et la battre ensuite pour lui apprendre à moucharder... Hélas, elle n'est pas seule! Vous avez vu le violoniste avec les lunettes noires?

Malko l'avait remarqué. Sa carrure de gorille faisait paraître son violon minuscule. Une énorme mâchoire prognathe, le crâne rasé et les lunettes noires évoquaient assez peu le concert.

— Oui, et alors?

— C'est une barbouze, dit le Kurde, dégoûté. Il ne joue pas vraiment; il écoute ce que les gens disent en dansant...

Charmant. La barbouze musicienne, c'était encore inédit.

— C'est une pauvre fille, cette Chelo, conclut

Malko. Elle doit dépendre des Irakiens pour un permis de travail ou quelque chose de ce genre...

La belle Chelo ne revint pas à leur table. Plusieurs fois, Malko aperçut sa silhouette d'amphore verte sur la piste. Il se demandait ce qui avait pu pousser une aussi jolie fille à venir se perdre en Irak. Pas mal de capitalistes se seraient ruinés avec joie pour un aussi joli visage...

A moins qu'elle ne soit totalement idiote...

Minuit moins le quart. Malko régla discrètement l'addition. Il était temps de partir. L'initiative de Chelo signifiait qu'il devait redoubler de précautions.

*
**

Malko avait laissé la porte de sa chambre ouverte. La lettre était prête dans sa poche droite... du T.N.T. Comme chaque fois qu'il affrontait un danger, il ressentait un léger picotement sur le dessus des mains. Son plan était tracé, mais avec une énorme marge d'improvisation.

La lettre dans sa poche le brûlait. Il avait l'impression que les trois barbouzes joueurs de tarots l'avaient regardé avec une attention particulière lorsqu'il était rentré.

L'ascenseur claqua et il y eut un bruit de roue. Malko s'approcha à pas de loup dans le couloir, juste à temps pour voir Michèle entrer dans sa chambre.

Il attendit trente secondes puis fonça. Personne ne devait le voir. Il frappa un coup léger à la porte de la Française. Elle penserait qu'il s'agissait d'une de ses amies. La porte s'ouvrit immédiatement. La musicienne poussa un petit cri.

— Qu'est-ce que vous faites là?

Il y avait plus de surprise que de réprobation dans sa voix. Moulée dans une robe du soir bleue, bien maquillée, elle avait un certain éclat. Presque sans mentir Malko put lui baiser la main et affirmer:

— Vous êtes magnifique! Je voulais vous revoir ainsi, avant de partir.

Et il se glissa dans la chambre, refermant la porte. Michèle fit un pas en arrière:

— Vous êtes fou! Partez tout de suite.

Mais lorsqu'il s'assit dans un fauteuil, elle se laissa tomber sur le lit en face de lui. Il la sentait désemparée et vulnérable. Ce n'était pas le genre de fille qui avait l'habitude de recevoir un homme dans sa chambre.

— J'ai sommeil, partez, fit-elle.

Il se leva, la fit lever en lui prenant les mains et la seconde suivante, elle était dans ses bras. Elle embrassait maladroitement mais ses mains se nouèrent quand même autour du cou de Malko. Puis elle détourna la tête et demanda:

— Pourquoi m'embrassez-vous?

Rarement on avait posé une question aussi idiote à Malko. Il s'en tira en recommençant. Cette fois, il sentit le corps de la jeune musicienne glisser contre le sien avec moins d'indifférence. Nerveusement, elle se dégagea:

— Je ne veux pas coucher avec vous. Partez, fit-elle à voix basse.

— Ce n'est pas mon intention, dit Malko.

Elle ne pouvait savoir à quel point il était sincère. Il n'avait qu'une idée en tête: la lettre. Maintenant, son plan était au point. Un peu sophistiqué, mais sûr. C'était ce qui comptait.

— Pourquoi êtes-vous là? demanda Michèle, presque plaintivement. vous n'êtes pas un homme pour moi.

Il se dégoûta.

— J'aimerais vous revoir plus tard, dit-il. Ses yeux d'or avaient pris une expression si tendre qu'elle revint d'elle-même dans ses bras. Il l'embrassa lentement et savamment, jusqu'à ce qu'elle se dégage d'un coup.

— Assez, murmura-t-elle. Partez maintenant. Je voudrais me déshabiller.

Malko lui désigna la porte de la salle de bains.

— Allez ôter votre belle robe. Je vous jure que je n'en profiterai pas. J'ai seulement envie de rester un peu avec vous.

Elle hésita. Il priait silencieusement pour qu'elle accepte. Autrement, il se dégoûterait encore plus.

— Vous me jurez?

— Juré.

Elle disparut dans la salle de bains. Malko l'entendit tirer le verrou. Tout ce qu'il voulait.

Lorsqu'elle réapparut, enveloppée dans un peignoir rose, il était assis dans le fauteuil. Il se leva et prit la robe du soir qu'elle rapportait sur son bras.

— Je vais même faire votre valise, dit-il gaiement.

Déjà, il lui prenait la robe, la pliait et la disposait soigneusement dans la valise ouverte sur la chaise. Michèle le contemplait, attendrie:

— Je n'ai jamais vu un homme aussi gentil que vous, dit-elle.

Dans sa vie terne et monotone, l'irruption de Malko bouleversait tout:

— Je ne vous reverrai jamais, dit-elle tristement.

— Mais si, affirma-t-il. Justement, je voudrais vous demander de téléphoner à Beyrouth à un de mes très bons amis. Il vous parlera de moi.

— Oh oui! fit-elle.

Elle aurait battu des mains.

Il prit son adresse à Paris et lui donna le

numéro de téléphone de Ted Heimof. Elle le nota sur son carnet.

— Appelez-le dès votre arrivée, dit-il. Il sera heureux d'avoir de mes nouvelles.

— Vous pouvez compter sur moi, dit-elle, les yeux brillants.

Ils s'embrassèrent encore avant d'ouvrir la porte. Michèle, avec la fougue d'une collégienne à son premier flirt. Elle prit la tête de Malko entre ses mains et remarqua soudain:

— Vous avez l'air triste. Pourquoi?

— Ce n'est rien, dit Malko. Le pays me donne le cafard. J'aimerais partir avec vous.

Le couloir était désert. Il se coucha immédiatement, après avoir pris un somnifère pour ne plus penser. La machine était en route.

***

Le téléphone sonna dans le bureau de Ted Heimof. Une voix de femme, qui parlait un très mauvais anglais et écorchait son nom. Il allait raccrocher lorsqu'il lui sembla comprendre le nom de Malko.

Il en arracha presque le fil. Malko, dont il n'avait pas de nouvelles depuis dix jours. Un câble codé arrivait tous les matins de Washington, réclamant le point de la situation.

— Qui êtes-vous? demanda-til, articulant le plus distinctement possible. Où êtes-vous?

Il se mit à parler français, pour simplifier.

Cinq minutes plus tard, il était au bord de l'infarctus. Il savait que Michèle arrivait de Bagdad, qu'elle avait vu Malko, qu'il lui avait dit de téléphoner à Ted, son meilleur ami. Un point, c'est tout. Celui-ci ne comprenait plus rien.

— Mais enfin, c'est tout ce qu'il vous a dit? insista-t-il pour la dixième fois.

— Mais oui, affirma Michèle complètement

perdue. Elle ne comprenait pas pourquoi l'ami de Malko semblait aussi nerveux.

— Il aurait pu aussi bien envoyer une carte postale, rugit Ted au comble de la rage.

— Pardon?

Devant l'innocence de Michèle, il devina d'un coup la vérité:

— Bordel de Dieu, que je suis con! fit-il... hélas, sans s'éloigner de l'écouteur.

— Oh!

Il y eut un déclic sec. Michèle avait raccroché. Elle avait horreur des gens grossiers.

Une seconde, Ted Heimof resta muet de saisissement devant le téléphone, puis il poussa un hurlement de démon, balaya les papiers de son bureau et se prit la tête à deux mains. Quelque part dans Beyrouth, il y avait une fille dont il ne savait même pas le nom, qui avait des nouvelles importantes de Malko et il venait de l'envoyer promener.

Il n'y avait plus qu'à faire tous les hôtels de Beyrouth, en cherchant une Française arrivée de Bagdad le matin même.

— Yasmine! hurla-t-il.

La secrétaire libanaise arriva, renfrognée. Ted était aubergine.

— Vous allez vous mettre près de ce téléphone, fit-il. Si une dame avec l'accent français appelle, vous allez vous conduire avec elle comme si c'était la Reine de Saba, lui dire que je suis un mufle, un voyou et un ivrogne et que je me roule à ses pieds. Mais surtout, prenez son nom et son adresse.

Satisfaite de voir son patron énoncer de telles vérités premières, Yasmine assura qu'elle ne bougerait qu'en cas de tremblement de terre ou de débarquement israélien.

Ted partit comme un fou commencer ses recherches, qu'il était obligé de mener avec un minimum de discrétion. Depuis l'affaire des « Phantom », les barbouzes libanaises s'intéressaient un peu trop à lui.

Michèle retéléphona une heure plus tard. Le désir de parler de Malko avait été plus fort que son indignation. Mais elle se promettait de lui dire ce qu'elle pensait de ses amis. Yasmine remplit son rôle à merveille, assurant que Ted était au bord de la crise nerveuse...

Dès que celui-ci appela, elle lui transmit l'adresse de Michèle au Bristol, un vieil hôtel, en plein centre de Beyrouth. Un quart d'heure plus tard, l'Américain, une gerbe de roses au poing tenue comme une matraque, frappait à la chambre de la jeune femme. Les roses arrangèrent bien des choses. Décidément, elle vivait dans un monde de rêve depuis qu'elle avait rencontré Malko.

Mais Ted Heimof ne lui laissa pas le temps de donner libre cours à son romantisme.

— Je comprends votre discrétion au téléphone, dit-il, mais Malko vous a bien donné une commission pour moi.

Michèle le regarda sans comprendre:

— Mais non, il m'a seulement dit de vous appeler dès mon arrivée, c'est tout.

Ted bouillait. Cette idiote n'était pas vraie.

— Il ne vous a rien donné? reprit-il patiemment. Pas de paquet, pas de lettre, rien?

Un horrible soupçon effleura Michèle et elle se leva, rouge de honte. Elle était tombée sur des trafiquants.

— Ecoutez, fit Ted, soudain conciliant, laissez-moi jeter un coup d'œil sur vos bagages.

Ça, c'en était trop.

— Partez immédiatement ou j'appelle la police, répliqua Michèle, folle de rage. Vous êtes un gangster.

L'Américain soupira, excédé: tirant sa carte

de diplomate, il la mit sous le nez de Michèle:

— Je suis diplomate, dit-il. Vous pouvez le vérifier facilement. Et je voudrais que vous me laissiez examiner vos bagages, en votre présence.

Michèle était totalement perdue. Les diplomates qu'elle avait rencontrés jusque-là ne ressemblaient pas à Ted. Et pourquoi s'obstinait-il à vouloir fouiller ses bagages?

— Mais enfin, que cherchez-vous? demanda-t-elle.

— Je n'en sais rien, dit-il. Une lettre ou un paquet. La douane irakienne vous a-t-elle fouillée à la sortie?

— Non.

— Alors, cela doit y être.

Sans demander l'avis de la jeune femme, il commença à défaire la valise. Médusée, elle le regardait faire. Horriblement gênée, elle détourna la tête lorsqu'il déplia un par un tous ses dessous.

Une minute plus tard, il découvrit la lettre sous la robe du soir. Il déchira l'enveloppe et parcourut les trois pages de l'écriture serrée de Malko, jeta un coup d'œil au plan.

— Nom de Dieu de bordel de merde! laissa-t-il tomber.

Cette fois, Michèle ne fut même pas choquée.

— Vous voulez dire que Malko a caché cette lettre dans ma valise? demanda-t-elle.

— Oui, fit Ted.

— Pourquoi?

Il haussa les épaules:

— Je n'ai pas le droit de vous le dire. Mais vous lui avez rendu un sacré service, sans le savoir.

— Mais pourquoi ne me l'a-t-il pas demandé? gémit Michèle. Je lui aurais pris n'importe quelle lettre.

— Ce ne sont pas des choses qui se demandent, fit mystérieusement Ted. Vous auriez déjà eu assez d'ennuis si les Irakiens avaient fouillé vos bagages. Il ne pouvait pas faire autrement, sinon, il risquait votre vie.

Michèle ne comprenait plus. Elle découvrait un univers inquiétant qui lui faisait peur. Confusément, elle sentit qu'elle ne reverrait jamais Malko.

— Qui est Malko et que fait-il en Irak? interrogea-t-elle timidement.

Ted était prêt à partir: sa carrure imposante semblait écraser la frêle Michèle. Mais, derrière ses lunettes, ses yeux se firent soudain très doux.

— Vous tenez à lui?

Elle n'eut pas le courage de répondre « non ».

— Alors, fit-il, le plus grand service que vous pouvez lui rendre, c'est d'oublier toute cette histoire et de n'en parler jamais à personne.

Il sortit, ayant hâte de passer aux choses sérieuses. Lorsqu'il eut refermé la porte, Michèle déplia lentement la robe du soir et la pendit. Puis, elle s'affala sur son lit et pleura comme elle n'avait jamais pleuré de sa vie.

Elle pardonnait quand même à Malko.

CHAPITRE X

Malko sortit du ministère de l'Information et resta une seconde immobile sur le trottoir d'Aziz Street, regardant une jolie fille qui passait en face. Spectacle rare à Bagdad: des bas filet noirs, une silhouette élancée, un visage gracieux et de longs cheveux. Le tout en partie gâché par une expression dure et avide.

Quelqu'un murmura une phrase derrière son dos et il sursauta, faisant un pas de côté.

Ce n'était qu'un chauffeur de taxi, voulant l'entraîner vers son véhicule. Malko soupira nerveusement. Ses nerfs commençaient à lâcher. Une semaine que Michèle était partie avec la précieuse lettre. Aucune nouvelle. Rien. Du côté des Kurdes, c'était le silence aussi. Il ne rencontrait Djemal que tous les deux jours, pour des sorties sans intérêt. La tournée des mauvais lieux de Bagdad était vite faite. Une seule fois, ils étaient revenus chez les Egyptiennes afin de garder cette issue pour le prochain rendez-vous avec la Panthère Noire.

Malko craignait que la Kurde ne soit tout simplement repartie dans le Nord. Djemal prétendait ne pas pouvoir la joindre. Elle devait se manifester. Officiellement, afin de convoyer Malko dans le Kurdistan. En attendant, ce dernier était en train de devenir tout doucement fou d'angoisse.

Ses journées étaient jalonnées de deux visites. Le matin, au ministère de l'Information, et le soir dans le petit appartement où il retrouvait Amal.

Il avait trouvé un prétexte pour rester indéfiniment à Bagdad: la demande d'un laissez-passer officiel pour le Nord. Cela occupait ses matinées. Le cérémonial était toujours le même: arrivée dans le bureau n° 67, chaleureuses poignées de main, apparition des tasses de thé, protestations d'amitié et sourires navrés. Non, l'autorisation n'était pas encore là. Mais M. Rachid ou Omar ou Zuriya s'en occupait justement. Si Malko voulait bien attendre quelques instants.

C'est-à-dire entre une et trois heures. Ensuite l'employé de service prenait son air le plus désolé pour demander de repasser le lendemain, les lointaines autorités n'ayant pas encore signé le laissez-passer. Du pur Kafka.

Tout était dans les mains d'Allah. A ce train-là, il tiendrait jusqu'à la prochaine révolution.

Avec Amal, c'était différent. Ces rencontres étaient devenues l'opium de Malko, ses rares minutes de détente. Leurs rapports étaient ambigus. Ils avaient atteint une sorte d'équilibre érotique dans la recherche du plaisir pour le plaisir. Maintenant, il arrivait à Amal de se déshabiller et de rester nue dans les bras de Malko. Elle était toujours vierge. Ils se parlaient peu, se séparaient sans un baiser. Malko avait provisoirement renoncé à utiliser la jeune Irakienne.

A quoi bon, tant que le reste de l'opération n'était pas organisé? Chaque matin, en passant Place Al-Tahrir, il s'attendait à se trouver nez à nez avec des pendus. Dont Victor Rubin. Amal l'avait rassuré:

— Je te le dirai, avait-elle promis un soir. Ils nous préviennent le matin, parce qu'on met des disques de marches militaires. Je le sais avant tout le monde.

Cela donnerait à Malko le temps de prier pour Rubin, sans plus. La vie était si monotone qu'il en arrivait à perdre de vue sa mission, à se demander ce qu'il faisait dans cette ville sinistre depuis bientôt deux semaines.

Planté sur le trottoir d'Aziz Street, il se demandait comment tuer le temps. Il faisait beau et il décida d'aller à pied jusqu'au bureau de Djemal. Ils devaient déjeuner ensemble.

Après s'être copieusement tordu les chevilles sur les trottoirs défoncés de Rachid Street, la plus ancienne rue de Bagdad aux pittoresques arcades, il arriva devant la petite rue sans nom qui abritait les bureaux de Djemal. Elle avait un aspect assez inhabituel: tous les immeubles de la partie gauche avaient été coupés en deux et les maisons éventrées exhibaient leurs poutrelles rouillées et des bribes d'escalier. C'était une des fantaisies des dernières révolutions.

Le régime Kassem avait décidé l'élargissement d'un certain nombre de voies et immédiatement commencé la démolition des immeubles. Mais Kassem assassiné, la nouvelle équipe socialiste, estimant que l'élargissement des rues était une mesure hautement impérialiste, avait tout stoppé... Sans reconstruire, bien entendu.

Malko monta l'escalier étroit. La secrétaire n'était pas là et il entra directement dans le bureau de Djemal.

Le Kurde était assis, les yeux dans le vague et il ébaucha un pâle sourire pour Malko, sans même se lever, contrairement à ses habitudes exhubérantes. Malko vit immédiatement que quelque chose n'allait pas, et pensa à ses plans.

— Que se passe-t-il, Djemal?

Le Kurde leva la tête:

— Oh, rien, rien d'important. C'est mon cousin...

— Quoi? insista Malko.

— Ils m'ont ramené son corps ce matin, laissa tomber le Kurde avec un mélange de haine et de tristesse. Ils disent qu'il est mort en prison. Ils l'ont assassiné.

Malko se tut. Le Kurde n'était pas de ces gens que l'on aide avec des mots. Djemal lui sut gré de son silence et continua:

— J'ai aussi des nouvelles pour vous. ELLE veut vous voir d'urgence. Ce soir si possible.

Lorsqu'il parlait de la Panthère Noire, Djemal disait toujours « Elle ». Jamais de nom.

Malko eut l'impression d'avoir dix ans de moins. Les armes étaient arrivées. Il ne manquait plus que la date de l'exécution de Victor Rubin pour que son plan soit au point. C'était miraculeux. Brusquement, il se sentit plein d'affection pour Djemal Talani. Sans lui, il ne serait qu'un touriste impuissant à Bagdad.

Le Kurde se leva:

— Accompagnez-moi chez moi, demanda-t-il. Nous allons mettre au point le rendez-vous de ce soir.

***

La villa de Djemal semblait encore plus froide et plus triste. Un cerceuil de bois blanc était posé dans l'entrée, sur deux tréteaux.

Iradj, le serviteur iranien de Djemal, jeta un coup d'œil effrayé à Malko, et disparut. Ce dernier eut brusquement un pressentiment: et si la mort du cousin était un avertissement déguisé au Kurde de ne plus se commettre avec Malko?

— Voici ce que vous allez faire, expliqua Djemal. J'essaierai de vous rejoindre, mais il est plus prudent de ne pas y aller avec vous.

« Un homme vous attendra près de la Mosquée Khajom. C'est un endroit où vous pouvez aller sans vous faire remarquer. Il vous abordera, comme pour vous servir de guide, et vous fera prendre un taxi. En vous proposant d'aller à l'Université. Celui-ci sera conduit par un homme sûr qui vous mènera au rendez-vous... »

Visiblement, le Kurde était bouleversé par la mort de son cousin. Malko voulut en savoir plus:

— Ce cousin était très proche de vous?

Djemal hocha la tête:

— C'était le fils du frère de ma mère. Nous avions été élevés ensemble jusqu'à dix-huit ans. Je l'aimais comme un frère.

— Mais qu'avait-il fait?

— Rien. Il sympathisait trop ouvertement avec le Mollah Barzani. Ce sont les « Djach » de

Bagdad qui ont demandé sa tête aux Irakiens. Ceux-ci sont trop lâches pour refuser de faire plaisir à leurs alliés.

De l'autre côté de la rue, la grande antenne de l'immeuble de la Sécurité semblait les narguer. Malko sentit que Djemal était désormais un allié, et faillit tout lui avouer. Mais il se retint: c'était mettre inutilement le Kurde en danger. Comme si ce dernier avait deviné ses pensées, il demanda:

— Vous allez bientôt partir dans le Nord?

Malko sourit:

— C'est peut-être pour m'annoncer mon départ que Gulé veut me voir ce soir.

— Peut-être.

Pieds nus, Iradj apporta du thé et se retira. Djemal but le sien d'un coup et se leva:

— Je dois vous laisser, dit-il, pour m'occuper des obsèques de mon cousin. Si vous voulez, nous pouvons dîner ensemble. Au restaurant Amouraby. Il y a souvent de jolies filles. Toutes les entraîneuses viennent là. Vous me direz ce qui s'est passé. Demandez à un taxi de vous y conduire, c'est connu, un des rares endroits gais de Bagdad.

Malko le quitta avec un serrement de cœur. Dehors, c'était le grouillement habituel des jours de marché. Des marchands avaient étalé leurs marchandises — des chemises — à même le sol, devant l'immeuble de Djemal.

Mais derrière cette animation bon enfant, il y avait les barbouzes, les morts dans les caves et Baakouba...

*
**

— Crétin, glapit le général Latif Okeili, il fait sûrement quelque chose! Sinon, il ne serait pas ici.

Le mince lieutenant se tenait au garde à vous

devant le général commandant la Sécurité Militaire, à la fois mortifié et ivre de rage. Lorsqu'on arrêterait le journaliste blond, il se promettait de lui faire payer cher ces minutes d'humiliation.

— Général, assura-t-il le plus fermement qu'il le put, je vous jure sur Allah que je sais tout ce que ce chien a fait, minute par minute, depuis que vous m'avez chargé de cette affaire. Tout est dans le dossier.

Latif Okeili frappa du poing:

— Je me fous d'Allah! hurla-t-il.

Comme les officiers nouvelle vague, il était assez peu religieux et se moquait du langage fleuri. « Je veux savoir ce qu'il fait. »

— Rien, avoua piteusement le lieutenant.

Le général secoua la tête et brandit le rapport:

— Je veux que vous repreniez depuis le début tous les gens avec qui il a été en contact. Que vous en tiriez quelque chose. Il y a un trou quelque part. C'est impossible autrement. Je vais donner des ordres au Directorat de la Police pour que l'on vous aide. Maintenant, foutez le camp. »

Le lieutenant ne se le fit pas dire deux fois. A peine était-il sorti, que le général décrocha son téléphone. Le vrai motif de sa rage était là: depuis deux jours, ses services avaient intercepté un câble des Russes concernant ce Malko Linge. Malheureusement, il était codé. Or, le colonel Tcherkov ne l'avait pas encore appelé. Il ne pouvait quand même pas lui dire qu'il espionnait ses communications. Cela ne se fait pas entre alliés. Pourquoi diable le Russe ne l'aidait-il pas? Il était décidé à le savoir.

La communication avec l'Ambassade soviétique était encore plus mauvaise que d'habitude. Il y avait au moins deux tables d'écoute branchées sur la ligne. Mais la voix du colonel soviétique était claire et chaleureuse.

Les deux officiers tournèrent autour du pot quelques minutes, puis le général Okeili attaqua:

— Et le renseignement que je vous avais demandé, mon cher Serguieyevitch?

Il l'appelait par son prénom, à la Russe. Le Soviétique répliqua, sincèrement désolé:

— Rien encore de Moscou. Ces bureaucrates sont impossibles.

Latif Okeili l'aurait tué. Mais l'autre enchaîna, gentil:

— A propos, avez-vous des nouvelles de Mahmoud Arafat et de Fouad Amoun?

On n'entendait plus que le grésillement de la ligne. Le général Okeili se reprit vite.

— Je pense qu'ils ne tarderont pas à regagner Bagdad, assura-t-il. Je vous ferai prévenir aussitôt...

— J'en serai heureux, camarade Général, fit le colonel Tcherkov, imperturbable.

A peine l'appareil raccroché, le général Okeili sauta sur son crayon rouge. Pour ordonner l'élargissement immédiat des deux leaders communistes Mahmoud Arafat et Fouad Amoun, détenus au camp de Nassyria. En espérant qu'on ne les avait pas trop abîmés.

Sacrés Russes, ils avaient beau être des amis, ils ne donnaient rien sans rien.

*
**

Malko n'était pas arrivé à s'intéresser aux coupoles d'or massif de la mosquée Khajom. Seul et unique touriste avec sept Japonais, il avait été cerné par une véritable meute de guides amateurs. Maintenant, il flânait sur la place, devant les éventaires de cartes postales, attendant son « contact ». Plusieurs Arabes lui avaient proposé des taxis, mais aucun n'avait prononcé le mot de passe.

Enfin, un gamin s'accrocha à sa manche:

— Taxi Sir, taxi to University.

Il ressemblait aux dizaines d'autres gamins nu-pieds qui hantaient les rues de Bagdad. Malko fit semblant d'hésiter et le suivit jusqu'à une 404.

Le taxi démarra, sans que le chauffeur se soit même retourné. Malko s'enfonça dans la banquette défoncée et regarda défiler le paysage. A Bagdad, il se sentait pris de claustrophobie. Cette impossibilité de communiquer avec l'extérieur, ces menaces invisibles, cette ambiance pesante étaient fatales pour les nerfs.

Le taxi descendit vers le sud, atteignant les limites de la ville et prit le pont suspendu pour franchir le Tigre. Ils traversaient un quartier presque désert, le long de l'Université de Bagdad, roulèrent encore un quart d'heure dans de grandes avenues, puis le véhicule tourna dans une ruelle et stoppa. Auparavant, il avait tourné plusieurs fois brutalement, accéléré, freiné, vérifiant qu'il n'était pas suivi. Malko ne pouvait pas savoir que le lieutenant, l'ayant vu monter dans un taxi, ne l'avait même pas suivi.

Aussitôt, une porte s'ouvrit et Malko fut littéralement happé par une main. Le battant se referma. Il était dans l'obscurité la plus totale.

Une corde s'enroula autour de ses poignets, mais il était trop tard pour résister. En deux minutes, il fut ficelé comme un saucisson. Aussitôt on l'enfourna dans ce qui devait être un sac ayant contenu du poisson séché, à en juger par l'odeur. Un homme le chargea sur son épaule, il sentit l'air frais, aperçut une vague lueur et fut jeté sans ménagement sur de la paille.

Ensuite, il y eut un bruit de moteur et des secousses. Il roulait. On venait bel et bien de l'enlever.

La promenade dura près d'une demi-heure, avec de nombreux arrêts, vraisemblablement dus aux feux rouges. Malko se demandait ce que signifiait ce nouvel avatar. Ce n'étaient pas les Irakiens, qui pouvaient aussi bien le cueillir à son hôtel. Mais pourquoi les Kurdes agissaient-ils ainsi?

Le véhicule s'arrêta et, de nouveau, il fut trimbalé comme un sac. Mais, cette fois, l'homme le laissa tomber de son haut sur un sol de terre battue et Malko poussa un cri de douleur. Plusieurs voix parlèrent en même temps en kurde. Quelqu'un envoya un coup de pied, qui le toucha à la hanche.

Il n'eut pas le temps de se poser de questions. Le cliquetis significatif d'un pistolet automatique qu'on arme résonna à ses oreilles. Presque aussitôt, il sentit un objet dur s'appuyer sur sa nuque à travers la toile du sac. Dans un sursaut désespéré, Malko fit rouler le sac sur le côté, au moment où le coup partait.

Il sentit une brûlure contre son oreille et une explosion assourdissante lui secoua le cerveau.

De nouveau, il roula sur lui-même, surpris d'être encore vivant et se retrouva sur le dos, attendant, complètement sourd, le coup qui allait le tuer. Cette impression d'impuissance était horrible.

Mais, au lieu du choc de la balle, il sentit qu'on défaisait l'ouverture du sac. On le tira brutalement et Malko fut à l'air libre. C'était encore une cave éclairée par l'éternelle lampe à pétrole. L'humidité glaciale du sol en terre battue lui pénétrait le dos à travers son mince costume d'alpaga.

Un Kurde était debout près de lui, un Beretta court 9 mm à la main. Gulé, la Panthère Noire, l'invectivait l'air furieux. Malko voyait ses lèvres bouger mais n'entendait rien, encore sourd. En tout cas, c'était un sursis.

Ses oreilles se débouchèrent au moment où Gulé se penchait sur lui, son poignard à la main. Il eut une contraction de l'estomac, mais elle trancha seulement ses liens et se redressa. La Kurde n'avait pas rentré son arme. Malko se mit debout et frotta ses poignets endoloris. La seule issue de la pièce était un étroit boyau devant lequel trois Kurdes jouaient aux cartes.

— Je lui avais dit de ne pas vous tuer tout de suite, dit la Panthère Noire. Cet imbécile a voulu faire du zèle.

Il n'y avait plus aucune douceur dans ses yeux, ni aucune féminité dans ses mouvements. Et la tunique était hermétiquement close sur sa poitrine.

— Pourquoi voulez-vous me tuer? demanda Malko encore étourdi.

— Les armes ne sont pas arrivées, dit Gulé. Vous nous avez menti. Ce soir nous repartons pour le Nord, mais, avant, je veux vous châtier. Pour le piège que vous m'avez tendu.

Malko eut un accès de découragement. Ainsi, tout son plan avait échoué. Il n'y avait plus d'espoir. Il regarda Gulé droit dans les yeux:

— Je ne vous ai pas menti. Il y a dû y avoir un contretemps. Mais je vous demande de rester encore au moins un jour ou deux. Gardez-moi, si vous le désirez.

Gulé ricana:

— Pour avoir toute la police de Bagdad à mes trousses dans deux heures! Vous travaillez pour eux, je le sais.

— Vous êtes folle!

La Kurde tapa du pied. Ses yeux jaunes étaient fascinants de férocité:

— Nous savons tout, nous aussi, nous avons nos espions. Pourquoi rencontrez-vous en secret Amal Choukri? Elle travaille pour la Police.

— Quoi?

Gulé se planta devant lui, haineuse.

— Ne faites pas l'imbécile. Cette chienne est très connue. C'est une putain. Vous avez couché avec elle, n'est-ce pas?

Prudent, Malko s'abstint de répondre. Il réfléchissait à toute vitesse. Voilà donc, c'était l'explication de beaucoup de choses: la liberté d'Amal, ses mini-jupes, la façon étrange dont elle s'était jetée à sa tête.

— Je vous jure que j'ignorais ce détail, répliqua Malko. Je pensais au contraire l'utiliser moi-même pour la réalisation de mon plan.

La Kurde eut un haut le corps:

— Elle! Pour qu'elle nous trahisse tous! C'est Allah qui a voulu que ces armes maudites n'arrivent pas.

Sans préavis, elle gifla Malko avec la force d'un homme.

— J'aurais dû laisser Sin vous tuer, tout de suite, cracha-t-elle. Mais je le ferai moi-même. Avant que nous partions, tout à l'heure. Vous serez jeté dans le Tigre dans une caisse, avec quelques pierres. Vos amis ne vous retrouveront pas tout de suite... Et vous ne toucherez jamais les 10 000 dinars.

Malko essaya de ne pas céder à la panique.

— Ne quittez pas Bagdad encore, fit-il. Je suis sûr que vous allez recevoir les armes. Je ne travaille pas pour les Irakiens, je suis Américain.

— Vous êtes Russe, fit Gulé. Vous êtes blond comme les Russes. Et faux comme eux. Je ne veux même plus parler avec vous. Quand je pense que je vous ai cru!

Elle cracha par terre et jeta un ordre. Deux des Kurdes abandonnèrent leur partie de cartes et se jetèrent sur Malko. En un clin d'œil, il fut ligoté. Puis, ils ouvrirent le couvercle d'une des caisses posées contre le mur, prirent Malko par les épaules et les chevilles et le basculèrent dedans.

L'un d'eux demanda quelque chose à Gulé et Malko devina qu'il voulait savoir si on tuait Malko immédiatement ou plus tard. Gulé aboya un seul mot et les Kurdes se contentèrent de jeter dans la caisse deux sacs de terre. Puis ils replacèrent le couvercle, Malko fut plongé dans l'obscurité et des coups de marteau ébranlèrent douloureusement ses oreilles meurtries.

On clouait son cercueil.

La douce Gulé avait décidé de le noyer vivant. Délicate attention.

*
**

L'avalanche de télégrammes chiffrés qui partit de l'Ambassade Américaine à Beyrouth plongea les barbouzes locales à l'écoute dans une profonde méditation. Ted Heimof ne dormait plus. Sa conscience professionnelle à vif. Il avait décidé de tout faire pour sortir Malko du pétrin où sa légèreté l'avait mis.

De son côté, Walter Mitchell pesait de tout son poids dans la balance. Les rouages compliqués et surpuissants de la C.I.A. s'étaient mis en branle.

Ce que réclamait Malko n'était pas impossible, mais seulement difficile à réunir rapidement. Le premier télégramme atterrit sur le bureau d'un des directeurs de l'Interarmco, à Washington. Interarmco est une modeste entreprise artisanale au capital de 15 millions de dollars, spécialisée dans la fourniture d'armes aux pays et minorités bien-pensants, patronnée et chapeautée par la C.I.A.

Une heure plus tard, ordre était donné de livrer sur un discret terrain d'Allemagne les carabines Mauser entreposées en Europe ainsi que les munitions. Les carabines étaient facturées au prix unitaire de 27.95 dollars, port en sus. Pour faire bon poids, l'homme chargé de la commande ajouta de son propre chef douze fusils automatiques « Armalite » fierté d'Interarmco, tirant 700 coups minute avec 10 000 cartouches en chargeur. Pour pousser à la consommation. Une fois qu'on avait essayé cette arme, on ne pouvait plus s'en passer.

Pour les mitrailleuses MG 42 et les bazookas tchécoslovaques, ce fut un peu plus difficile. Après un certain nombre de coups de téléphone, le responsable trouva les mitrailleuses chez un marchand d'armes finlandais qui les céda à un prix tout à fait raisonnable.

Quant aux bazookas, ils arrivèrent d'Italie, à travers une filière assez compliquée, accompagnés, il faut le dire, des deux tonnes de T.N.T.

La lettre de Malko était arrivée le mercredi en possession de Ted Heimof. Samedi matin, la première cargaison d'armes atterrissait sur une base américaine en Turquie. Officiellement pour être livrées à l'armée turque. Les caisses portaient le drapeau américain et les deux mains serrées du programme d'aide à l'étranger.

C'est d'ailleurs un C 119 du M.A.C. qui les transportait.

C'est là que les choses se gâtèrent. La seule façon de faire parvenir rapidement les armes à Galalé était de les parachuter. Opération qui n'allait pas sans risques, l'espace aérien irakien était étroitement surveillé par les MIG 21. Il fallait faire le tour par l'Iran et revenir en rasant les montagnes, pour tout larguer en un passage, de nuit de préférence.

Le commandant de la base exigea du responsable C.I.A. un ordre écrit de son supérieur hiérarchique. Autrement dit une pièce impossible à obtenir, aucun général n'allant se mouiller dans une opération « noire » aussi dangereuse. C'est tout juste s'il ne confisqua pas les armes.

Ted Heimof, à Beyrouth, s'arrachait les derniers cheveux. La lourde machine administrative de la C.I.A. s'était mise en route, mais trop lentement.

Au début de la même semaine, les autorités américaines à Téhéran demandèrent aux Iraniens la permission de faire transiter par leur pays deux vieux Skyraiders à hélice, désarmés. Bien entendu, l'autorisation fut accordée immédiatement. Le lendemain, les appareils atterrissaient sur l'aéroport de Mehrabad, à Téhéran et étaient immédiatement dirigés sur les hangars de l'U.S. Air Force. Seuls, des yeux exercés auraient pu s'apercevoir que leur désarmement était très relatif puisqu'ils possédaient toutes leurs armes de bord et leurs rampes de lancement de roquettes. Mais personne ne se préoccupa de ces détails.

Deux jours plus tard, deux touristes débarquèrent en Iran, venant de l'autre bout de l'Afrique. Leurs passeports néo-zélandais indiquaient comme profession « ingénieur ».

Le terme exact eût été « ingénieur en mort subite ». Ils venaient de se distinguer dans une petite guerre très discrète qui se déroule aux confins de l'Angola et de la Zambie, par la précision meurtrière de leurs bombardements en piqués. C'étaient d'excellents professionnels, capables de mettre un roquette dans un cercle de cinq mètres de côté tout en volant à 600 à l'heure.

Des hommes paisibles et calmes, qui s'installèrent au Hilton et commencèrent à se gaver de caviar.

C'est bien sûr pure coïncidence, si le lendemain, ils rencontrèrent un de leurs vieux amis, occupant un poste important dans l'U.S. Air Force, qui les invita à une promenade aérienne au-dessus des monts du Kurdistan.

C'est également par hasard qu'à la même époque, le responsable de la C.I.A. en Iran convoqua son homologue iranien pour l'avertir que son pays venait d'expulser quelques étudiants iraniens particulièrement anti-gouvernementaux.

*
**

Quatre jours après l'arrivée de la lettre, Ted Heimof avait résolu tous les problèmes soulevés par Malko, sauf un: les armes étaient toujours stockées en Turquie et le colonel responsable de la base se refusait à la moindre concession en dépit des télégrammes suppliants envoyés par la C.I.A.

C'est alors que Ted Heimof pensa à Air-América. Une compagnie aérienne spécialisée dans le « charter », basée à Bangkok et possédant des liens plus qu'étroits avec la C.I.A.

Une nouvelle avalanche de télégrammes s'envola du bureau de Beyrouth, d'abord vers Washington, puis vers Bangkok. Le lendemain, Ted se remettait à manger. Air América disait OK, mais ils étaient à court d'appareils et cela prendrait encore deux ou trois jours avant qu'ils puissent envoyer un Lookheed C 130 « Hercules » chercher les armes à Ankara pour les transporter à Bangkok où on les réclamait. Ce n'était encore qu'une coïncidence si le plan de vol de l'avion passait juste au-dessus du Kurdistan et si ce type d'appareils à hélices était particulièrement indiqué pour les parachutages...

Officiellement, il ne devait pas survoler le territoire de l'Irak, ce dernier pays interdisant le survol de son sol à tous les appareils n'appartenant pas à une compagnie I.A.T.A. Cas d'Air América.

La note allait monter à plus d'un million de dollars, mais il y a des cas où la C.I.A. ne calculait pas.

Le compte à rebours était commencé. Dans son bureau dominant la baie de Beyrouth, Ted Heimof se demandait si Malko, lui, était prêt. On ne le saurait qu'au dernier moment et ce serait trop tard pour réparer les erreurs. Et comment lui donnerait-il le feu vert... Intérieurement, il admirait le cran des agents « noirs » allant se jeter dans la gueule du loup. Il fallait être philosophiquement désespéré pour faire ce genre de métier. Peut-être que tout ce qu'il avait mis sur pied était du gaspillage. Si Malko avait été pris, on ne le saurait qu'au bout d'un certain temps.

Grandeur et servitude de la guerre!

*
**

Le grincement des clous qu'on arrachait tira Malko de sa somnolence morbide. Au début, il avait crié, protesté, tapé sur le couvercle de la caisse à coups de tête. Devant l'absence totale de réaction, il s'était résigné. A quoi bon. Ce n'étaient pas ses supplications qui allaient faire changer d'avis Gulé. A travers les parois de sa prison de bois, quelques bruits lui parvenaient. Les Kurdes bavardaient et riaient parfois.

Il ignorait combien de temps avait passé. Plusieurs heures, parce qu'il avait faim. Peu à peu, ses pensées prenaient un tour assez incohérent. Il rêva qu'il faisait l'amour avec Amal. Ce qui le fit penser à la douce Alexandra et à son château. Quelle bêtise d'avoir quitté tout cela pour crever au fond d'un fleuve boueux!

La planche sauta et Malko cligna des yeux. Une lampe était accrochée juste au-dessus de son cercueil improvisé. Les deux Kurdes qui l'avaient mis dans la caisse, l'aidèrent à en sortir, avec la même indifférence, puis tranchèrent ses liens.

Eux, ils obéissaient.

La première personne que vit Malko fut Djemal Talani, debout près de Gulé, le visage renfrogné. Le Kurde sourit à Malko comme pour le rassurer.

— Elle m'a tout raconté, dit-il sans préavis. Je me doutais un peu que vous ne vouliez pas seulement aller dans le Nord, mais je n'avais pas pensé à une entreprise aussi audacieuse. Je vous admire.

Malko n'y comprenait plus rien.

— Il garantit votre vie par la sienne, expliqua la Kurde. Si vous nous trahissez, il sera tué à votre place. Lui ne peut pas s'enfuir du pays.

Djemal sourit modestement.

— Je crois qu'il y a eu un malentendu, expliqua-t-il à Malko. Gulé est très nerveuse. Les Baassistes la traquent, et ont promis une récompense de 10 000 dinars pour sa capture. Elle est obligée de changer de cachette tous les jours. Prolonger son séjour à Bagdad équivaut pour elle à un suicide. Chaque fois, elle doit trouver des gens qui acceptent de prendre le risque énorme de l'héberger. S'ils sont pris, c'est la torture et la mort.

— Mais pourquoi me soupçonner de trahison? demanda Malko.

— Vous avez de mauvaises fréquentations, remarqua Djemal, et votre histoire est si étonnante. Moi, je vous crois maintenant. Mais, elle, a des excuses. Elle accepte de rester encore une semaine.

Les Kurdes étaient en train de manger. Gulé invita Malko et Djemal à partager leur repas. Ils s'assirent en tailleur, la jeune femme entre les deux hommes. Sa cuisse s'appuya contre celle de Malko et elle lui sourit.

Imprévisible Gulé. Deux heures plus tôt, elle le tuait froidement. Affamé, Malko dévora son chashlik et but du yaourt dilué, puis grignota des pousses d'oignons comme dessert. A cause des vitamines.

— Comment êtes-vous venu? demanda-t-il à Djemal.

— L'intuition, fit le Kurde. Quand je ne vous ai pas vu au restaurant, j'ai pensé que quelque chose allait mal. Heureusement, je savais où vous trouver... Mais je n'ai pas convaincu Gulé facilement. Elle m'avait dit que vous étiez déjà mort...

Avec leurs élégants costumes européens, les deux hommes juraient, dans cette caverne d'Ali-Baba. Les Kurdes avaient tous leur arme à portée de la main et le poignard à la ceinture. Gulé essuya à son uniforme ses doigts tachés de graisse et rota. Côté féminité, elle se rapprochait du légionnaire. Comme d'habitude, elle ne portait pas de soutien-gorge et ses seins de marbre trouaient la toile verte. Sa grande bouche avait une sensualité animale et avide, à rendre fou n'importe quel homme. Elle s'étira et s'allongea sur des sacs. Djemal fit signe à Malko:

— Laissons-les. Ils sont fatigués.

Docile, Malko se leva. Les deux hommes s'engagèrent dans un étroit boyau de terre qui se terminait par une porte vermoulue.

Ils sortirent dans un chaos de ruines désertes et émergèrent tout près du Tigre. La voiture de Djemal était garée à près d'un kilomètre. Il faisait nuit.

— Elle va vraiment rester ici? demanda Malko.

Le Kurde sourit:

— Elle m'a donné sa parole. Elle ne peut pas se renier. Mais, si ce que vous avez promis n'arrive pas, je ne pourrai plus rien pour vous.

Après un court silence, il ajouta:

— Je pourrais peut-être vous aider? Que voulez-vous savoir?

— Quand Victor Rubin doit être exécuté, au moins quand doit se dérouler le procès.

Djemal hocha la tête.

— Je vais essayer. J'ai beaucoup d'amis. Mais c'est très dangereux.

En traversant Bagdad dans la Mercédès de Djemal, Malko pensait à Amal. Il fallait la manier comme une caisse de dynamite. Mais il y avait quand même peut-être une carte à jouer. Un homme averti en vaut deux et la jeune Irakienne ne serait pas le premier agent « retourné ».

CHAPITRE XI

Il était très rare que le général Okeili convoque à la fois le Directeur de la Sécurité Civile et le chef de la Milice Baassiste. Assis dans des fauteuils très bas devant le bureau du général, les deux hommes se lançaient des regards inquiets. Le Baassiste était un jeune homme maigre, au visage piqueté de marques de petite vérole, choisi pour sa cruauté: le policier, un homme de cinquante ans, aux cheveux en brosse.

Le général Okeili leva sur eux ses paupières de crocodile triste et laissa tomber:

— Messieurs, vous ne faites pas votre travail. Un dangereux agent américain se trouve à Bagdad depuis quinze jours et vous ne l'avez même pas identifié.

Les deux hommes se décomposèrent. On fusillait pour beaucoup moins que cela en Irak. Le Baassiste voulut protester, mais le général brandit une feuille de papier:

— Ecoutez!

Durant dix minutes, il lut le curriculum vitae de Malko. Edifiant. Chaque mot tassait un peu plus les deux interlocuteurs du général. Les Russes avaient bien fait les choses.

Ils en avaient même un peu rajouté. En tout cas, une chose était certaine: Son Altesse Sérénissime le Prince Malko était un des éléments les plus brillants de la C.I.A.

— Alors, Messieurs, qu'en pensez-vous? fit le général, triomphant.

— Il faut l'arrêter tout de suite! fit le Directeur de la Police d'un air gourmand. Et le faire parler.

— Chien crétin! hurla le général. Incapable, traître!

Il écumait. Les deux autres laissèrent passer l'orage. Radouci, l'officier daigna expliquer:

— Nous soupçonnions cet homme depuis plusieurs jours. Il est surveillé. Nous l'arrêterons seulement lorsque nous serons sûrs qu'il ne nous apprendra plus rien. C'est une affaire énorme, ajouta-t-il mystérieusement.

Les deux hommes hochèrent la tête. Evidemment, ils ne pouvaient pas savoir que l'assurance du général était assez factice. A part le fait que les Russes avaient identifié Malko, il ignorait complètement la raison de son séjour à Bagdad. Ce qui était gênant vis-à-vis des deux services concurrents. Le général espérait bien que le temps allait arranger cela. Ce n'est pas la Sécurité baassiste, avec sa légèreté éléphantesque, qui allait beaucoup l'aider. Sortis du pillage et du viol, ses ex-miliciens n'étaient bons à rien.

L'air important, le général congédia ses deux visiteurs:

— Je vous tiendrai au courant, fit-il magnanime...

Les deux hommes se séparèrent après une molle poignée de main.

Le Directeur de la Police se moquait de cette histoire. Il était plutôt axé sur les ennemis de l'Intérieur et Dieu sait s'il y en avait.

Par contre, le jeune Baassiste ruminait sa vengeance. Lui, était responsable aux yeux du Parti. Il fallait qu'il trouve coûte que coûte quelque chose sur cette histoire, afin de pouvoir participer à l'halalli.

Il ne répondit même pas au salut des deux policiers militaires en casquette rouge et remonta dans sa Buick. Il n'avait pas beaucoup de temps pour agir. Discrètement, parce que le général ne se laisserait pas couper l'herbe sous les pieds.

Malko comptait les heures. Le délai obtenu par Djemal n'était qu'un sursis. Et il était certain maintenant que les Irakiens le soupçonnaient. Une sensation diffuse, venue d'une longue habitude de son métier, recoupée par le fait que Djemal n'avait plus été inquiété par la Police, bien qu'il rencontrât fréquemment Malko. Comme si on n'avait pas voulu l'effrayer.

Il l'avait dit à Djemal, qui n'avait pas paru s'en inquiéter. Mais il était engagé dans une mortelle course contre la montre.

La Panthère Noire n'avait obéi qu'à contrecœur. Si les armes n'arrivaient pas rapidement, elle repartirait dans le Nord. De toute façon, cela signifiait que Ted Heimof n'avait pas reçu la lettre, donc que le plan s'effondrait. Il n'y aurait plus qu'à filer avant que les Irakiens ne s'intéressent trop à lui.

Le taxi le déposa devant la villa de Djemal. La voiture du Kurde n'était pas là, mais il poussa quand même la grille. Ils devaient déjeuner au Matam-al-Matam.

Mais il eut beau carillonner, personne n'ouvrit. Il faisait demi-tour, lorsque la porte s'entrebaîlla. Dans la pénombre, il reconnut la silhouette de Gulé. Que faisait-elle là?

— Entrez, fit-elle, sans se montrer.

Elle referma aussitôt derrière lui.

— Les armes sont là, annonça-t-elle immédiatement.

Malko en aurait crié de joie. Si les armes étaient là, le reste de l'opération était certainement au point aussi. Il avait confiance dans l'organisation matérielle de la C.I.A. C'était la force des Américains. Et aussi leur bon côté. Peu de gens auraient remué ce qu'ils remuaient, simplement pour sauver un agent condamné à mourir au fond d'une prison.

— Quand sont-elles arrivées?

— L'autre nuit. Un avion les a jetées au nord de Galalé. Seulement trois caisses ont été perdues dans la montagne.

— Comment le savez-vous déjà?

Elle rit, de bon cœur.

— Nous sommes bien organisés, nous aussi. Quand attaquons-nous Baakouba?

Malko s'assit dans le salon:

— Je n'en sais rien encore. Nous ne le saurons qu'une heure avant. Il faut que tout soit prêt d'ici là.

Gulé hocha la tête. Elle semblait très excitée.

— Cela sera prêt. Cinq de nos meilleurs « pesh-merga » sont partis de Souleymanié hier avec des armes pour me rejoindre. Nous serons neuf. Cela suffira.

— Il faut parvenir à la prison, souligna Malko, et s'enfuir ensuite. Les routes vont être barrées, encore plus que d'habitude. Et nous serons nombreux.

— Nous ne serons pas nombreux, dit sombrement Gulé.

Elle était assise en face de Malko. Il se demanda s'il rêvait, mais il lui sembla qu'elle avait souligné ses yeux de fauve au kohl. Sa bouche charnue mangeait tout son visage. La tunique de son uniforme s'ouvrait sur sa poitrine, découvrant le sillon entre les seins. Même dans la maison, elle gardait un de ses deux parabellum passés dans sa large ceinture. Mais elle avait troqué ses brodequins pour des babouches.

— Pourquoi ne serons-nous pas nombreux? demanda Malko. Vous avez l'intention de rester à Bagdad?

Sa belle bouche se tordit en une grimace amère.

— Beaucoup d'entre nous seront morts quand nous quitterons la prison. Vous ou moi, peut-être. C'est pour cela que nous avons demandé une quantité importante d'armes. C'est ce dont nous manquons le plus. Mais nos hommes sont braves, ils méritent que leur sang soit payé cher.

Gulé intriguait Malko.

— Vous n'avez pas envie de vivre comme une vraie femme, parfois? demanda-t-il. De vous coiffer, d'aller danser, de porter de jolies robes, de vous marier?

Le regard de la Kurde aurait glacé un haut-fourneau.

— Est-ce qu'un homme a besoin de cela pour désirer une femme, lorsque c'est un homme véritable?

Ses yeux fauves étaient fixés sur Malko d'une façon si brûlante qu'il en fut gêné. Dans la bouche de Gulé, l'anglais prenait les consonnances gutturales d'une langue inconnue et sauvage. Elle lui rappelait les héroïnes de la tragédie grecque, toujours prêtes à combattre, à se donner ou à mourir. Elle ne connaissait que l'intensité, la Panthère Noire!

Il y eut un silence tendu. Quelque chose s'était glissé entre eux, qui n'avait rien à voir avec leurs plans de combat. Puis Gulé se leva.

— Venez.

Il la suivit dans un escalier étroit menant à la cave. A part elle, la maison semblait vide. Iradj, le domestique iranien, n'était sûrement pas là. Gulé poussa la porte d'une petite pièce éclairée par une ampoule nue. Des couvertures étaient étendues dans un coin, formant une couche improvisée. Par terre, il y avait le long fume-cigarette de Gulé, un paquet de cigarettes irakiennes et plusieurs chargeurs de pistolet.

Elle ferma la porte à clé et se retourna vers lui. Il la dominait légèrement.

— Je dois vous demander pardon, dit-elle à voix basse. Je pensais que vous étiez un traître.

Malko sourit. Comme tout cela semblait loin! Et pourtant, il s'en était fallu de peu qu'il ne finisse, une balle dans la tête, sur l'ordre de la Kurde.

— Je ne vous en veux pas, dit-il.

— Laissez-moi vous demander pardon.

Calmement, elle commença à défaire les boutons de la tunique. Puis, d'un geste naturel, elle l'ôta. Elle avait la peau très blanche, avec des touffes de poils noirs débordant des aisselles et entourant les auréoles de ses seins, durs et fermes comme du marbre.

La cicatrice de son torse était encore violacée. Sans quitter Malko des yeux, elle ota san pantalon de grosse toile. Elle ne portait aucun dessous.

Elle avait un beau corps, un peu lourd, tout en muscles et en os.

— Pour une femme digne de ce nom, dit-elle, il n'y a qu'une façon de demander pardon.

Malko hésitait encore, surpris de ce don sans nuances.

Une lueur d'impatience passa dans les yeux fauves.

— Je ne vous plais pas?

— Je ne m'y attendais pas, fit-il, sincère. Je vous trouve très belle.

Il lui prit les mains et les baisa. Ce n'était visiblement pas dans les habitudes de Gulé.

— Pourquoi faites-vous cela? demanda-t-elle, soupçonneuse. Vous ne voulez pas me faire l'amour?

Malko lui prouva vite le contraire, comprenant qu'une femme comme elle n'avait que faire des préliminaires mondains. Elle ne parlait pas, gardant les yeux ouverts. Au moment où il entrait en elle, elle lui fit lever la tête en le tirant par les cheveux.

— N'aie pas peur de me faire mal, gronda-t-elle. Je te sens à peine.

Ses cuisses l'enserrèrent avec la force d'une presse hydraulique et elle se laissa aller en arrière, la bouche ouverte, les yeux clos.

Lorsqu'elle jouit, elle croisa ses jambes autour des reins de Malko, si fort qu'il en eut le souffle coupé. Puis, elle prit une cigarette et se mit à fumer, les traits apaisés.

— Tu ferais un bon pesh-merga, remarqua-t-elle gaiement. Tu es brave, tu es beau et tu fais bien l'amour...

Il n'y avait aucun romantisme dans leur étreinte, mais une sorte de spontanéité et de vérité qui touchait Malko. Les femmes comme Gulé ne couraient pas les rues au Moyen-Orient. Ni cynique, ni blasée, mais primitive et vraie.

— Je t'ai voulu dès que je t'ai vu, avoua-t-elle. Tes cheveux ont la couleur du blé et tu as les mêmes yeux que moi.

Elle se rhabilla, sans aucune coquetterie. Ils ne s'étaient même pas embrassés.

— Pourquoi ne restes-tu pas combattre dans les montagnes avec nous? demanda-t-elle. Si nous sommes encore vivants après?

Prudent, Malko remarqua:

— Il ne faut pas faire de projets, cela porte malheur.

Gulé sourit et se colla contre lui.

— Tu as raison, dit-elle. Viens, j'ai encore envie de toi.

***

Gulé et Malko étaient revenus dans le salon désert. La Kurde était tellement habituée à la clandestinité, qu'elle se sentait mal à l'aise hors de la cave; assise sur un canapé, elle jouait avec la chevalière de Malko. Il dut lui expliquer ce qu'étaient les armoiries.

— Tu es Aga, alors? remarqua-t-elle.

— Qu'est-ce que c'est qu'un Aga?

Gulé s'adoucit soudain.

— Un prince, un chef de tribu. Djemal est fils d'Aga. Où est ta tribu?

C'était un titre qui lui manquait. Il lui expliqua que sa « tribu » s'était depuis longtemps dispersée...

— Mais tu as bien des terres? demanda Gulé, très choquée de ce manquement aux traditions. Un Aga sans tribu, cela ne s'était jamais vu!

Là encore, Malko l'offusqua en expliquant l'histoire de son château dont le parc était resté sur le territoire hongrois, à la suite d'une obscure rectification de frontière. Il n'avait guère plus de terrain qu'un jardin de banlieue.

— Pourquoi ne fais-tu pas la guerre pour le reprendre? suggéra la Panthère Noire. C'est le seul moyen de reconquérir les terres que l'on vous vole.

Cette guerre-là risquait de coûter quelques dizaines de millions de morts et d'amener la fin de l'humanité. Mais la Kurde n'était pas sensible à ce genre d'arguments. Le sol arrosé du sang de son ennemi n'en était que meilleur.

Elle battit des mains quand il lui montra la photo de son château. Dans ces pays de nomades, où la tente constitue l'habitation normale, le modeste château de Liezen dépassait l'éclat du château de Versailles. Gulé le mangeait des yeux.

— Tu dois avoir des dizaines de serviteurs, fit-elle rêveusement.

Evidemment, la Sécurité Sociale n'existait pas au Kurdistan. Malko dut avouer modestement qu'il n'en possédait que trois, dont un d'un usage un peu spécial. Et qu'il avait les plus grandes difficultés à venir à bout de la restauration de son château.

— Si ces vieilles pierres n'étaient pas hors de prix, conclut-il, je ne serais certainement pas là.

Il expliqua à Gulé qu'il recevait d'importants subsides de la C.I.A., engloutis d'avance dans son château. Elle hocha la tête avec sympathie:

— Au fond, dit-elle, nous nous battons tous les deux pour la même cause: notre terre et notre maison. Tu devrais rester avec nous et te bâtir un autre château ici.

... Au prix que coûtait la réfection de l'autre, il risquait de travailler pour la C.I.A. jusqu'à 99 ans!

« Désormais, conclut-elle, je t'appellerai « Aga » et je dirai à mes hommes de faire de même. Tu as droit à ce titre. Surtout si tu te bats à nos côtés. »

Malko se détendait. Ce romantisme échevelé et désuet l'émouvait. Gulé n'appartenait pas à ce siècle. Sa pureté de sentiments, son courage gratuit et ses conceptions avaient mille ans.

Avec ses pistolets, son poignard et son fume-cigarette, elle sortait tout droit d'un roman de Kipling. Malko était sûr que dans trente ans sa fille serait semblable.

Elle combattrait les Irakiens ou les Russes. Les Kurdes ont toujours été difficiles à massacrer, parce qu'ils ont l'habitude de prendre les devants.

CHAPITRE XII

Le policier donna un coup de sifflet strident et s'avança sur la chaussée, barrant la route à la Mercédès. Avec sa casquette plate, son petit Colt Cobra à la ceinture, avec plusieurs cartouches apparentes, il ressemblait à un policier américain.

Malko regarda Djemal. Le sang s'était retiré de son visage. C'était le pépin qu'il attendait depuis plusieurs jours. Ils roulaient rapidement sur Ben Ali Walled Street, lorsque le policier les avait sifflés sans raison apparente. Djemal baissa la glace et engagea le dialogue.

Cela dura cinq bonnes minutes. A plusieurs reprises, Malko crut que le flic allait les arrêter, tant il vitupérait. Il n'osait pas demander à Djemal la raison du coup de sifflet.

Enfin, le Kurde sortit de son portefeuille un billet de un dinar et le tendit, discrètement plié, au flic. Celui-ci l'empocha, toujours renfrogné, salua vaguement et leur fit signe de partir. Malko en avait encore le cœur qui battait à 140.

— Qu'est-ce qu'il voulait? demanda-t-il.

Djemal eut une moue méprisante:

— De l'argent. Ici, les policiers en uniforme ne sont pratiquement pas payés. Alors, selon leurs mérites, on leur distribue les « bons » carrefours. Ceux où ils ont des chances de se faire beaucoup de contraventions.

Malko n'en revenait pas.

— Mais pourquoi vous a-t-il arrêté, vous?

— Parce que j'ai une voiture neuve. Il pensait que j'aurais de l'argent. Avec les taxis, ils extorquent au plus 100 ou 200 fils.

Ils arrivaient devant le Bagdad-Café et Djemal se rangea tranquillement en double file. La circulation était intense. Un mélange hétéroclite de voitures, allant de la Toyota à la Moscovitch russe en passant par les vieilles américaines et les petites voitures françaises, ainsi que beaucoup de Mercédès.

Le Bagdad-Café possédait un vague décor moderne en bois ciré et était un peu moins sinistre que les restaurants où ils allaient d'habitude. C'était aussi le rendez-vous des entraîneuses et des call-girls. Djemal commanda pour eux deux des brochettes à la kurde, et attendit que le garçon se soit éloigné.

— J'ai de mauvaises nouvelles, annonça-t-il. Il m'est impossible de connaître la date des exécutions.

Malko encaissa le coup. C'était la catastrophe.

Tout était suspendu à ce renseignement, puisque l'attaque ne pouvait avoir lieu qu'une heure avant, dans la cour de Baakouba.

— Vous ne pouvez vraiment rien savoir?

Djemal hocha la tête, désolé:

— C'est très difficile. J'ai su que votre ami ferait partie du prochain lot d'exécutions. Cela, c'est sûr. Le procès ne durera pas plus de deux jours. Mais, seuls, quelques membres du gouvernement en connaissent la date, si elle est fixée.

Malko réfléchissait. Son seul espoir, c'était maintenant Amal. Amal qui travaillait pour les barbouzes irakiennes. Mais qui semblait aussi un peu amoureuse de lui. Il allait avoir une partie fichtrement serrée à jouer. Tout seul. Devant son air tendu, Djemal observa:

— Il ne faut pas désespérer, nous avons encore plusieurs jours. Et vous ne m'avez pas dit comment vous allez faire pénétrer les hommes de Gulé à l'intérieur de la prison? Vous avez vu les murs?

— Djemal, dit Malko, je préfère ne pas vous le dire. C'est trop dangereux de le savoir. Je n'ai pas demandé à Gulé comment elle compte nous faire parvenir dans le Nord, ni par quel moyen elle s'approchera de Baakouba. Moins nous en saurons, mieux cela vaudra.

Le Kurde ne se vexa pas.

Ils attaquèrent leurs brochettes. Une télé en face d'eux, donnait un dessin animé russe, triste comme un roman de Tchékov. Don de la coopération pacifique.

— Si j'ai le renseignement, demanda Malko, pourrez-vous le faire parvenir à Beyrouth?

— La Panthère Noire, si elle est capable d'attaquer Baakouba, peut aussi acheminer un messager en Iran, affirma Djemal.

Le bruit de la télévision avait jusque-là couvert le son de leurs voix. Absorbé, Djemal ne se rendit pas compte que le dessin animé venait de se terminer. Sa phrase retentit jusqu'à la table derrière lui. Malko se sentit glacé d'un coup. C'était une femme qui était assise dos à dos avec le Kurde. Elle ne bougea pas.

— Je suis stupide, bredouilla le Kurde, dès que la télé eut repris.

— Ce n'est rien, assura Malko, personne n'a pu entendre; d'ailleurs, vous parliez anglais.

Mais un quart d'heure plus tard, lorsque la voisine de Djemal se leva, Malko eut un choc: c'était Leila l'Egyptienne! La call-girl leur adressa un discret sourire et sortit.

Djemal sourit, rassuré:

— Elle ne parle pas anglais.

Mais Malko conservait une impression de malaise. Le premier accroc coûterait cher.

A sept heures, il avait rendez-vous avec Amal. Un rendez-vous mortellement important.

*
**

Amal s'était surpassée, ce soir-là: excitante en diable dans une mini-jupe de cuir marron qui découvrait ses cuisses un peu grasses. Sa merveilleuse poitrine enfermée dans un pull vert, crevait la laine.

Elle n'attendit pas que Malko la prenne dans ses bras et l'embrassa. D'étreintes en étreintes, ils arrivèrent sur le divan du salon. Malko se sentait froid comme un poisson. Lucidement, il commença à exciter sa partenaire. A chaque caresse un peu plus directe, elle sursautait, s'éloignait de lui, puis revenait aussitôt, haletante. Peu à peu, il lui enleva tout ce qu'elle avait sur elle. A l'exception de la jupe de cuir qui ne gênait pas beaucoup. Il avait du mal à garder son sang-froid. Surtout lorsqu'il prit la main d'Amal et la guida vers son sexe. Elle la retira comme si elle s'était brûlée, plus excitée que choquée. Son maquillage avait coulé, son chignon n'était qu'un souvenir, elle était méconnaissable. Qui aurait reconnu la sage speakerine de Radio-Bagdad?

— Je vais te faire l'amour, dit Malko.

Elle gémit:

— Mais tu sais bien que je peux pas. Je n'ai jamais été si loin avec un homme!

Brusquement, il la laissa et alluma. Elle poussa un hurlement et se cacha les seins.

— Eteins!

Malko commença tranquillement à se déshabiller. Amal le regardait, les jambes repliées sous elle, les cuisses exposées. Elle vit l'expression des yeux dorés et eut peur, brusquement.

— Tu ne vas pas?

— Si, fit-il. Pour te donner une leçon.

C'était bien la première fois de sa vie qu'il se préparait à violer une fille. Ses ancêtres allaient se retourner dans leur tombe.

Il revint vers le canapé et elle se tordit sous ses mains, cherchant à lui échapper. Recroquevillée, elle commença à pleurer. Malko lui caressa doucement les seins, mordilla son épaule et elle se détendit, de nouveau excitée. Il en profita pour l'immobiliser sous lui. Leurs yeux se rencontrèrent. Les yeux d'or de Malko avaient viré au vert. La jeune fille gémit:

— Non, Malko, ne le fais pas.

Pour toute réponse, d'un coup de genou brutal il lui écarta les jambes serrées. Comme anesthésiée, elle ne se débattit que mollement, mais quand elle sentit son ventre s'enfouir entre ses cuisses elle hurla et le mordit.

— Je t'en supplie, sanglota-t-elle, tu ne peux pas savoir comme c'est important. Je ne pourrai jamais me marier...

— Alors, demanda Malko, dis-moi pourquoi tu me vois si souvent et tu flirtes avec moi.

Elle détourna les yeux:

— Mais parce que tu me plais...

Il fit un mouvement pour entrer en elle.

— Dis-moi la vérité ou je te fais l'amour.

Elle était en même temps horriblement excitée et paniquée. Il crut qu'elle allait se laisser faire, puis elle murmura:

— Pourquoi crois-tu que... C'est toi qui m'as demandé de te revoir!

Malko sourit méchamment:

— Dans ce pays, tu vas me faire croire que tu ne peux prendre le risque de voir un étranger, comme cela, pour ton plaisir?... Toi qui as un poste officiel?

— Personne ne le sait, tenta-t-elle de se défendre.

— Menteuse, dit-il si durement qu'elle rejeta son visage en arrière, comme s'il allait la frapper. Ses yeux s'étaient agrandis de terreur.

« N'aie pas peur, dit-il, je ne te veux pas de mal. Mais je suis un peu triste. Je croyais que je te plaisais vraiment. Tu travailles pour la police, n'est-ce pas?

— Non, non, jura-t-elle, tu me plais vraiment. Sinon, je n'aurais rien fait avec toi... Les autres, je parle seulement avec eux... »

Se rendant compte qu'elle s'était coupée, elle se mordit les lèvres et éclata en sanglots. Malko n'eut pas le courage de continuer la comédie. Il se souleva et s'allongea près d'elle, la laissant pleurer.

Au bout d'un moment, il demanda:

— Qui t'a ordonné de sortir avec moi?

— Mon patron, le directeur de la Télévision, souffla-t-elle. Souvent, il m'emmène à des cocktails pour parler à des étrangers, savoir s'ils aiment le pays, s'ils ne sont pas mal informés.

— Et tu te conduis comme une putain avec tous, fit brutalement Malko.

— Je n'en ai jamais embrassé un seul, je te le jure. J'ai seulement dîné avec eux. Toi, c'est différent. J'aime tes yeux et tu es doux. Tu n'es pas vraiment doux, d'ailleurs, ajouta-t-elle d'une toute petite voix.

— Combien te paie-t-on pour espionner les étrangers?

Elle se dressa sur un coude:

— Mais rien! C'est seulement pour faire plaisir à mon patron. Comme cela, il ne dit rien quand je mets des jupes très courtes ou quand on me rapporte de jolies choses de Beyrouth...

Espionne pour pouvoir porter une mini-jupe! Triste pays... Malko était plein de commisération pour la jeune fille. Mais toujours aussi froid. Jusqu'ici, les choses se passaient comme prévu. Mais le plus dur était encore à venir.

— Mais pourquoi me surveille-t-on? demanda Malko. Je ne suis qu'un innocent journaliste...

Amal souffla:

— Ils se méfient de tout le monde, tu sais. Ils ont peur. Alors, ils voient des espions partout. Toi, je leur ai dit que tu ne faisais rien de mal.

Brusquement elle se colla contre lui et murmura à son oreille:

— Tu veux que je te prouve que ce n'est pas pareil avec toi?

Il la regarda, surpris.

— Mais tu m'as expliqué que tu étais vierge?

Elle rougit et dit:

— Si tu me jures que je resterai vierge, nous pouvons quand même faire quelque chose. J'ai tellement envie de toi...

C'était on ne peut plus explicite. Malko savait qu'au Moyen-Orient, il est fréquent que les filles obligées de rester vierges jusqu'au mariage, recourent à de tels ersatz, fréquents dans l'antique Sodome.

— Tu me jures que tu ne feras que cela? répéta-t-elle.

Malko jura. Plus il serait lié à Amal, plus il avait de chances. Les yeux brillants, Amal l'enlaça. Elle ne pensait plus qu'à faire oublier les barbouzes, sans arrière-pensée, cette fois.

Elle arriverait peut-être vierge au mariage, mais en tous cas pas dépourvue d'expérience. Le quart d'heure qui suivit fut une tornade tropicale. Rassurée sur les intentions de son partenaire, Amal se conduisait comme Messaline après un mois de jeûne. Un vrai paquet d'hormones.

Mordant, griffant, hurlant son plaisir comme une chatte. Ils avaient abandonné le divan depuis belle lurette et roulaient sur le tapis d'Iran d'un mur à l'autre de la pièce. Lorsqu'il parvint à ses fins, elle poussa un tel hurlement qu'il faillit s'interrompre. Jusqu'à ce qu'il réalise qu'elle ne criait pas de douleur.

Ils reprirent leur souffle, étendus à même le sol. Dans son excitation, Amal s'était cassé tous les ongles. Elle rit, d'un rire de gorge que Malko ne lui connaissait pas et dit langoureusement:

— Je n'avais jamais fait cela avec personne!...

Malko se garda de lui dire qu'avec son tempérament, elle prendrait certainement goût à cette variante sodomite de l'amour. Sans danger pour sa vertu officielle. Mais il la croyait.

— Tu es mon premier amant, murmura-t-elle encore. Si l'on peut dire.

Elle vint se serrer contre lui encore excitée.

— Tu vas partir bientôt, soupira-t-elle, et tu m'oublieras vite.

Pas sûr. On ne rencontre pas tous les jours un tel mélange de vertu bourgeoise et de déchaînement.

— Ta mission est remplie, plaisanta Malko. Tu sais tout de moi, tu n'as plus besoin de me voir.

— Méchant!

— C'est vrai, dit-il, je vais partir, car j'étais venu assister à des pendaisons. Pour mon journal... Toi aussi, tu vas défiler devant eux...

Elle eut un sursaut.

— Tu es fou! L'autre jour, je marchais place Al-Tahrir quand j'ai levé la tête et j'ai vu les pieds d'un homme. Je ne savais rien, je me suis sauvée en criant. C'est horrible! Tu sais, la plupart des gens ne trouvent pas ça bien, mais ils ont peur. Je t'assure qu'aucun de mes amis ne va place Al-Tharir.

— Je préfère cela, dit Malko.

L'attitude d'Amal lui ouvrait des horizons.

— Tu crois qu'il y aura d'autres exécutions? demanda-t-il nonchalamment.

— Peut-être, mais nous ne le savons qu'au dernier moment. On ne donne jamais les communiqués à la radio avant le matin des exécutions.

« Une heure avant, environ...

— Mais alors, c'est toi qui les lis? dit Malko.

Elle baissa la tête.

— Non, nous sommes plusieurs. Moi, je m'occupe des disques. Ce sont des hommes qui lisent les nouvelles... »

Il sentit un certain énervement dans la voix d'Amal. Elle n'était pas rassasiée. Sans transition, elle l'embrassa et tout recommença, avec autant de violence. Cette fois ils atterrirent dans l'entrée. Amal grondait comme une panthère, griffait le tapis. Malko lui mordit la nuque et il crut qu'elle allait le désarçonner.

Après, ils restèrent un long moment sans rien se dire.

— Tu pourrais me rendre un service? demanda

Malko quand Amal eut repris contact avec la réalité.

— Oh oui!...

— Tu sais que je suis journaliste. En partant d'ici, je vais aller à Beyrouth. Mais pour moi, ce serait très important de savoir avant tout le monde la date des prochaines exécutions.

— Mais si je t'écris, dit-elle, la lettre arrivera trop tard et je ne peux ni te téléphoner, ni t'envoyer un télégramme.

— Je sais, dit Malko en souriant, je ne veux pas que l'on te pende aussi. Mais tu as un moyen très simple...

— Lequel?

— La radio.

Elle le regarda sans comprendre.

— La radio? mais je ne peux pas parler, tout le monde m'entendra!

— Pas si c'est un signal convenu entre nous deux, expliqua Malko. Quelque chose que nous ne sachions que toi et moi. En plus, je saurai que tu penses à moi.

La touche finale. Mais Amal ne semblait pas comprendre. Malko continua.

— Tu te souviens de ma visite à la radio? Tu as mis un disque en 45 tours au lieu de le passer en 33.

Elle se récria:

— Oh, mais cela ne m'arrive jamais! C'est parce que tu étais là.

Tant de candeur était admirable.

— Ce que tu as fait une fois, tu peux le refaire, dit Malko. Si je sais que le jour où tu passeras un certain disque à la mauvaise vitesse, c'est le signal que les exécutions vont avoir lieu, cela suffit.

— Mais c'est formidable! s'écria Amal. Comment as-tu imaginé cela?

Malko se tut, modeste. Elle n'était pas obligée de savoir que c'était son métier.

Soudain, elle se rembrunit.

— Mais je vais me faire réprimander...

— Ce ne sera pas bien grave, assura Malko. Et tu me rends un grand service. Je serai le premier à donner la nouvelle de l'exécution, avant tous les confrères.

— C'est important pour toi?

— Très.

Encore plus que cela.

— Et tous les jours tu écouteras les disques que je mettrai et ce que je dirai?

C'est tout ce qu'elle voyait, Amal. Maintenant, elle se sentait calme et détendue comme elle ne l'avait jamais été. Malko avait tenu sa promesse: elle était toujours vierge.

Ronronnante, elle se frotta à lui.

— C'était bon, tu sais. Quel dommage que tu ne restes pas à Bagdad!

— Tu ne pourrais pas continuer à me voir sans te compromettre, objecta Malko. Mais tu feras ce que je te demande?

— Oui, mon chéri, mais quel disque veux-tu que je mette?

Malko soupira intérieurement. Bel exemple de « retournement ». Après cela, il pourrait donner des cours à la C.I.A. Il avait toujours répugné à employer les pressions matérielles pour retourner des agents, préférant, comme les Russes, l'idéologie ou les sentiments. On trahit moins facilement son cœur que son portefeuille.

— Quel est le disque que tu peux mettre n'importe quand?

Elle réfléchit une minute, puis dit:

— L'hymne du Parti Baas. Ils le passent plusieurs fois par jour.

— Va pour l'hymne Baas, dit Malko. Je vais l'acheter et l'écouter pour le reconnaître.

— Mais dis-moi, personne ne le saura? supplia Amal. Je perdrais ma place et on me mettrait en prison.

— Je peux te jurer que je ne le dirai absolument à personne, affirma Malko.

Elle commença à se rhabiller après un coup d'œil à sa montre. Lorsqu'elle fut prête, elle vint s'appuyer contre Malko, fondante et chaude:

— Tu reviendras en Irak, un jour?

— Je ne suis pas encore parti, fit Malko.

Effectivement. C'est le moins qu'on pouvait dire.

CHAPITRE XIII

Le lieutenant Mozhar Saïd, brillant élément de la Sécurité Militaire, reboucla son ceinturon et appliqua une tape affectueuse sur le derrière blanc de Leila. L'Egyptienne eut un rire servile et se tortilla, ravie. De tous ses amants payants, c'était son préféré. Il était grand et mince, particulièrement bien doté par la nature, il était délicieusement cruel.

Lorsque Leila tardait à se livrer à ses caresses favorites, l'officier la saisissait par ses longs cheveux et lui posait la pointe de son poignard sur la gorge, jusqu'à ce que perle une goutte de sang. Après, elle se surpassait.

L'Egyptienne savait qu'il travaillait à la redoutable Sécurité Militaire et ne lui posait jamais aucune question. Lorsque le frère et maquereau de Soussan rencontrait le lieutenant Saïd, il était littéralement à plat ventre. Légèrement sadique, l'amant de Leila s'amusait parfois à la terroriser. Il lui avait raconté une fois l'histoire d'une femme qu'ils avaient empalée dans la vieille prison centrale avec de tels détails que Leila en avait eu des cauchemars pendant une semaine. Mais dès qu'il la touchait, elle se sentait électrisée. Il était le seul à lui procurer du plaisir, même s'il ne la payait qu'un dinar ou deux, et encore pas toujours.

— Pourquoi t'en vas-tu si tôt? osa-t-elle demander à son amant, en train de se recoiffer avec soin. « Il y a une semaine que tu n'es pas venu! »

Mozhar Saïd daigna se montrer flatté. Une main sur les reins de sa maîtresse, il soupira:

— J'ai trop de travail.

On frappa à la porte de la chambre. Surpris et furieux, Mozhar la lâcha:

— Tu attends un client?

Effrayée, Leila secoua la tête:

— Non, non, jamais quand tu es là. Cela doit être le frère de Soussan. Je vais lui dire de s'en aller.

Drapée dans une couverture multicolore, elle sortit. Quelques instants plus tard, elle réapparaissait, blanche comme un cadavre, suivie de deux hommes, encadrée de deux inconnus en civil, moustache et lunettes noires.

Il y eut un moment de flottement lorsqu'ils virent le lieutenant. Ce dernier identifia immédiatement des hommes de la Sécurité Baas. Il les haïssait, mais les craignait tout autant. En quelques phrases rapides, ils se présentèrent les uns aux autres. Déjà, Mozhar se promettait de flanquer une raclée monumentale à sa maîtresse pour oser le tromper avec des ordures pareilles. Soudain, un des hommes demanda:

— Lieutenant, y a-t-il longtemps que vous connaissez cette chienne?

Mozhar Saïd, se souvenant à temps qu'il était lui aussi craint et respecté, aboya:

— Qu'est-ce que cela peut vous faire?

Le Baassiste, qui rendait avec usure leur haine aux militaires, savoura sa réponse:

— Elle reçoit souvent un dangereux espion Américain qui va être arrêté, si ce n'est pas déjà fait. Nous pensons qu'elle en sait long sur lui.

Leila poussa un gémissement étouffé. Les deux barbouzes baassistes jouissaient du spectacle. Leur chef les avait lâchés sur la piste de Malko, avec mission de ramener coûte que coûte des informations, après son entrevue avec le général Okeili. Ça les réjouissait particulièrement de voir un de ses officiers en position gênante.

Mozhar Saïd était en train de se tenir exactement le même raisonnement. Il fit un pas en avant et gifla Leila à toute volée. Elle recula jusqu'au mur, sans même pleurer. L'officier était ivre de rage et inquiet. Les Baassistes étaient aussi redoutables que la Gestapo. Sa seule présence était un élément contre lui. Une surenchère dans la férocité était indispensable pour se dédouaner.

— Nous allons interroger cette chienne immédiatement, beugla-t-il.

Il saisit Leila et lui arracha la couverture.

« Qui est cet homme? »

Leila ravala ses sanglots et tenta de s'expliquer, le cerveau vidé par la peur. Certes elle avait reçu cet étranger. Mais la police le savait, ils étaient venus l'interroger le premier soir.

Ensuite, l'étranger était revenu plusieurs fois, payant toujours largement, mais il ne consommait pas toujours. Elle ne comprenait pas pourquoi on la menaçait, après tout elle n'avait fait que son métier. Le lieutenant Saïd se rua sur celle qu'il caressait cinq minutes plus tôt:

— Tu as aidé des espions, rugit-il. Tu as trahi

notre pays bien aimé pour quelques dinars, horrible chienne...

L'envolée lyrique était pour les barbouzes qui hochèrent la tête, approbateurs. Enfin un bon citoyen.

Les dents serrées, Mozhar Saïd s'acharnait sur la call-girl, à coups de poings, à coups de pieds. Elle glissa à terre mais il la releva par ses longs cheveux et la gifla à plusieurs reprises.

Il la lâcha enfin et se tourna vers les barbouzes:

— Il faut la faire parler. Cette chienne a trahi. Pourquoi cet homme venait-il la voir, elle?

La barbouze numéro un approuva:

— Nous allons l'emmener immédiatement, proposa-t-il. Chez nous il y a ce qu'il faut.

Le lieutenant Saïd sentit le danger. Ils allaient la torturer horriblement jusqu'à ce qu'elle avoue n'importe quoi. Par exemple que son amant le lieutenant Saïd était au courant et n'avait rien dit. Dans un pays où les remaniements gouvernementaux ont la forme de poteaux d'exécution, c'était un risque élevé. Il fallait que Leila meure le plus vite possible et qu'il ne la quitte pas jusque-là.

— Non, dit-il fermement. J'ai le devoir de prendre cette affaire en main. Ne serait-ce que pour sauvegarder mon honneur.

Hypocrites, les deux Baassistes ébauchèrent une mimique montrant que pareille hypothèse ne les avait même pas effleurés. Mais Mozhar Saïd tenait à sa peau.

— J'appartiens à la Sécurité Militaire, renchérit-il pompeusement. C'est notre devoir de lutter contre les espions.

Sous-entendu: vous n'êtes que des minables incapables. Prudent, quand même, il les invita à la curée.

— Nous allons interroger cette femme tous les trois.

D'un coup de pied, il fit relever Leila, tassée en boule par terre. Elle ouvrit la bouche mais il la poussa d'une bourrade vers la porte. Pas de compromission avec les traîtres.

Le temps de lui faire passer un chandail et un pantalon et ils s'entassèrent dans la DKW du lieutenant. Leila était étendue sur le plancher arrière, les pieds des barbouzes sur elle. Pour la mettre dans l'ambiance, le barbouze numéro deux se pencha et éteignit sa cigarette contre le dos de Leila qui hurla. Satisfait de cette bonne plaisanterie, il se laissa aller en arrière. Il y avait quand même de bons moments dans ce métier.

Ils roulèrent dix minutes vers le nord de Bagdad, sortant de la ville par Al-Muthama Bir Harit avenue. Ils débouchèrent juste en face du quartier des officiers. C'était une sorte de ghetto de luxe, bordé à l'est par un immense terrain vague, parcouru nuit et jour par des patrouilles militaires armées jusqu'aux dents. C'est pourtant là que les Kurdes étaient venus abattre le colonel Baddredine, quelques mois plus tôt.

Le lieutenant Saïd arrêta la voiture devant le Q.G. du village, d'où partaient les patrouilles. Plusieurs voitures et jeeps militaires étaient alignées, gardées par des policiers en casquette rouge.

— Attendez-moi ici, ordonna le lieutenant aux deux barbouzes. Il était dans son domaine et se sentait beaucoup plus sûr de lui. Il expliqua au capitaine de garde qu'il venait d'arrêter une femme suspecte d'espionnage et qu'on allait l'interroger séance tenante, pour éviter qu'elle ne tombe entre les mains de la Sécurité Baassiste.

Chaudement félicité de son initiative, le lieutenant Saïd repartit avec trois soldats mis à sa disposition, ainsi que deux jeeps chargées de matériel.

Toute son autorité retrouvée, il ordonna aux Baassistes et à Leila de sortir de la DKW. L'Egyptienne était tellement terrorisée qu'elle en avait perdu la parole. On la jeta dans une des jeeps et le petit convoi se mit en route vers l'extrémité ouest du Quartier. Il y avait là un espace découvert clos de barbelés, qui servait de champ de tir. Ce serait parfait pour l'interrogatoire.

Sur place, Mozhar Saïd fit mettre une des jeeps en pleins phares de façon à éclairer la scène. Les deux barbouzes ne disaient plus rien.

L'officier arracha Leila de sa jeep et la fit s'agenouiller par terre. Puis il tira son pistolet automatique, l'arma, puis le posa sur la nuque de la call-girl.

— Dis-moi ce que tu sais et tu auras la vie sauve, cracha-t-il. Je compte jusqu'à cinq.

Leila poussa un glapissement perçant et se roula par terre, en proie à une crise d'hystérie.

Les trois hommes la contemplaient avec mépris. Mozhar Saïd rengaina son pistolet et appela un soldat.

— Nous allons te faire parler, dit-il à Leila.

Il donna une série d'ordres aux deux soldats. L'un d'eux passa des menottes à Leila et relia celles-ci au pare-choc arrière de la seconde jeep, à l'aide d'une solide cordelette.

Un autre soldat se mit au volant et lança le moteur.

— Tu ne veux pas parler? hurla Mozhar Saïd.

Leila étouffa un sanglot et gémit:

— Je ne sais rien, je le jure, je ne sais rien.

— Vas-y, cria le lieutenant au chauffeur.

Celui-ci enclencha la première et la jeep partit en cahotant sur le terrain pierreux, traînant la malheureuse call-girl. Celle-ci tenta de se mettre debout pour courir derrière le véhicule, mais la corde trop courte, la tirait vers le sol. Elle roula sur le côté, criant, pleurant, sans même pouvoir se protéger le visage. A chaque secousse les cailloux aigus déchiraient sa peau, s'enfonçaient dans sa chair. Très vite elle ne cria plus.

Au bout de cinquante mètres, l'officier resté sur l'autre jeep donna un coup de klaxon et le soldat, docile, arrêta la jeep de torture. Les trois hommes se rejoignirent dans la seconde jeep, et se penchèrent sur Leila. Elle était évanouie. Tout le côté gauche de son visage donnait l'impression d'avoir été passé à une râpe géante. Son pantalon et son chandail n'existaient pratiquement plus. Elle gémissait faiblement. Mozhar Saïd lui envoya un coup de pied dans les côtes.

Il se pencha sur elle.

— Tu vas parler, maintenant?

La tête de l'Egyptienne retomba dès qu'il la lâcha. Les deux barbouzes se remuèrent, mal à l'aise. La torture ne les gênait pas, mais là, le lieutenant y allait un peu fort. La fille allait y passer, sans rien dire.

— Lieutenant, dit le premier, il faudrait peut-être amener cette femme dans nos locaux. Nous disposons de moyens plus perfectionnés.

Mozhar Saïd les foudroya du regard. Voilà qu'on mettait son civisme en doute.

— Vous allez voir qu'elle va parler, affirma-t-il.

De nouveau, il donna des ordres aux soldats. Ceux-ci détachèrent les menottes des mains, puis rapprochèrent les deux jeeps, dos à dos, à un mètre l'une de l'autre. Leila était restée couchée sur le sol. Ils soulevèrent sa jambe gauche, passèrent une menotte au-dessus de la cheville et verrouillèrent la seconde partie de la menotte au pare-choc arrière.

Ils firent de même pour l'autre jambe, avec la seconde jeep. Puis, les deux soldats reprirent leur place au volant, attendant des ordres.

Mozhar Saïd se pencha sur Leila déjà écartelée entre les deux voitures. Le lieutenant donna un petit coup de pied entre ses cuisses, à l'endroit le plus sensible. Elle cria et ouvrit les yeux. Son amant, découpé dans la lueur des phares, lui parut gigantesque.

— C'est ta dernière chance, dit-il à haute voix. Si tu ne parles pas, tu vas mourir. Tu vas sentir ton corps se déchirer, ton sang va jaillir, tes os vont se briser.

Leila fit un effort surhumain pour parler. Plusieurs de ses dents de devant étaient brisées.

— Mais chéri, supplia-t-elle, tu sais bien que je ne suis pas une espionne...

C'est le « chéri » qui la condamna. Intérieurement, Mozhar Saïd frémit. Qu'est-ce qu'elle pourrait bien raconter aux Baassistes pour sauver sa misérable carcasse!

— Tant pis pour toi, lâcha-t-il. Prie Allah qui est grand et miséricordieux.

D'un geste impérieux il chassa un des deux chauffeurs de son siège. Celui-ci ne se fit pas prier. On n'entendit que le ronflement des deux moteurs et les aboiements des chiens dans le lointain. Les lumières de Bagdad formaient une ligne continue à deux kilomètres, au-delà de la plaine.

Les deux barbouzes se regardèrent, inquiètes. Elles allaient se faire traîner dans la boue si elles ramenaient seulement un cadavre. Le numéro un prit son courage à deux mains et s'approcha du lieutenant:

— Il faudrait lui donner une dernière chance,

proposa-t-il. Si elle sait des choses intéressantes...

Mozhar Saïd eut un sourire rassurant.

— Je vais seulement lui faire peur, promit-il. Si elle ne dit rien, je vous la livre ensuite.

Effectivement, c'est un moyen d'intimidation que la Sécurité Militaire employait fréquemment dans ses interrogatoires. Il fallait une âme d'acier trempé pour ne pas flancher quand on entendait rugir les moteurs et que l'écartèlement commençait.

Le lieutenant lança un ordre. Le soldat au volant de la jeep embraya docilement et passa la première, caressant la pédale d'embrayage. Juste pour faire avancer la jeep de cinquante centimètres et amener la victime au point de rupture.

Leila hurla soudain:

— Attendez, je sais, je vais parler!

Elle venait de se souvenir de la conversation surprise au Bagdad-Café. Contrairement à ce que pensait Djemal, elle comprenait l'anglais. Sa peur lui avait fait oublier l'incident. Maintenant, la phrase de Baakouba et de la Panthère Noire prenait toute sa valeur.

Les jambes de la call-girl étaient ouvertes à 45°. Déjà, ses muscles tiraient horriblement. Folle de peur, elle vomit sur elle-même. Les deux barbouzes eurent une mimique dégoûtée.

Les dents serrées, Mozhar Saïd emballa son moteur et tâta son embrayage. Il avait entendu l'appel de Leila mais ne voulait surtout pas en tenir compte. Qu'allait-elle inventer pour se sauver? Il ne fallait pas qu'il rate son coup. Jadis dans le Sud, lors de la grande purge communiste de 1963, on avait exécuté pas mal de gens de cette façon. C'était un truc à prendre.

Si on accélérait trop brutalement, la menotte s'arrachait avec un peu de chair et éventuellement de petits os des chevilles, mais l'écartèlement échouait.

Même écueil en cas d'accélération trop lente. En plus, les cris étaient alors extrêmement désagréables. Il se cala bien sur son siège, vérifia que la première était enclanchée et appuya sur l'accélérateur d'une poussée lente et régulière. Au lieu de bondir en avant, la jeep avança de trois mètres, d'un mouvement puissant.

A la résistance, le lieutenant sentit que la menotte n'avait pas lâché.

Le cri inhumain de Leila réveilla une bonne partie du quartier militaire. Même les deux barbouzes, habituées à pas mal d'horreurs, se sentirent mal à l'aise et détournèrent les yeux.

Le bruit des moteurs couvrit le déchirement des chairs. Ouverte en deux jusqu'au bas de la colonne vertébrale, Leila agonisait dans une mare de sang. Mais Mozhar continuait à accélérer et la menotte se détacha d'un coup sec, emmenant le pied gauche. Leila était déjà virtuellement morte.

L'Irakien freina brutalement et débraya. Sa main tremblait quand même un peu quand il coupa le contact. Il essuya son front couvert de sueur et regarda les étoiles.

Les deux barbouzes avaient repris leur sangfroid. Mozhar Saïd arrêta d'une phrase sèche leurs protestations.

— Mon pied a glissé, dit-il. C'est idiot.

Leila n'était plus qu'un petit tas sanguinolent sur la pierraille, grotesquement désarticulé, comme une poupée cassée. Le lieutenant donna un ordre. Le soldat, qui n'avait rien fait, s'approcha pour défaire les menottes, puis recula devant le spectacle hideux. Les intestins se répandaient par terre dans une odeur pestilentielle.

Mozhar Saïd dut réitérer son ordre deux fois pour qu'il détache les menottes.

En silence, les trois hommes reprirent le chemin du Quartier Général. Le lieutenant Mozhar Saïd se sentait quand même plus tranquille. Les deux barbouzes, noires de colère, rongeaient leur frein.

*
**

Il fallait presque hurler pour se parler, tant le bruit des tambourins était fort. Djemal, après avoir dîné à l'Amouraby, avait emmené Malko dans un beuglant du nord de Bagdad. Un orchestre paysan jouait pour trois filles chastement vêtues de robes jusqu'aux chevilles qui chantaient tour à tour au micro.

Mais quand une danseuse du ventre apparaissait, légèrement vêtue, c'était du délire. Trois fois, déjà, la police avait dû charger l'estrade pour dégager la fille.

Djemal contemplait son verre de bière d'un air sombre. Il était inquiet. Deux heures plus tard, lui et Malko avaient rendez-vous avec un envoyé de la « Panthère Noire ». Ce dernier devait transmettre à la Kurde le signal déclenchant l'action, pour qu'elle le fasse parvenir à Beyrouth. Le Kurde n'arrivait pas à oublier son imprudence du restaurant.

— Allons-y, cria-t-il dans l'oreille de Malko. Il faut bien rester une demi-heure là-bas.

Malko opina. Les danses du ventre commençaient à lui sortir par les yeux. Les deux hommes se levèrent et gagnèrent la sortie. Le « fouilleur » était en train de soulager un grand Arabe, en traditionnel Kaffieh, d'un énorme poignard. On rendait les armes à la sortie.

Dehors, deux types se battaient, entourés d'un cercle de curieux. Djemal dut klaxonner à plusieurs reprises pour se frayer un chemin. Le Kurde était nerveux. Il faillit renverser un mendiant et démarra brutalement, en jurant à mi-voix.

Des rues étroites et désertes défilaient devant les yeux de Malko. Djemal virait sec, accélérait, éteignait ses phares, tentait par tous les moyens de vérifier s'il était suivi ou non. Ils stoppèrent un long moment après un carrefour, mais aucun véhicule ne se manifesta.

Un peu rassuré, Djemal repartit. Malko non plus n'était pas entièrement satisfait. Tout son plan reposait maintenant sur la bonne volonté d'Amal. Si elle oubliait ou prenait peur, c'était fini. Malheureusement, il n'avait trouvé aucun autre moyen de prévoir les exécutions. Son plan avait un seul avantage. En cas de défaillance d'Amal, aucune action ne serait tentée et donc il n'y aurait pas de morts pour rien.

Mais il n'y avait pas non plus de rattrapage possible... Si Amal lâchait, Victor Rubin mourrait. Malko s'était pris d'une sorte d'attachement pour cet inconnu qu'il ne connaissait qu'en photo et qu'il se donnait tant de mal à sauver. Il pensait à lui comme à un vieil ami.

La Mercédès s'arrêta doucement. Ils se trouvaient devant la villa des call-girls. Une lumière brillait à une fenêtre du premier étage. Djemal coupa le moteur.

*
**

Le général Latif Okeili écumait de rage. Il raccrocha son téléphone si fort que l'ébonite se fendit. Tout son plan était réduit à néant par la stupidité des Baassistes. Non content d'arrêter Leila, ils avaient aussi bouclé le frère et terrorisé la seconde Egyptienne!

Et tout cela pour rien! L'Egyptien et sa sœur ne savaient rien. Mais, dans le doute, le général avait décidé de s'assurer de Malko et de

Djemal dès qu'ils remettraient les pieds chez les call-girls. Après, toutefois, les avoir suivis pour tenter de découvrir quelque chose.

Quant au lieutenant Mozhar Saïd, son avenir était derrière lui. Le général venait de lui trouver un excellent petit poste aux confins de la frontière avec l'Iran, dans le Sud, où il avait des chances très honnêtes de se faire couper la gorge rapidement. Il n'aimait pas que ses hommes se mettent dans des situations délicates.

Maintenant, il faudrait faire avouer l'Américain sans rien savoir de sa véritable activité.

Terrorisés par d'effroyables menaces, Soussan et son frère, battus comme plâtre, avaient regagné la villa. Autour, cela grouillait de barbouzes de la Sécurité Militaire. Le général Okeili avait menacé de faire un malheur s'il voyait un seul Baassiste.

*
**

— Où est Leila?

Soussan baissa les yeux. Malgré la peur, elle était mauvaise comédienne.

— Elle est malade, fit l'Egyptienne d'une voix blanche. Elle sera là demain.

Malko et Djemal échangèrent un regard inquiet. Il régnait une ambiance étrange dans la maison. Soussan était visiblement bouleversée. Inquiétant. Djemal la prit par le bras et dit, faussement gai:

— Eh bien, tu vas danser pour nous. Va faire du thé.

Ils entrèrent dans la petite pièce habituelle et s'assirent sur les coussins. Aussitôt, Djemal tira son stylo et griffonna sur son carnet:

— La police est sûrement venue. Ils sont peut-être encore là.

L'estomac de Malko lui remonta dans la gorge. Ni lui ni Djemal n'étaient armés. S'ils étaient arrêtés maintenant, c'était la catastrophe. Il fallait, coûte que coûte, joindre l'envoyé de Gulé, lui transmettre le signal déclenchant l'action.

Malko tira le Kurde par la manche:

— Filons, dit-il à voix basse. Nous ne pouvons pas prendre de risques.

Ils se heurtèrent, en sortant, à Soussan qui revenait avec le thé. Le regard de Djemal croisa le sien et elle se mit à trembler.

— Puisque tu es fatiguée, nous ne restons pas, dit-il.

Djemal déposa un billet de 1 dinar dans le plateau de cuivre de l'entrée.

— A demain, dit-il à Soussan.

— A demain, fit l'Egyptienne.

Deux minutes plus tard, Djemal démarrait en trombe. Une voiture démarra cent mètres plus loin, avec dix secondes de décalage. Cette fois, il n'y avait aucun doute possible.

— Que faisons-nous? demanda le Kurde.

Malko réfléchissait à toute vitesse. Bien sûr, ils pouvaient rentrer à l'hôtel et ne pas aller au rendez-vous. Mais où retrouveraient-ils les Kurdes, et en auraient-ils seulement la possibilité?

Malko se retourna et vit les phares blancs se rapprocher.

— Il faut les semer et aller au rendez-vous. Après, ils pourront nous prendre, cela n'aura plus d'importance, dit-il.

— Tout cela est ma faute, murmura le Kurde.

Son visage s'était mué en un masque de pierre. Il appuya brutalement sur l'accélérateur et la Mercédès fit un bon en avant. La voiture suiveuse accéléra aussi. Arrivé au rond-point d'Al-Nidal Street, Djemal n'hésita qu'une seconde: au lieu de le prendre dans le bon sens, il s'engouffra à contre-circulation, évitant par miracle un taxi qui venait en face.

Mais la voiture des barbouzes ne l'évita pas et l'emboutit de plein fouet, dans un épouvantable fracas de tôles écrasées. Aussitôt, Djemal fonça dans Cheikh Omar Street.

Malko était soucieux.

— Ce n'est qu'un répit, fit-il. Dans un quart d'heure, toute la police de Bagdad va être derrière nous.

Ils avaient rendez-vous de l'autre côté du Tigre, au sud de la ville. Djemal enfila Port-Saïd Street, déserte à cette heure, à 120 à l'heure et déboucha sur le pont suspendu au-dessus du fleuve.

Trois minutes plus tard, ils louvoyaient dans le dédale des petites rues du quartier de Maryam. Ils doublèrent une voiture à l'étoile blanche qui heureusement n'avait pas de radio, et ne s'occupa pas d'eux.

Le lieu du rendez-vous — une impasse noire comme un four — était désert. Djemal donna trois petits coups de klaxon et attendit. Ils étaient en avance de plus d'un quart d'heure.

— Pourvu qu'ils soient là! soupira Malko.

Il ne vivait plus.

Quelques secondes plus tard, il y eut un grattement et un homme surgissant de l'obscurité, ouvrit la portière arrière. C'était un des Kurdes que Malko connaissait déjà.

— Tu es seul? demanda Djemal.

— Nous sommes deux, fit l'homme. Pourquoi?

— La police. Elle nous cherche. Il faut partir vite.

Le Kurde ne parut pas très impressionné. Ses yeux noirs n'étaient plus que deux fentes.

— Venez avec nous, proposa-t-il. Mais il va falloir traverser la ville.

Djemal traduisit pour Malko. Celui-ci secoua la tête.

— Trop dangereux. Que l'un parte seul avec le message. L'autre peut nous accompagner, s'il veut, pour nous guider.

— D'acord, dit le Kurde, mais nous n'avons pas beaucoup de chances...

Il donna au Kurde l'enveloppe. Aussitôt, celui-ci disparut dans l'obscurité. Moins d'une minute après son départ, un second apparut, presque identique au premier, et monta à l'arrière.

— Si nous sommes pris, avertit Djemal, il faudra dire que vous m'avez demandé de partir dans le Nord et que je vous ai présenté un Kurde. Je ne parlerai jamais de Baakouba ou de Gulé.

Malko ne répondit pas: il scrutait la route devant lui. Tout se passa bien jusqu'au pont Jamhouriya. Il n'y avait que quatre ponts pour traverser Bagdad. Deux voitures de police étaient embusquées de l'autre côté et prirent en chasse immédiatement la Mercédès. Djemal accéléra et fila dans l'étroite At-Whatba Street.

— Je connais le quartier, dit-il, nous allons peut-être les semer.

Mais arrivés au rond-point de Rachid Street, les deux voitures étaient toujours là. Malko comprit qu'ils n'échapperaient pas à leurs poursuivants.

Djemal vira si brutalement dans une petite rue que l'aile gauche frotta sur le mur dans une gerbe d'étincelles.

— Je vais leur refaire le coup de la Place Al-Nidal, dit-il.

Al Jamhuriya Street était une large artère à deux bandes de circulation et une des voitures de police déboîta dans l'autre bande pour tenter de les dépasser, mais la Mercédès de Djemal était plus rapide.

Ils n'entendirent pas le coup de feu, mais la glace arrière s'étoila d'un coup. On tirait sur eux. Maintenant, ils arrivaient place Al-Tahrir. Djemal prit à gauche. Une seconde, Malko crut que sa manœuvre allait réussir. Mais une autre voiture de police bloquait Saadoun Street, en travers de la chaussée. Djemal tenta en vain de l'éviter.

Ils percutèrent l'arrière, la faisant pivoter et allèrent finir dans la vitrine de la librairie Dar-Al-Hikma. Le fracas réveilla une nuée de petits cireurs et de marchands qui dormaient dans des encoignures de porte ou des maisons en ruine.

Un des policiers tira une rafale dans leur direction, sans les toucher. Etourdis, Djemal et Malko cherchèrent à sortir. Malko s'ébroua.

— Inutile de chercher à fuir, ils vont nous massacrer.

Cela grouillait de policiers en civil et en uniforme. Mais le Kurde, à l'arrière, n'avait pas compris l'avertissement de Malko. Il bondit de la voiture, un colt 45 automatique au poing et fusilla à bout portant le premier policier qui s'approchait. Puis, courant en zig-zag, il s'enfonça dans Saadoun Street. Une grêle de balles s'abattit autour de lui mais les policiers étaient si énervés qu'ils tiraient mal. Le Kurde riposta deux fois, touchant un policier et fit un nouveau bond en avant.

Un civil hurla pour attirer l'attention d'un groupe de petits cireurs, un peu plus loin.

— C'est un espion juif! Arrêtez-le!

Ce fut du délire. Aussitôt, une véritable meute se lança à la poursuite du Kurde. Il voulut s'engager dans une des ruelles qui conduisait au Tigre, mais quinze petits énergumènes lui barrèrent le chemin.

Un gamin lui lança sa boîte dans les jambes et il trébucha.

Ce fut la ruée. Un des marchands lui écrasa la main qui tenait le Colt avec un pieu en fer, le clouant au macadam.

Les autres se ruèrent à coups de boîtes et de brosses. C'était à qui frapperait le plus. Il en arrivait de tous les coins. D'abord cela fit un son mat puis de plus en plus mou, le Kurde n'avait plus un os entier et les gosses continuaient à le tuer. L'un d'eux alla chercher une énorme pierre et la laissa tomber sur son visage avec un « han » de satisfaction.

Puis, las de frapper ces débris humains, ils se retournèrent vers la Mercédès de Djemal. A coups de crosse, les policiers se mirent à disperser la foule.

Un capitaine de la Sécurité tira plusieurs coups de pistolet en l'air.

D'autres policiers entraînèrent brutalement Malko et Djemal jusqu'à une voiture de police et les jetèrent à l'intérieur. Le véhicule démarra aussitôt.

Etourdi d'un coup de crosse, Malko ne pensait plus. Il passa devant le Bagdad-Hôtel sans même s'en rendre compte.

CHAPITRE XIV

Le monde tournait, tournait sans cesse. Les murs plats, quand ils arrivaient devant les yeux de Malko, prenaient des formes démoniaques et folles, s'incurvaient, se tordaient, se gondolaient. Il cria, sans savoir pourquoi, le front traversé d'une douleur fulgurante.

Il ferma les yeux et les rouvrit aussitôt, avec l'impression que sa boîte crânienne allait éclater.

Il s'entendit crier, sans reconnaître sa voix :

— Arrêtez! Arrêtez!

Il lui fallut plusieurs minutes pour réaliser qu'il était étendu par terre sur le dos. Il leva les yeux et vit le ventilateur qui continuait à tourner lentement. Rien que le spectacle des pales brassant l'air lui donna une violente nausée. Mais il n'avait plus rien à vomir et n'eut que quelques spasmes douloureux de l'estomac.

On le souleva pour l'asseoir sur une chaise. Ce devait être toujours les mêmes. Il ne les voyait pas. Il ne voyait rien de précis autour de lui. Ses gardes le lâchèrent et il tomba lourdement sur le côté, sans même s'en rendre compte. Ses canaux semi-circulaires, étant mal irrigués, ne lui donnaient plus le sens de l'équilibre.

— Pourquoi vouliez-vous rencontrer des Kurdes?

L'interrogatoire était mené par un capitaine de la Sécurité Militaire au visage de play-boy, fin et distingué.

La question lui parvint comme dans un brouillard. Toujours la même. Ses bourreaux n'avaient pas d'imagination. Dans ses moments de lucidité, il s'en félicitait. Jusque-là il avait pu tenir le coup. Uniquement parce qu'ils l'interrogeaient au hasard.

Au début, on avait tenté de lui faire avouer qu'il était venu apporter des fonds à un mystérieux réseau de résistance pro-israélien. Les policiers l'avaient battu sans beaucoup de finesse. On l'intimidait grossièrement, en lui posant le canon du pistolet sur le front.

Il sentait le flottement de ses interrogateurs et en profitait. A chaque instant, il s'attendait à ce qu'on le confronte avec Amal. Mais les policiers n'avaient même pas prononcé son nom. Coupé de tout, Malko ignorait ce qui avait pu se passer après son arrestation.

Une seule fois, il avait croisé Djemal, dans un couloir, le visage marbré de coups.

Le Kurde lui avait souri, avant qu'on l'entraîne. Ils n'avaient même pas eu le temps de se parler.

Ensuite, on lui avait amené le malheureux docteur Shawool, ensanglanté et hagard, prêt à signer n'importe quoi. Malko avait encore de la force. Il s'était jeté sur le capitaine qui l'interrogeait, qui l'avait assommé à coups de cendrier.

Puis, avait commencé la période du ventilateur.

Cela peut paraître une blague d'attacher quelqu'un aux pales d'un ventilateur géant et de le laisser tourner des heures, très lentement. Les premières minutes, Malko avait tenu le coup, fermant les yeux pour ne pas voir les murs de la pièce.

La souffrance avait commencé au bout d'une heure. Poussé par la force centrifuge, le sang avait commencé à se masser à l'extérieur de la boîte crânienne, laissant de larges zones du cerveau mal irriguées. Cela provoquait des douleurs fulgurantes et terrifiantes. Il avait l'impression de devenir fou.

Au bout de deux heures, il n'était plus qu'une loque humaine. Il hurlait comme un animal, les yeux révulsés, vomissait, urinait, à la grande joie des policiers qui l'observaient. Lorsqu'ils l'avaient détaché, il s'était aperçu que sa langue ne lui obéissait plus. C'était devenu un morceau de chair inerte dans sa bouche... Ses bourreaux s'en étaient aperçus aussi, et, très contrariés, l'avaient laissé prendre un peu de repos.

Quatre jours de suite, le supplice s'était renouvelé.

Ensuite, on lui avait fait signer un procès-verbal, en lui guidant la main. Il n'avait même pas lutté, sachant très bien que tout cela faisait partie du rite. Que cela ne changerait rien.

Les policiers en avaient assez de lui poser toujours la même question:

— Qu'était-il venu faire en Irak?

Malko s'en était tenu à la version arrêtée avec Djemal Talani. Le Kurde n'avait sûrement pas parlé non plus, puisque aucune allusion n'avait été faite à la Panthère Noire.

Dans ses moments de lucidité, il éprouvait un amer désespoir. Maintenant qu'Amal savait qui il était, elle ne donnerait évidemment pas le signal. La délicate bombe à retardement qui aurait pu fonctionner en son absence était sans danger, faute de détonateur. Pour lui, il ne se faisait guère d'illusion. Jamais les Irakiens ne relâcheraient un agent étranger. Jamais non plus, ils ne le jugeraient ouvertement. Il serait liquidé discrètement comme tant d'autres. Mais il se demandait comment ils avaient su tant de choses sur lui! Bien qu'il ait maintenu la version du « journaliste ». « N'avouez jamais! » C'est David Wise qui lui avait dit cela un jour.

Il sentit qu'on le frappait mais sa peau avait perdu toute sensibilité.

— ... les Kurdes?

C'est tout ce qu'il entendit. Il voulut répondre, mais de nouveau sa langue n'obéissait plus.

Soudain, on lui fit lever la tête en le tirant par les cheveux. Djemal était devant lui, Il dut cligner des yeux pour le reconnaître. Le Kurde avait tout le visage enflé, gros comme un ballon de football. Lui aussi avait passé des heures, suspendu au ventilateur. Plusieurs vaisseaux sanguins de ses yeux avaient éclaté, ce qui lui donnait des yeux rouges de lapin.

Mais une flamme sombre brillait dans ses prunelles. Il n'était pas brisé. Malko sut instantanément qu'il n'avait pas parlé.

Il savait que les Irakiens « oubliaient » fréquemment des prisonniers suspendus au ventilateur. C'était une façon discrète de se débarrasser d'eux. Au bout d'un certain temps, la mort survenait par embolie cérébrale et pouvait passer, au cas improbable d'une autopsie, pour une mort naturelle. Bien que les médecins irakiens ne se fassent aucune illusion sur la méthode employée...

Le capitaine play-boy hurla à Djemal:

— Depuis combien de temps connaissais-tu cet espion?

Malko n'entendit pas la réponse du Kurde. Ses oreilles fonctionnaient très mal. Il vit seulement ses lèvres bouger et le geste du capitaine frappant le Kurde en travers de la bouche.

On s'adressa à lui, mais il ne comprit pas. Presque aussitôt, deux soldats dressèrent l'escabeau qui permettait d'atteindre le ventilateur. Fou furieux, il voulut se défendre. La seule idée de se remettre à tourner le rendait dément.

Grognant comme une bête sauvage, il se jeta sur ses gardiens, les poignets liés. Un coup de crosse l'atteignit à la tempe et il plongea dans le noir.

Sa dernière pensée consciente fut que la Panthère Noire et ses hommes avaient eu le temps de se mettre à l'abri. Chaque soir, dans la minuscule cellule où il était au secret, il grattait avec son ongle une barre dans le plâtre, afin de ne pas perdre le compte des jours.

*
**

Le capitaine play-boy qui s'appelait Tahar n'en menait pas large. Pour la quatrième fois, il n'avait rien à apprendre au général Latif Okeili. Les lourdes paupières de crocodile triste se levèrent sur lui, menaçantes.

— C'est tout?

Il y eut quelques instants de silence. Même dans ce bureau au douzième étage du ministère de la Défense, le bruit des klaxons de Bagdad formait un fond discordant.

— C'est tout, mon général, avoua piteusement le capitaine. Cet homme maintient qu'il est journaliste et qu'il voulait seulement aller dans le Nord, chez les Kurdes. Nous avons fouillé tout ce qui lui appartenait, sans rien trouver de suspect...

Le général Okeili eut un soupir d'exaspération:

— Et l'autre, le Kurde?

— Rien non plus. Il prétend qu'il a rencontré l'espion par hasard.

Les yeux du général n'étaient plus que deux minces fentes noires. Il piétinait. L'homme lynché durant l'arrestation de Malko s'était révélé être un Kurde depuis longtemps en dissidence. Mais la piste s'arrêtait là. Okeili pensait que Malko avait été envoyé pour entrer en contact avec la résistance kurde, tout en se demandant pourquoi il n'était pas passé par l'Iran. Cette hypothèse ne le satisfaisait pas entièrement. Cet homme était un professionnel. S'il avait pris le risque de venir à Bagdad, c'était pour une raison précise.

Une raison qu'il ne parvenait pas à trouver, lui, Okeili. Le capitaine Tahar se gratta la gorge, discrètement:

— Général, laissez-moi interroger cette fille,

Amal Choukri. Elle a rencontré fréquemment l'espion... Elle sait peut-être quelque chose.

— Ridicule, bougonna Latif Okeili. Elle ne sait rien. Il n'a pas été se confier à elle. En plus, elle travaille pour nous.

Dépité, le capitaine se le tint pour dit. Son insistance n'était pas entièrement professionnelle. Il avait vu des photos d'Amal. Certains interrogatoires privés peuvent être agréables.

Mais le général avait plusieurs raisons de ne pas autoriser son subordonné à interroger la jeune femme.

D'abord il tenait à ce que l'affaire Malko se déroule dans le plus grand secret, tant que ce dernier ne serait pas mort. Le général avait décidé qu'il serait exécuté et qu'ensuite son corps serait abandonné dans le Nord où on le retrouverait « par hasard », quand il serait assez abîmé pour qu'on ne puisse identifier les causes de la mort.

Si la nouvelle de l'arrestation de Malko filtrait à l'étranger, ce serait un tollé mondial et il risquait d'être obligé de le libérer, sous la pression internationale. Impossible de prouver qu'il était un espion. Les journaux de Bagdad n'avaient pas soufflé mot de son arrestation. Si Amal était mise au courant, elle risquait de parler. Il y avait évidemment la solution de la boucler jusqu'à nouvel ordre. Mais, là, le général s'était heurté à un autre obstacle: le directeur de la T.V., amoureux fou de la jeune fille et dont l'influence était considérable au Parti.

Le premier jour de l'enquête, le général Okeili avait reçu un coup de téléphone du bras droit du Président Bakr lui enjoignant de ne pas inquiéter Amal Choukri.

Quand Malko serait mort, on pourrait toujours lui montrer son cadavre... Cela faisait toujours de l'effet.

Le capitaine Tahar observait respectueusement les réflexions de son supérieur hiérarchique. Le général soupira, prit son crayon rouge et écrivit une courte phrase sur le dossier de Malko.

— Transférez-le à Baakouba, ordonna-t-il. Qu'il soit exécuté avec les autres. Le plus vite possible.

Une fois seul, le général alluma une cigarette, désabusé. Il avait entre les mains un véritable espion et il ne pouvait même pas en profiter. D'un moment à l'autre, on pouvait apprendre son sort et une fois de plus, l'O.N.U. se déchaînerait contre l'Irak. Il n'y avait vraiment pas de justice.

***

Le Tribunal révolutionnaire siégeait dans une pièce nue au rez-de-chaussée du ministère de la Défense, près du Pont Jamhouriha. Les accusés se trouvaient debout au fond de la pièce, séparés du tribunal par une barrière en bois montant jusqu'au plafond, comme celles que l'on utilise pour les animaux sauvages pris vivants. Un cordon de policiers en casquette rouge armés de mitraillettes entourait les cages. Il n'y avait ni public, ni avocats. Seul un journaliste de *Al Thaoura,* le quotidien politique de Bagdad, avait été admis à l'audience. Membre dévot du Parti Baas, aucune indiscrétion n'était à craindre de sa part.

Pour la première fois, Malko et Djemal se retrouvèrent, mais sans la possibilité de parler. Le frère de Soussan avait été exécuté sommairement et sa sœur expédiée dans le Sud, dans un bordel militaire. Pas question de juger officiellement des Egyptiens.

Avec eux, il y avait une demi-douzaine d'accusés, également entravés, l'air hagard. Ceux-là appartenaient à un « complot » différent. Le

Tribunal siégeait depuis deux jours, afin de liquider d'un coup, les différentes affaires en suspens.

Malko ignorait que la veille, à l'endroit même où il se trouvait, on avait amené Victor Rubin qui s'était entendu condamner à mort...

Mais il n'avait quitté sa cellule de Baakouba que pour être jeté dans un fourgon cellulaire.

Cependant, pour la bonne forme de cet univers ubuesque, Djemal et Malko devaient passer en jugement. Surtout Djemal. L'acte d'accusation était d'une simplicité biblique: tentative de coup d'Etat. Il n'y avait qu'une seule peine possible: la mort.

— Le Tribunal! aboya un soldat.

Les accusés ne pouvaient se lever puisqu'ils étaient déjà debout.

L'énorme colonel Abdul Mokhless entra majestueusement suivi de ses deux assesseurs, et s'assit à la table recouverte d'un drap vert. Puis il déclara la séance ouverte. Avant de juger Malko et Djemal, il fallait liquider l'affaire précédente d'espionnage.

Un à un, on sortit les accusés de leur enclos, pour les amener, entravés, devant leurs juges.

Le premier était un Kurde d'une trentaine d'années, la mâchoire puissante, les mains attachées derrière le dos. D'après l'acte d'accusation il avait entretenu des rapports avec une officine de renseignements israélienne.

Le colonel Mokhless sortit une lettre du dossier et la brandit:

— Tu as donné des informations par écrit sur la composition du gouvernement, en prétendant qu'il existait des divergences entre les ministres.

La voix du Kurde s'éleva timidement:

— Monsieur le général, dit-il, je ne sais pas écrire et pas lire non plus, je n'ai pas pu écrire cette lettre!

Il y eut quand même un moment de stupeur! Mais Mokhlesse se reprit immédiatement:

— Tu insultes le Tribunal! hurla-t-il. Qu'on l'expulse.

Et il reclassa la lettre dans le dossier, majestueux comme la Justice. Le Kurde renvoyé derrière les barreaux, il se consulta quelques secondes avec ses deux assesseurs.

— Coupable, laissa-t-il tomber.

On annonçait les condamnations à la fin, comme à une distribution des prix.

Les sentences tombèrent avec monotonie. Un à un, les accusés écoutaient le mot fatidique « coupable ». Soudain, le dernier, un Irakien à l'air chafoin, amené devant le Tribunal, plaida coupable! Aussitôt, le colonel Mokhless s'humanisa. Il fit approcher de la table le prévenu.

Avec des mots touchants, il exhalta le sens national de ce bon citoyen égaré par des brebis galeuses, qui avait enfin su retrouver le droit chemin.

... Et, accessoirement, dénoncer par écrit tous ses co-inculpés, ce qui arrangeait bien le Tribunal.

« Dans un geste qui honore la générosité arabe, conclut-il, le Tribunal relâche l'inculpé Bab-el-Rak. »

Il reprit sa respiration, puis précisa d'une voix calme:

« Tous les autres accusés sont condamnés à mort. »

Il n'y avait aucun recours contre les décisions du Tribunal révolutionnaire. Aux temps héroïques de la Révolution, en 1963, les juges se transformaient aussitôt en bourreaux, afin de ne pas perdre de temps. C'est ainsi que le général Kassem, chef de l'Etat, avait été exécuté par les trois officiers qui venaient de le condamner à mort...

C'était au tour de Djemal et Malko. Le greffier lut l'acte d'accusation. Assez horrifiant: espionnage, tentative de coup d'Etat, association avec des rebelles, meurtre de policiers, il y en avait trois pages... Puis le Président du Tribunal interrogea Djemal:

— On a trouvé chez vous un poste émetteur de radio: qu'avez-vous à dire à cela?

Le Kurde haussa les épaules:

— Montrez-le moi.

Le colonel Mokhless fit trembler la table sous son énorme patte:

— Vous n'avez pas à mettre en doute la parole du Tribunal. Le poste a été détruit, il ne servait plus à rien...

Tout l'interrogatoire fut du même style. Djemal ne répondait même plus.

— Coupable, claironna-t-il, au bout de dix secondes.

Le dernier accusé était Malko; pour lui, le colonel Mokhless se fit doucereux et mielleux, presque paternel.

— N'avez-vous pas honte, demanda-t-il en anglais, d'avoir trahi l'hospitalité généreuse de l'Irak pour vous associer à une racaille rebelle mise au ban de l'humanité? Il n'y a aucun espoir pour eux. Notre brave armée est décidée à écraser les restes des traîtres!

Emporté par sa péroraison, le colonel Mokhless se dressa, brandissant un doigt vengeur vers les prisonniers:

« Aucune puissance n'est capable de résister à la volonté de notre formidable armée et à sa sainte progression. Pour vous, pauvres nains révoltés, il est préférable que vous vous repentiez avant d'être écrasés sans pitié. »

Malko écoutait, se demandant où le colonel voulait en venir. Ce dernier se rassit, enfin, essoufflé. Le correspondant d'*Al Thaoura* prenait fiévreusement des notes, éperdu d'émotion.

Mokhless tendit le doigt vers Malko.

— Vous reconnaissez avoir tenté d'entrer en liaison avec des rebelles qui ne sont en réalité que des bandits de grand chemin?

— J'ai fait mon métier de journaliste, admit Malko. Je ne suis pas un espion américain, mais un journaliste autrichien. Je proteste contre ma détention et j'exige que mon Consulat soit prévenu.

A ce moment, un des assesseurs brandit la carte de presse de Malko, délivrée par le ministère de l'Information. Le colonel Mokhless approuva:

— Vous avez doublement trahi notre confiance, gronda-t-il, puisque nous vous avions accordé toutes les facilités pour travailler dans notre beau pays...

Il y eut un silence lourd d'orage. Puis Mokhless reprit:

— La propagande sioniste nous a accusés de juger les accusés sans aucune chance de se défendre. Puisque vous êtes étranger, vous allez pouvoir constater vous-mêmes que ce ne sont que des mensonges éhontés.

Avec un geste majestueux, il cria:

— Greffier, introduisez l'avocat des accusés.

Le sous-lieutenant se leva et ouvrit une petite porte derrière le Tribunal, introduisant un grand Irakien maigre, au visage constellé de petite vérole.

Il s'inclina si bas devant le Tribunal qu'il sembla frôler le plancher.

Malko se demandait comment un avocat pouvait prendre leur défense sans jamais les avoir rencontrés et sans avoir étudié le dossier. D'ailleurs, il ne portait aucun document, attendant au garde-à-vous, devant le colonel Mokhless. Ce dernier lui désigna d'un geste bienveillant les accusés.

L'avocat eut un petit signe de tête dégoûté, puis se gratta la gorge et regarda le Tribunal. Il parlait d'une voix aiguë avec des intonations rauques du Nord.

— Je remercie l'estimé Tribunal de m'avoir fait confiance pour une tâche importante, commença-t-il. J'espère que je ne dirai rien qui puisse déplaire à vos estimables personnes...

Le colonel Mokhless sirotait un Coca-Cola, un des assesseurs se curait les ongles avec un bout de papier plié en quatre et le second suivait avec beaucoup d'intérêt la marche d'une araignée sur le mur blanc du « Tribunal ».

« Les accusés ont commis de tels crimes que dans n'importe quel pays, ils auraient été exécutés sans jugement, continua l'avocat. C'est grâce à la clémence et à la générosité immense du peuple arabe et de l'Irak en particulier que j'ai l'honneur de plaider leur cause devant cet estimé tribunal... »

Malko croyait rêver. L'étrange avocat avait une conception encore plus étrange de la Justice. Mais l'Irakien était lancé.

« J'avoue, enchaîna-t-il, qu'à la lecture du dossier, un profond dégoût m'a envahi. Je ne pensais pas qu'on puisse se montrer aussi vil et aussi plein de traîtrise envers un grand pays comme notre Irak bien-aimé.

Le colonel Mokhless eut un rot, provoqué par le Coca-Cola. Effrayé, l'avocat stoppa sa « plaidoirie ». Gentiment, le gros officier lui fit signe de continuer.

« Je pense, continua l'avocat, que critiquer l'action de l'estimée Cour en cette affaire serait un acte de propagande hostile et absolument dénué de tout fondement. Si ces hommes sont ici, c'est qu'ils sont coupables et s'ils sont coupables, ils doivent être punis. Dans l'intérêt de notre Irak bien-aimé...

Le premier assesseur montra quelques signes d'impatience. Apparemment la bonté du colonel Mokhless l'irritait. Aussi, l'avocat en vint rapidement à sa péroraison:

« En tant qu'Irakien, conclut-il, je ne peux ni excuser ni défendre les accusés. Je ne m'en sens pas le droit puisque je les crois coupables.

Cependant, en raison de leur situation de famille, je prie l'estimé Tribunal de faire preuve de l'indulgence compatible avec les droits imprescriptibles de la Justice. »

Il se tut et s'essuya la bouche d'un revers de main. Il craignait d'avoir été trop loin.

Magnanime, le colonel Mokhless le rassura d'un geste:

— Le Tribunal a apprécié votre plaidoirie et vous en remercie, Maître. Il en tiendra compte.

L'avocat, de nouveau, se cassa en deux jusqu'au sol poussiéreux et partit sur la pointe des pieds, sans un regard pour ceux qu'il venait de défendre avec tant de fougue.

Le colonel Mokhless se concertait avec ses deux assesseurs. La discussion dura une minute ou deux, puis l'énorme militaire annonça d'une voix égale.

— Après délibération, le Tribunal condamne les accusés à la peine de mort.

Sans autre forme de procès, il se leva, suivi des deux commandants et disparut.

Cinq minutes plus tard, le porte-parole du ministère de la Défense annonça officiellement au journaliste de *Al Thaoura* que le Tribunal révolutionnaire avait condamné à mort sept accusés et en avait acquitté un autre.

Le nom des accusés ne serait pas communiqué avant leur exécution.

Ils avaient été défendus par Maître Abdul Harraya, du Barreau de Bagdad.

Le journaliste s'extasia devant une telle libéralité. On oubliait évidemment de lui préciser que Me Abdul Harraya avait été extrait de la cellule où il était incarcéré depuis trois mois, sur des charges très vagues, et qu'il avait immédiatement regagné sa cellule après sa plaidoirie. En espérant qu'elle abrégerait son temps de détention...

Après la petite phrase sèche du colonel Mokhless, Malko resta quelques instants assommé. Les mots avaient du mal à pénétrer jusqu'à son cerveau. Condamné à mort. Jusque-là, il n'y avait pas cru, espérant vaguement un miracle de dernière heure, ou simplement une condamnation à une lourde peine de prison qu'on commuerait plus tard.

Une petite voix lui disait qu'il était perdu, que personne ne savait même où il se trouvait, que le monde apprendrait son exécution lorsqu'il serait déjà enterré.

Il regarda Djemal: le Kurde avait le visage calme, mais des taches rouges sur les pommettes.

C'était la seconde fois que Malko était condamné à mort. Au Burundi, il avait un espoir, des gens qui cherchaient à le sauver. Ici, il n'avait rien. Et les Irakiens étaient autrement plus dangereux que les noirs ubuesques du Burundi.

Un des gardes en casquette rouge ouvrit la porte donnant vers l'extérieur et leur fit signe de les suivre. Il échangea quelques mots avec Djemal qui cacha quelque chose dans sa main.

Dans le couloir, le Kurde put se rapprocher de Malko:

— C'est un brave type, souffla-t-il, il m'a donné une cigarette et dit qu'ils n'exécutaient pas tout de suite les gens. Que tant que nous vivions, il y avait de l'espoir.

Malko regarda le soldat. Il avait une bonne tête de paysan du Sud avec de petits yeux enfoncés et des mains noueuses serrant sa mitraillette tchèque. Son cou trop maigre flottait dans sa chemise d'uniforme. Lui se moquait bien du régime, pourvu qu'il mange à sa faim.

La porte du fourgon cellulaire claqua sur Malko.

Par l'étroite lucarne, il pouvait apercevoir le ciel bleu immaculé. Le véhicule se mit en marche. Une heure de route jusqu'à Baakouba. Un voyage sans retour.

Pour la première fois, Malko eut vraiment peur.

CHAPITRE XV

Amal Choukry allait sortir du petit poste de garde de l'immeuble de la Radio et de la Télévision lorsqu'elle s'entendit appeler. Elle se retourna pour se trouver nez à nez avec son directeur. Aussitôt, pour rire, il la coinça contre l'affiche représentant Moshe Dayan pendu à une potence.

— Tu ne sais pas que tout le monde doit passer à la fouille? C'est le règlement.

Il avait déjà les deux mains posées autour de la taille de la jeune fille. Avec l'impression que les extrémités de ses doigts étaient douées d'une vie individuelle qui les tirait vers le haut, vers les seins tendant la laine violette.

Il était beaucoup moins farouche que lorsqu'il recevait ses visiteurs, un fusil d'assaut sur son bureau.

Depuis qu'Amal travaillait à la radio, il avait juré de l'avoir. Sans obtenir jusque-là plus qu'un baiser à la sauvette.

Là encore, Amal se dégagea adroitement. Mais le directeur la prit par le bras et l'entraîna sous l'œil intéressé des barbouzes. Eux aussi, ils l'auraient fouillée, la belle Amal.

— Viens boire un kawa, demanda le directeur. J'ai une grande nouvelle à t'annoncer.

— Ah! Vraiment, roucoula-t-elle intéressée, pensant à une augmentation ou à une invitation. (Elle gagnait 25 dinars par mois, comme une secrétaire, ce qui suffisait tout juste à entretenir sa garde-robe). De toutes façons, la Mercédès du directeur lui évitait d'attendre l'autobus pendant une demi-heure. Elle s'enfonça avec volupté dans les coussins de la Mercédès. La main droite du directeur enserrait déjà le genou rond. Malgré elle, un frisson agréable monta le long de sa colonne vertébrale.

— Qu'est-ce que c'est, la nouvelle?

La main avança un peu le long de l'épais bas multicolore. Instinctivement, Amal serra les jambes.

— Le Tribunal révolutionnaire a condamné onze traîtres et espions, annonça joyeusement le directeur. Ils seront exécutés demain matin.

Des exécutions. Brusquement l'image de Malko passa devant les yeux d'Amal et une délicieuse langueur l'envahit. Sentant son abandon, le directeur poussa sa main si haut qu'elle eut un sursaut et se rencogna à l'autre bout de la banquette. Elle lui en voulait d'avoir troublé son agréable rêverie...

Repensant à Malko, elle gronda intérieurement. Il s'était conduit comme la plupart des hommes. Après avoir eu ce qu'il voulait, il s'était évaporé. Depuis huit jours déjà. Morte de honte, Amal avait téléphoné au Bagdad-Hôtel et on lui avait dit qu'il était parti, sans autre détail.

Pas même une carte postale!

« Le salaud » pensa Amal. Mais une image précise lui vint à l'esprit et ses seins se durcirent. Après tout, il valait mieux qu'il ne soit pas resté. Elle aurait fini par devenir pour de bon sa maîtresse.

Devant l'émoi visible d'Amal, le directeur se méprit. S'il n'y avait pas eu le chauffeur...

— Tu veux assister à l'exécution? demanda-t-il d'une voix si rauque qu'elle tourna la tête. Il avait envie d'elle et cela se voyait.

— Non, non, dit-elle précipitamment.

Qu'est-ce qu'il allait s'imaginer! Soudain furieuse contre Malko, elle décida qu'il pouvait aller au diable, lui et ses messages personnels. Elle n'était pas une putain dont on se sert et qu'on plaque ensuite.

Ils stoppèrent devant le Bagdad-Café. Amal, en pivotant pour descendre, laissa apercevoir vingt centimètres de cuisse fuselée. Après tout, les mini-jupes, c'était fait pour s'en servir.

*
**

Une brume bleuâtre flottait sur Bagdad et le désert qui l'entourait, auréolant de mystère ce pays rongé par le soleil, dévoré par le désert, stérilisé par la paresse et l'incapacité, où des centaines de milliers de gens survivaient avec peine. Un peu plus tard, cette brume allait se transformer en humidité grasse encore plus pénible que la chaleur.

Mais selon les canons de Bagdad, la journée allait être belle.

Amal descendit de son autobus, vêtue d'une légère robe imprimée. Comme d'habitude, les sentinelles lâchèrent une bordée d'obscénités sur sa poitrine dès qu'elle fut passée.

La jeune fille arriva dans le studio à six heures moins le quart pile. Pour une fois, elle était en avance. Et nerveuse. La veille, le directeur s'était montré si entreprenant en la raccompagnant qu'elle avait dû se laisser embrasser et vaguement caresser. Tout en pensant à Malko. Malheureusement, elle avait continué à y penser une bonne partie de la nuit. Elle se tournait et se retournait sans trouver le sommeil.

Elle s'était réveillée indécise. Avec une folle envie de passer le signal comme convenu. Seul, son orgueil l'en empêchait. Rendre service à un homme à qui elle avait presque tout donné et qui l'avait plaquée! Son sang en bouillait.

A six heures, elle mit l'hymne irakien, lut le premier bulletin d'informations. La nouvelle de l'exécution ne viendrait qu'au prochain bulletin.

Pour ne pas penser à Malko, elle commença à classer furieusement des disques, les dépoussiérant et les remettant dans leurs enveloppes.

Elle allait passer dans le studio attenant, lorsque la porte s'ouvrit tout doucement sur le directeur. A pas de loup, il s'approcha d'Amal par derrière et, brusquement, lui emprisonna les seins en les pinçant légèrement. Leur entrevue de la veille l'avait nettement laissé sur sa faim.

Amal lui échappa, furieuse:

— Monsieur Aktiar, je travaille!

— Tu as tout le temps, répliqua le directeur. Mets donc un 33 tours et viens me voir dans mon bureau.

Il revint à l'assaut, les mains en avant. Cela rendit Amal folle de rage. Elle allait lui jouer un bon tour. Mais d'abord, il fallait se débarrasser de lui. Comme il l'embrassait dans le cou, elle murmura:

— Pas ici, Monsieur Aktiar, si on nous surprenait?

Il sauta sur l'occasion.

— Où, alors?

Amal fit semblant de réfléchir:

— Ce soir, au bar du Sémiramis. Si vous êtes sage...

Satisfait, il la lâcha. Dès qu'il eut disparu, Amal se précipita à la recherche de l'hymne baassiste. Elle le trouva rapidement, mais dut attendre que la chanteuse égyptienne Ferden ait fini ses vocalises.

L'hymne baassiste était le premier morceau d'un 33 tours d'airs patriotiques. Amal mit la platine en 45 tours, posa le saphir sur le disque et enclencha l'électrophone.

La pendule indiquait six heures vingt-huit. Amal fila se cacher aux toilettes. Pour laisser le disque passer au moins une minute à la mauvaise vitesse. Le cœur battant, en train de se regarder dans la glace, elle pensait à Malko. Elle espérait de tout son cœur qu'au moins en cette minute, il pensait à elle. Elle l'imagina se dorant au soleil de Beyrouth avec de jolies Libanaises et la jalousie lui tordit l'estomac.

Elle rentra au studio et remit aussitôt le disque en vitesse normale, avec un mot d'excuse pour les auditeurs. Les techniciens lui firent de grands signes à travers la cabine vitrée.

Vingt secondes plus tard, le directeur passa le nez à la porte, furieux:

— Amal! Qu'est-ce qui t'arrive?

Bombant la poitrine, elle prit son sourire le plus enjôleur:

— C'est votre faute, vous m'avez troublée. Je me suis trompée de vitesse.

Aussitôt radouci, il lança, câlin:

— A ce soir.

Le programme entier aurait pu passer en 45

tours si elle était venue s'enfermer dans son bureau.

*
**

Gulé, la « Panthère Noire », jouait avec les cartouches de son parabellum, son transistor à côté d'elle. Deux Kurdes veillaient à la porte de la cave qui leur servait de refuge, au sud de Bagdad, à 200 mètres de la route de Basorah et à 50 mètres de la caserne de la 1ère Brigade blindée irakienne.

Dans un coin, le prisonnier, les mains liées derrière le dos, regardait la Kurde, les yeux pleins de terreur. Elle l'avait prévenu qu'en cas de coup dur, il serait le premier à mourir. Jusque-là, il était bien traité et nourri de riz et de poisson. Son uniforme était à peine sale.

Agacée, la Kurde baissa le son du transistor. C'était cela le plus dur: écouter tous les matins, la propagande de Radio-Bagdad. Mais c'était la dernière chose qu'elle pouvait faire pour Malko. Elle s'efforçait de ne plus y penser. Il était mort ou n'en valait guère mieux. Comme Djemal. C'était la guerre. Le lendemain de l'arrestation, Gulé n'avait pas dormi, sûre que le Kurde ou Malko parlerait sous la torture. Puis rien n'était venu. Elle avait encore changé de cachette et attendu.

Puis, fidèle à la parole donnée, avait commencé la préparation du Plan. Elle ignorait si le message pour Beyrouth était parvenu à destination. Si le signal viendrait vraiment. Mais elle voulait être prête.

Et elle l'était.

Absorbée dans ses pensées, elle n'entendit pas immédiatement le son étrange qui sortait du transistor. Il y eut une courte interruption, puis une voix de femme et les premières mesures de l'hymne du Baas envahirent la petite cave.

Gulé se leva d'une seule détente. Elle n'y croyait plus, s'étant encore donné une semaine avant de remonter dans le Nord.

Même si Malko était mort, quelle belle vengeance posthume!

— Ser!

C'était son second, un Kurde noueux et maigre, d'une résistance stupéfiante.

Il était déjà en train de secouer le prisonnier. Tirant d'une de ses poches une boîte métallique à laquelle était soudée une chaîne, il s'accroupit près de l'Irakien.

L'autre bout de la chaîne se terminait par une menotte. Ser emprisonna la jambe gauche du prisonnier, au-dessus de la cheville. Puis, relevant la jambe du pantalon de toile, il fixa la boîte, longue de vingt centimètres, sur la jambe de l'homme, grâce à une bande de sparadrap. Toute l'opération n'avait pas duré une minute. Ser se releva et fit signe à Gulé que tout était prêt. La Kurde s'approcha du prisonnier:

— Tu veux vivre? demanda-t-elle.

Le malheureux hocha vigoureusement la tête.

— Tu sais conduire un camion?

Nouveau hochement de tête affirmatif.

Les yeux jaunes de Gulé semblaient fasciner l'Irakien. Elle continua:

— Tu vas aller dans la cour de la caserne, tu monteras dans un camion et tu le ramèneras au coin de la rue. Compris?

— Baleh, répondit le soldat en kurde.

Les yeux jaunes scintillèrent de méchanceté. Gulé sortit son poignard et trancha d'un coup les liens de l'homme. Puis elle se pencha, découvrit la boîte noire. Il y avait un petit cadran et une aiguille sur le couvercle, avec des chiffres de 1 à 10. Gulé mit l'aiguille sur 6 et se releva.

— N'espère pas nous trahir, dit-elle. La boîte contient un explosif puissant. De quoi te déchiqueter. Il sautera dans six minutes. Sauf si tu reviens pour que j'arrête le mécanisme. Moi seule sais le faire.

«Tu as largement le temps de voler le camion et de revenir. Maintenant, va.»

Le soldat la regardait, les yeux agrandis d'horreur. Elle dut lui donner une bourrade pour qu'il parte en courant. Trop affolé pour tenter quoi que ce soit, véritable bombe vivante. Gulé le vit disparaître dans la cour de la caserne, de l'autre côté de l'avenue où donnait leur impasse.

— Si son camion ne démarre pas, dit-elle à Ser, nous tenterons d'en voler un dans la confusion qui suivra l'explosion. Sois prêt.

Les Kurdes étaient tous debout, leurs armes enveloppées dans des chiffons, ficelés de cartouchières. Tous avaient des fusils d'assaut « Armalite », flambant neufs. Don d'Intermco.

— Il va vraiment sauter? demanda Ser.

Gulé leva les sourcils:

— Bien sûr.

Très fière de son stratagème. Après avoir mûrement réfléchi, elle était arrivée à la conclusion que le seul moyen d'approcher Baakouba était un camion militaire. Mais il fallait le voler au tout dernier moment, c'était trop dangereux de le cacher à Bagdad.

C'est pour cela qu'elle s'était installée juste en face de la caserne. De plus, étant déjà hors de la ville, il lui fallait beaucoup moins de temps pour atteindre Baakouba.

Bien sûr, elle aurait pu envoyer un de ses hommes voler le camion dans la cour de la caserne, mais il y avait un risque. Ses hommes avaient kidnappé l'Irakien cinq jours plus tôt. Il en avait fallu deux à un horloger ami pour confectionner la bombe à retardement. Gulé espérait que le mécanisme ne se déréglerait pas.

— Le voilà! cria Ser.

Le camion stoppa au coin de l'impasse. Gulé se précipita la première et escalada la cabine. Le chauffeur était gris de peur.

— Vite, vite, supplia-t-il.

La Kurde se pencha, souleva la jambe, arracha la boîte. L'aiguille était entre 1 et 2. Avec la pointe de son poignard, elle fit sauter le dessous et coupa deux fils. C'était fini.

Les Kurdes étaient déjà dans le camion. Ser monta à l'avant, tandis que Gulé passait à l'arrière. Une femme dans un camion militaire, cela se remarque.

Les mains du chauffeur tremblaient sur le volant. Ser le piqua légèrement de la pointe de son poignard.

— Vas-y. Nous allons à la prison de Baakouba. Je te montrerai la route. Conduis le plus vite que tu pourras ou je te tue.

Le Molotova démarra brutalement. A l'arrière Gulé regarda sa montre: 6 heures 35. Ils étaient en retard. Normalement, il fallait plus d'une demi-heure pour aller à Baakouba. Elle écarta la toile pour crier à Ser:

— Vite, vite!

Déjà, le Molotova fonçait, laissant derrière lui les dernières maisons de Bagdad.

CHAPITRE XVI

Les deux Douglas « Skyraider » tournaient lentement au-dessus du Kurdistan iranien, sans trop s'éloigner de leur base. Plus à l'ouest, ils seraient repérés par les radars irakiens et, à l'est, par ceux des Iraniens. Officiellement, leurs vols n'existaient pas. Pas de plan de vol, pas d'enregistrement auprès de la tour de contrôle de Kermanshah.

Jos Kolner et Ian Smith, tous les deux Rhodésiens, avaient déjà touché chacun cinq mille dollars d'acompte. Si le travail se faisait, ils en auraient cinq mille de plus. Au retour, s'il y avait un retour.

Ils pensaient tous les deux que c'était un prix honnête pour une ballade sans histoire. Le plus dur étant d'avoir Radio-Bagdad avec ses chants aigus et ses aboiements dans les oreilles. Les appareils portaient sur les flancs de leur fuselage et sur leurs ailes les marques d'indentification de l'armée jordanienne. Y compris les lettres d'une escadrille existant réellement. Et équipée de vieux « Skyraiders » offerts jadis par les U.S.A.

Mais cela aussi faisait partie des cinq mille dollars. On ne vous paie pas ce prix pour donner des baptêmes de l'air.

Sous les ailes des « Skyraiders », il y avait un assez bel échantillonnage de roquettes et les armes de bord étaient chargées jusqu'à la gueule. Aussi, chaque fois qu'ils atterrissaient, le personnel américain de la base bouclait les deux appareils dans un hangar fermé à double tour.

Ian Smith tapota la carte attachée à son genou et regarda sa montre. Il était temps de rentrer. Ils avaient même fait dix minutes de trop. Donnant un peu de gaz, il se rapprocha de son coéquipier et battit des ailes. C'était le signal convenu pour le retour. Interdiction de communiquer en phonie. Les Irakiens étaient à l'écoute de tout. Cela devait rester une histoire de famille.

Jos Kolner battit à son tour des ailes. Il avait hâte de redescendre. Cela commençait à devenir monotone, cette promenade en rond au-dessus du désert ocre. Il se prenait à regretter le « Strafing » des villages rebelles en Angola, finalement pas plus dangereux... Il coupa Radio-Bagdad. Il en avait marre des Arabes.

Ian Smith n'y pensa même pas, absorbé dans sa manœuvre. Dans un quart d'heure ils se poseraient. Il avait achevé son virage et mis cap à l'est quand la musique le frappa. Aussitôt, il mit la pleine puissance dans les écouteurs et se raidit.

C'était le signal.

Rapidement, il vérifia qu'il était bien sur la longueur d'onde de Radio-Bagdad.

Déformé par le passage rapide, l'hymne du Baas s'engouffra dans sa tête. Il ne pouvait pas se tromper. Chaque soir, consciencieux, ils se le passaient au magnétophone.

La musique s'interrompit, une voix de femme dit quelques mots en arabe et le disque reprit à la vitesse normale. Ian Smith coupa la radio désormais inutile. Il admirait fichtrement le type qui avait eu cette idée-là. Le monde se divisant à ses yeux en bougnoules et non bougnoules, et les Arabes appartenant sans conteste à la première catégorie, on leur jouait un bon tour.

L'autre « Skyraider » avait pris de l'avance. Il dut piquer légèrement pour le rattraper et remonta sous le nez de son coéquipier. Il fallut encore près d'une minute pour attirer son attention. Toujours pas de radio. Enfin, Jos comprit. Il vira le premier.

Les deux chasseurs-bombardiers piquèrent aussitôt pour voler au ras de la montagne. Il fallait échapper aux radars et aux chasseurs irakiens. Pendant dix minutes, ils firent du saute-mouton le long des crêtes pelées du Kurdistan. A plus de 500 à l'heure, le paysage défilait à une vitesse vertigineuse. De temps à autre, des silhouettes apparaissaient dans un creux. Les prenant pour des Irakiens, un Kurde tira sur eux au fusil.

Les deux Rhodésiens n'y prêtèrent même pas attention. La plaine ocre et plate entourant Bagdad était à un quart d'heure devant eux en contre-bas. Ce seraient leurs dernières minutes de détente. Jusque-là, chaque crête était un danger mortel. Avec, de temps à autre, un regard sur leurs instruments pour garder le cap, ils avalaient la montagne.

Enfin, ils se laissèrent glisser vers le sud. Maintenant, ils pouvaient voler à cinquante mètres du sol, sans trop de danger. Ils laissèrent à leur droite l'agglomération de Bagdad et piquèrent au ras de la plaine déserte. Rituellement, ils défirent la sécurité des roquettes et des six mitrailleuses, allumèrent les viseurs.

Ian Smith regarda sa carte. Encore trois minutes. Jos volait à sa gauche un peu plus bas que lui. Il descendit encore un peu, et l'autre l'imita. C'était plus sûr. Mais, même si les Irakiens les avaient repérés, ils arriveraient trop tard.

Tout à coup, il ne vit plus Jos. Le temps de le chercher, il y eut une boule de feu dans le rétroviseur et une colonne de fumée noire s'éleva de la plaine. Le second « Skyraider » venait de heurter une ligne à haute tension. Ça ne pardonne pas. Déjà, Ian était loin.

Il jura pour lui. Son dos était trempé de sueur. Heureusement qu'ils étaient partis à deux. Il n'eut même pas peur, c'étaient les risques du métier. Pour ne pas penser, il se concentra sur sa mission. A travers le pare-brise du cockpit, un rectangle clair apparut au milieu du désert: la prison de Baakouba.

Pourvu qu'il ait assez de roquettes à lui tout seul.

Il donna un tout petit coup d'ailerons pour

changer de cap. Sa mission était d'attaquer le mur au coin nord-est, pas ailleurs. Tous les muscles tendus, il descendit encore. Secoué par les trous d'air, le Skyraider vibrait. Le soleil levant frappait le cockpit de biais, l'aveuglant à sa gauche. Ce n'était pas l'Angola, mais un boulot de précision. C'était le moment de se souvenir qu'il avait été un des as de la R.A.F. en des temps meilleurs. C'est sur ces références-là qu'on l'avait engagé, pas sur son casier judiciaire. Heureusement que la précision avait toujours été son fort.

Le système de mise à feu des roquettes enclenché, il piqua. Des gens sortirent en courant de huttes de terre battue. Le Skyraider faisait un vacarme effroyable.

Le mur de béton blanc grandissait dans le collimateur. Ian Smith donna un petit coup de palonnier et appuya sur les deux détentes. La première bordée de roquettes partit avec un sifflement doux, laissant une traînée de feu. Le Skyraider redressa brutalement et dégagea sur la gauche. Au passage, Ian Smith eut le temps de voir des gens courir dans la cour.

Ian Smith détacha ses yeux de la colonne de fumée noire qui montait de l'endroit où le second Skyraider s'était écrasé, s'appliquant à virer le plus sec possible.

Deux minutes plus tard, il était de retour sur le mur. Il constata avec satisfaction que ses roquettes avaient percé une brèche dans le mur, mais pas encore assez grande. Il visa avec encore plus d'attention et descendit à moins de vingt mètres. C'est presque à l'horizontale qu'il lâcha la seconde bordée. Trois projectiles sur quatre frappèrent le mur dans une gerbe de poussière, mais le quatrième s'engouffra dans la brèche pour aller exploser dans la cour.

Le Rhodésien jura: pourvu qu'il n'ait pas tué

celui qu'il était venu sauver! Il refit un troisième passage, sans roquette, mitraillant un mirador qui s'effondra sous les balles de 12,7 et lâchant quatre bombes légères à l'extérieur du mur. C'est tout ce qu'il pouvait faire. Maintenant, la poussière cachait l'objectif, c'était trop dangereux de refaire un quatrième passage. Alors seulement, il commença à penser à lui. La chasse irakienne avec ses Migs 21 qui allaient deux fois plus vite que son vieux coucou à hélice, avait certainement déjà décollé.

Il n'avait pas beaucoup de choix: au sud, c'était le désert et l'Arabie Saoudite, au nord, la Russie et à l'ouest, la Syrie. Il restait à revenir sur ses pas et à se faufiler à travers les montagnes.

Ian Smith pensa sans amertume qu'il avait une chance sur cent de toucher la seconde moitié de sa prime.

***

Le hurlement du « Skyraider » arrivant en rase-motte couvrit les ordres du Colonel Mokhless. Malko donna un coup de tête au bourreau et se jeta à terre. Il avait envie de hurler de joie. Non seulement Victor Rubin risquait d'être sauvé, mais lui aussi, grâce au hasard de l'exécution groupée! Lorsqu'il montait sa délicate machine infernale, il ne se doutait pas qu'il en serait le premier bénéficiaire. Ainsi, le plan s'accomplissait. Même s'il ne se sauvait pas, c'était extraordinaire.

Le ventre argenté du Skyraider passa en un éclair au-dessus de la cour. Presque au même instant, une partie du mur d'enceinte sembla se volatiliser en une gerbe de poussière blanche et ocre. Mollement, quelques soldats en casquette rouge braquèrent leurs armes vers le ciel. Plusieurs se couchèrent. Le bourreau s'ébrouait.

Le colonel Mokhless était tellement stupéfait qu'il ne pensa pas à sortir son pistolet. Il hurla un ordre et Malko vit pivoter la mitrailleuse du mirador. Au même moment, le chasseur revenait.

Un court instant, le mitrailleur sembla invoquer le ciel. Puis son corps se disloqua sous les balles explosives et il tomba avec les débris du mirador et la mitrailleuse russe montée sur roues.

Cette fois, la plupart des soldats plongèrent sur le sol. Du moins ceux qui n'étaient pas déjà morts. Plusieurs corps gisaient sous les décombres du mur d'enceinte. Les officiers aboyaient des ordres décousus, totalement affolés. Encore un coup des Israéliens.

L'avion revenait pour la troisième fois. De nouveau, le sol trembla sous les explosions. Malko se sentit soulevé comme une plume et roula pêle-mêle avec un des aides bourreaux, recouvert d'un nuage de poussière. Une explosion sèche lui déchira les oreilles. Etourdi, il perdit connaissance quelques secondes. Lorsqu'il releva la tête, la seconde cage de prisonniers avait disparu sous un nuage de fumée noire. Une bombe avait explosé presque dessus.

Il n'eut pas le temps de s'apitoyer sur cette ironie du sort: un homme en uniforme kaki avec un turban rose venait de surgir de la poussière ocre du mur d'enceinte, un fusil d'assaut Armalite à la hanche. Plusieurs autres Kurdes, l'uniforme couvert de poussière, se ruaient par la brèche du mur, bardés de cartouchières et de grenades.

Le colonel Mokhless eut tout juste le temps de sortir la crosse nacrée de son Colt 45. Une rafale d'Armalite le coupa pratiquement en deux.

Plusieurs policiers s'étaient abrités derrière la potence et ripostaient au jugé avec leurs

AK 47. Médusé, le bourreau s'était réfugié sur la potence où il s'accrochait à la corde. Un Kurde bondit, un long poignard recourbé au poing D'un revers, il coupa la corde, tranchant dans son élan le bras droit du bourreau qui regarda, stupide, son membre tomber par terre. Les policiers l'ajustèrent à bout portant. C'était un géant de près de deux mètres.

L'Armalite bien calé dans la hanche, il arrosa posément le groupe de policiers à ses pieds. Sous le choc des balles de ses adversaires, il recula de plusieurs pas, mais ne s'effondra, mort, que lorsqu'ils ne bougèrent plus.

Couché à plat ventre, les mains toujours liées derrière le dos, Malko faisait le mort. Pendant plusieurs minutes, on n'entendit que le hurlement des Kurdes et les rafales d'armes automatiques. Les assaillants tentaient de couper la route aux Irakiens cherchant à se réfugier dans les bâtiments de la prison. Deux policiers s'abritant derrière le fourgon mortuaire, tiraillaient sur les Kurdes.

Un pesh-merga s'avança calmement, un pistolet automatique P. 08 à long canon dans chaque main. Une balle l'avait effleuré et une longue estafilade barrait sa joue, le rendant encore plus impressionnant.

Terrorisés, les deux Irakiens lâchèrent leur AK 47 et levèrent les bras.

L'un se précipita aux genoux du Kurde. Tranquillement, celui-ci glissa le bout du canon de son pistolet dans la bouche ouverte et appuya sur la détente. L'Arabe fut rejeté en arrière comme par un coup de pied et sa casquette roula par terre avec une partie de sa boîte cranienne.

L'autre resta adossé à la voiture, murmurant des prières, paralysé de terreur. Le Kurde remit ses deux pistolets dans sa ceinture et le policier crut qu'il allait l'épargner. Mais son adversaire avait déjà sorti son long poignard recourbé. Presque délicatement, il écarta la chemise d'uniforme avec la pointe, faisant sauter un bouton au-dessus de la ceinture, puis enfonça la lame de toutes ses forces d'un mouvement lent et régulier.

Le râle du policier cessa lorsque le Kurde fit remonter la lame jusqu'au sternum, épinglant le cœur au passage. Puis il essuya le sang sur le pantalon du mourant qui glissait à terre.

Des policiers retranchés dans la prison tiraient encore sporadiquement, mais il n'y avait plus aucune résistance dans la cour. Malko sentit qu'on le retournait et rencontra le regard de Gulé, la Panthère Noire. Il sentit le froid de l'acier sur ses poignets et se retrouva libre. La jeune femme était en uniforme, comme ses hommes, un fusil d'assaut à la main.

Elle tenait dans la main gauche une mitraillette tchécoslovaque prise à un policier militaire qu'elle tendit à Malko.

— Tiens, dit-elle. Je suis heureuse que tu sois vivant.

Aussi calme que s'ils s'étaient quittés la veille.

Mais ce n'était pas le moment des explications. A l'extrémité nord de la cour, les survivants de la police militaire entamaient une contre-attaque à la grenade, excités par un lieutenant écumant.

Des balles sifflèrent. Malko et Gulé ripostèrent. Les Kurdes faisaient le tour des blessés, leur ouvrant la gorge d'une oreille à l'autre, avant de les soulager de leurs armes. Une incorrigible manie.

— Mon Dieu, et Rubin? cria Malko.

La fumée qui entourait la seconde cage s'était dissipée et il apercevait plusieurs corps étendus, blessés ou morts. L'Américain dont il avait aperçu la silhouette avant l'attaque devait être parmi eux.

Il se précipita, accompagné de Gulé, examinant les hommes tombés. D'abord, deux Irakiens morts. Le troisième était Victor Rubin. Il était allongé sur le dos, sa chemise arrachée par le souffle, découvrant son torse maigre, les yeux fermés. Malko reconnut à peine l'homme dont William Mitchell lui avait montré la photo. Tous les os de son visage saillaient sous sa peau, comme une tête de mort, les yeux étaient profondément enfoncés dans leurs orbites, les cheveux trop longs faisaient paraître la tête minuscule.

— Il est mort? demanda Gulé.

Malko souleva l'Américain dans ses bras et ce dernier ouvrit les yeux. Il n'avait été que commotionné. Il bredouilla quelques mots et Malko s'aperçut qu'il n'avait plus qu'une seule dent, une incisive à la mâchoire supérieure. La bonne nourriture de Baakouba ou les tortures.

Il regardait Malko comme si ce dernier avait été un Martien, mais ce n'était pas le moment des explications.

Gulé et lui l'entraînèrent, le soutenant sous les aisselles. Malko lui dit en anglais:

— Venez, nous sommes venus vous sauver.

Visiblement, l'autre ne comprenait pas.

Gulé poussa un rugissement inarticulé: le signal du repli. Deux Kurdes avaient été tués et un troisième, criblé de balles, n'en valait guère mieux.

— Les chars vont arriver, dit la Panthère Noire. Vite.

En courant, ils passèrent le mur d'enceinte écroulé, tirant de courtes rafales pour couvrir leur retraite. Gulé courait à longues enjambées, difficilement suivie par Malko encore épuisé. De l'autre côté, c'était le désert avec un hameau de huttes de boue séchée. La petite troupe le traversa en courant.

Un des derniers Kurdes se heurta à une femme voilée d'un chador[1] noir. Elle hurla. Aussitôt, il sortit son poignard et méchamment lui déchira le sein gauche. Puis d'un coup de crosse d'Armalite, il l'assomma.

Un soldat, en kaki, surgit au coin d'une masure, un fusil au poing. Il se trouva nez à nez avec un Kurde, un large cimeterre dans la main droite et un colt automatique dans la gauche. Une seconde, les deux hommes se dévisagèrent. Paralysé par le regard noir et féroce du Kurde, le soldat leva son arme maladroitement. L'autre, à toute volée, fit tournoyer son cimeterre. La lame frappa le cou du policier presque horizontalement.

Il y eut un long sifflement et la tête parut flotter sur le cou une fraction de seconde. Puis elle roula par terre.

Le corps suivit, agité de soubresauts. Le jet de sang arrosa le bas de l'uniforme du Kurde. Calmement, celui-ci souleva la tête par les deux oreilles et l'éleva à la hauteur de son visage. Les yeux étaient encore ouverts et même pas vitreux. Il cracha en plein et les yeux se fermèrent, reste de réflexe nerveux. Alors seulement, il laissa rouler la tête près du corps qui se vidait par saccades du reste de son sang.

Le camion était resté sous la garde d'un Kurde, ainsi que le chauffeur prisonnier. Ser le poussa dehors et troqua son turban pour une casquette rouge volée dans la cour, tandis que le reste de la troupe s'entassait à l'arrière. Avant de démarrer, il lâcha une rafale à bout portant dans la poitrine de l'Irakien qui tomba comme une masse. Pas de risques.

[1] Long voile dans lequel s'enveloppent les femmes.

Gulé s'allongea avec les autres en position de tir pour arroser d'éventuels survivants. Malko, soutenant Victor Rubin presque inconscient, s'allongea près d'elle. Baakouba était déjà à un kilomètre. La Kurde expliqua à Malko comment ils s'étaient procuré le véhicule militaire.

— Nous devons contourner la ville par l'ouest, jusqu'à un village où nous pourrons nous cacher. Mais cela va être très dur, expliqua-t-elle.

D'autant plus dur que la campagne autour de Bagdad est plate comme la main, avec un nombre limité de routes. Mais Malko était trop fatigué pour discuter. Il pensait au cadavre de Djemal qu'il avait dû abandonner. Près d'eux, le Kurde blessé râlait.

— Il va falloir l'achever, dit Gulé d'une voix égale. Il ne supportera pas le voyage.

Laissant une traînée de poussière derrière lui, le camion cahotait sur une piste de terre. Malko pensa que s'il devait mourir ce jour-là, au moins ce ne serait pas la corde au cou. Il serrait contre lui sa mitraillette tchécoslovaque.

***

En survolant Mossoul, Ian Smith comprit qu'il ne reverrait jamais l'Iran. Six Migs l'avaient pris en chasse, trois au-dessus et les autres sur les flancs. Ils avaient déjà tiré des rafales, trop haut et trop loin. Ils voulaient le faire atterir à Mossoul.

Le Rhodésien eut un ricanement silencieux. Dans son métier, on avait une certaine conscience professionnelle. En outre, il imaginait assez bien ce que devait être une prison irakienne. Et lui, personne ne viendrait le délivrer. Son vieux coucou, même allégé des rockets, se traînait au-dessus du désert.

Brutalement, il amorça un virage très serré sur la droite. Beaucoup plus rapides, les Migs continuèrent et disparurent un instant. Sautant les haies, Ian Smith cherchait un objectif pour finir en beauté. Il eut la tentation d'ouvrir la radio et de donner des nouvelles, mais ce n'était pas prévu dans la procédure et tous les Irakiens étaient à l'écoute.

Il n'entendit pas la rafale qui le tua. Un des Migs l'avait rattrapé et l'arrosait au canon de 20. Le Skyraider vola en éclats, explosa en une gerbe de fumée noire. Ian Smith vit monter une mosquée bleue et perdit connaissance. Quelques secondes plus tard, le Skyraider s'écrasait, avec son pilote déjà mort, pulvérisant quelques cahutes de terre battue.

Ce qui, pour certaines personnes, simplifiait bien des choses.

*
**

Dans le lointain une sirène hurlait, venant de la prison. On entendit même des coups de feu et Malko se demanda sur qui tiraient les Irakiens.

Un kilomètre plus loin, ils rejoignirent la route de Mossoul, et le camion accéléra. De chaque côté s'alignaient à l'infini des briqueteries, seule industrie de Bagdad. Paysage désolé, avec ses huttes en terre battue. Un peu plus loin, ils allaient bifurquer au sud pour éviter le centre de la ville.

Soudain le camion freina brusquement.

— Un barrage! dit Gulé.

La route était obstruée avec des chevaux de frise, un canon anti-char russe et un groupe important de soldats. Un barrage comme il en existait à toutes les sorties de Bagdad.

De part et d'autre, il y eut une hésitation. Un officier irakien s'avança et fit signe au camion d'avancer, certainement à mille lieues de se douter de son contenu. Il y avait au moins une chance sur deux qu'il demande au chauffeur son ordre de mission et qu'il fouille l'arrière.

Gulé donna des ordres et les cinq Kurdes armèrent leurs fusils d'assaut.

Puis le camion stoppa dans un grincement de freins; encore à une cinquantaine de mètres de la barricade. Un des Kurdes qui se trouvait avec Malko se débarrassa rapidement de ses armes et de ses cartouchières, puis sauta à terre. L'uniforme caché par sa djellabah, il avait l'air d'un innocent civil. Dès qu'il fut à terre, un de ses camarades lui tendit une vieille bicyclette qui se trouvait dans le camion. L'autre partit vers le barrage en la poussant, comme en innocent auto-stoppeur.

Méfiants, armes braquées, les Irakiens le regardaient venir.

Le Kurde atteignit la barricade. Aussitôt, il fut entouré par un groupe de soldats en armes. Aux gestes, Malko comprit qu'on lui réclamait ses papiers. Le Kurde appuya la bicyclette sur le long canon de l'anti-char.

Le reste se passa en une fraction de seconde. Une explosion assourdissante, une fumée noire. Le camion recula de plusieurs mètres sous l'onde de choc. Quand la fumée se dissipa, il n'y avait plus rien à l'endroit où la bicyclette piégée avait explosé. Le canon avait été projeté à plusieurs mètres, son tube tordu désormais inutilisable.

Mais tous les soldats du poste n'avaient pas été tués. Presque aussitôt, le tir d'une arme automatique crépita. Déjà les cinq Kurdes sautaient à terre, ainsi que Malko. Cela venait d'un des fossés de la route.

Il fallait passer en quelques minutes, après, ils allaient recevoir du renfort.

La fusillade se poursuivit près d'une minute, aussi nourrie de part et d'autre. Une fusée rouge s'éleva du poste attaqué. Le feu s'intensifia encore.

Puis inexplicablement leur tir ralentit. La mitrailleuse d'abord, puis les mitraillettes. Les Kurdes avançaient avec précautions. Il y eut encore une brève rafale, puis la mitrailleuse se tut. On aperçut deux soldats en train de s'enfuir. Avec des hurlements de joie, les Kurdes se ruèrent à l'assaut. Hélas, le poste était abandonné. Ils ne trouvèrent que deux blessés à achever, qu'ils se disputèrent sauvagement.

Cette patrouille appartenait à un régiment de l'armée de l'air, considéré comme pas sûr par le gouvernement, le général commandant l'aviation étant en désaccord avec les autres membres du gouvernement. Elle n'avait que très peu de munitions, pour décourager toute vélléité de putsch...

Trois minutes plus tard, le camion roulait à 100 à l'heure.

Soudain, le moteur cliqueta. En dépit des rugissements de Gulé, la vitesse dégringola et le véhicule stoppa. Ou une balle avait frappé le radiateur ou le moteur russe du Molotova n'avait pas résisté à la course folle.

Victor Rubin, « choqué », n'avait pas dit un mot. Le Kurde blessé ne râlait plus. Il était mort. Silencieusement, un de ses camarades le dépouilla de ses armes.

Ils se trouvaient dans un désert de pierrailles, au sud-ouest de Bagdad; Malko jura à mi-voix. Les Irakiens n'allaient pas s'avouer battus. Chaque seconde comptait.

Le moteur hoqueta et se tut définitivement.

Déjà une volute de fumée blanche s'élevait de sous le capot. Il n'y avait plus une goutte d'eau dans le moteur et le garage le plus proche se trouvait à Bagdad...

Tout à coup, une lourde charrette tirée par deux bœufs et surchargée d'une masse énorme de paille surgit d'un chemin de traverse. Elle était conduite par un gamin d'une dizaine d'années. Gulé aboya un ordre. L'un des Kurdes bondit du camion. Mais, empêtré dans son « Armalite » il perdit quelques secondes. Le gamin menant les bœufs l'aperçut, poussa un cri et prit ses jambes à son cou.

Le Kurde l'ajusta avec son fusil d'assaut. Gulé hurla. Docile, le Kurde abaissa l'arme et partit en courant derrière le gamin.

Celui-ci courait maladroitement, gêné par ses pieds nus, dans l'espèce de steppe pierreuse bordant les deux côtés de la route. A quelques centaines de mètres, il y avait quelques masures en terre battue, son domicile probablement.

Le Kurde gagnait sur lui sans cesse. Sans même s'arrêter, il ramassa une grosse pierre et la jeta. Elle toucha le gosse à la joue au moment où il se retournait. Il s'arrêta net et tomba en avant les deux mains à son visage. Il ne vit pas son poursuivant se pencher sur lui et le saisir par les cheveux. Il y eut un éclair d'acier et Malko poussa un cri d'horreur.

— Pourquoi l'a-t-il tué?

Gulé le regarda avec une stupéfaction totale.

— Mais il nous aurait dénoncé, c'est un Arabe!

Là-bas, le Kurde revenait, tirant le petit cadavre par les jambes. La tête à demi-détachée du tronc traînait sur les caillasses et se déchirait un peu plus à chaque pas.

La Panthère Noire avait sauté hors du camion et donnait ses ordres. Ses hommes coururent jusqu'à la charrette et commencèrent à y enfouir leurs armes. Puis, avec une fourche, ils creusèrent de larges logements dans la paille, pour s'y cacher.

Quand ils eurent terminé, la charrette avait repris son air innocent. Un des Kurdes, débarrassé de son artillerie — Chris Jones aurait dit qu'ils étaient enfouraillés jusqu'aux yeux — avait pris la place du jeune garçon assassiné. Le corps de ce dernier était enfoui lui aussi dans la paille. Celui du Kurde mort était resté dans le camion.

Gulé, étendue près de Malko, son fusil d'assaut calé de façon à pouvoir tirer sans même lever la tête, montra une tache verte à une dizaine de kilomètres, au nord-ouest.

— Si nous arrivons là-bas avant la nuit, nous sommes sauvés.

A 3 à l'heure, ils en avaient pour l'après-midi! En admettant qu'ils ne soient pas interceptés.

— Mais après, comment ferons-nous? demanda-t-il.

Gulé découvrit ses dents éblouissantes:

— Tu verras!

Peu à peu, Malko se laissa bercer par le rythme de l'attelage. Ils serpentaient à travers la plaine, par un sentier pierreux et désert. Au-dessous d'eux, le ruban goudronné de la route luisait sous le soleil. Victor Rubin était toujours dans un état de choc voisin de l'inconscience. Il obéissait docilement aux ordres de Malko, sans poser de questions.

Soudain, un grondement troubla le calme de la campagne. Le bruit se transforma en sifflement et deux Migs 21 passèrent au ras de la route, s'inclinèrent gracieusement sur l'aile et piquèrent derrière eux.

Il y eut le crépitement de plusieurs mitrailleuses et l'explosion sourde des roquettes. Malgré lui, Malko se dressa sur un coude et regarda:

le camion flambait, là où ils l'avaient abandonné. Un des Migs refit un passage et une giclée de balles déchira la carrosserie déjà éventrée. Puis les deux appareils piquèrent vers le soleil et s'éloignèrent...

— Heureusement que nous sommes tombés en panne! remarqua Gulé.

Sa voix était quand même un peu rauque. Malko sortit de la paille, sa hanche s'appuya contre la sienne. La jeune femme se pencha sur lui. Elle sentait la sueur et un parfum primitif de femelle en rut.

— Ce soir, si nous sommes encore vivants, dit-elle, nous ferons l'amour.

Etrange pays où la mort semblait la compagne habituelle! On tuait tout ce qui n'était pas du même avis que vous. A Mossoul, en 1962, on avaient exterminé 100 000 communistes en trois jours. Depuis, les survivants attendaient de prendre leur revanche. Quant aux Kurdes, ils naissaient avec un fusil à la main et on devait leur mettre un peu de napalm dans leurs biberons. Les jeunes filles kurdes réputées pour leur beauté savent tuer un homme avant d'être femmes...

CHAPITRE XVII

Malko se demandait comment ils atteindraient le Nord. En temps ordinaire, les routes étaient déjà coupées de puissants barrages, filtrant tous les véhicules. Après l'attaque de Baakouba, ça allait être du délire. Les Irakiens savaient que c'étaient les Kurdes. Donc, ils allaient particulièrement surveiller les routes de Kirkouk et de Souleymanié.

Gulé et ses « pesh-merga » ne pouvaient quand même pas prendre d'assaut tous les barrages...

La Kurde avait posé son Armalite et défait sa cartouchière. Dans la paille, elle se rapprocha de lui. Il vit que, sous sa rude veste d'uniforme, elle ne portait rien.

— Regarde, ma blessure est complètement guérie, dit-elle.

Elle prit la main de Malko et la guida entre deux boutons de la tunique. Mais pas sur la blessure. Malko emprisonna un de ses seins fermes et elle gémit, les yeux fermés, les mains brusquement contractées.

Lui aussi avait envie d'elle, en dépit de l'uniforme peu féminin. Peut-être était-ce cette ambiance étrange de violence et de danger. De plus, la fougue même de la jeune Kurde était assez extraordinaire pour tenter n'importe quel homme. Il se souvenait encore de son dos déchiré et des cris de sa partenaire, lors de leur dernière étreinte, dans la cave de Djemal...

La pensée du Kurde assombrit Malko.

— Djemal est mort, annonça-t-il. A ma place.

Il raconta les dernières minutes de leur captivité. Des larmes montèrent aux yeux de la Kurde.

— Je suis contente, dit-elle. Djemal était presque un traître, un djach, il aimait trop l'argent et la vie facile. Grâce à toi, il est mort comme un homme. Son vieux père, qui tirait déjà sur les avions anglais il y a trente ans, sera fier de lui.

« Et dans beaucoup d'années, on racontera au Kurdistan comment l'Aga Djemal Talani a offert sa vie pour sauver celle de son ami étranger...

— Mais il est mort, objecta Malko.

Gulé balaya l'objection.

— Les braves ne meurent jamais au Kurdistan. Aussi longtemps que les Kurdes existeront, un fusil portera le nom de Djemal Talani et tuera des ennemis. »

C'était un autre monde. Malko pensa quand même avec tristesse au corps de Djemal, abandonné dans la prison de Baakouba. Encore un mort que les Irakiens tortureraient avec plaisir.

Un peu plus tard, ils croisèrent une jeep bourrée de soldats, mais ceux-ci n'eurent même pas un regard pour la charrette de foin. Le Kurde les salua respectueusement et ils ne surent jamais qu'ils avaient été si près de la mort.

Cahin-caha, ils se rapprochaient de la tache verte. Malko, épuisé, s'endormit.

***

Lorsqu'il se réveilla, Gulé était penchée sur lui. La charrette se trouvait dans une sorte de grange, éclairée par une lampe à huile suspendue aux poutres. Les autres Kurdes et Victor Rubin avaient disparu. On n'entendait aucun bruit.

— Nous allons bientôt partir pour le Nord, dit Gulé. Tout va bien. Tiens, mange.

Elle lui tendit plusieurs lanières de viande posées sur une galette de blé. Malko mordit dans la viande, il était mort de faim. C'était délicieux. Au lieu du fade chelow-kebab irakien, la viande était tendre, fondante et très aromatisée.

— Qu'est-ce que c'est? demanda Malko.

Gulé sourit, ravie:

— Un kebab kurde.

Après avoir mangé et bu, ils restèrent silencieux un long moment.

— Où sommes-nous? demanda Malko.

— Chez des amis.

Gulé but une gorgée de lait caillé dilué, secoua ses cheveux et défit tranquillement les boutons de sa tunique. Une minute plus tard, elle était nue, son « Armalite » toujours près d'elle. Elle s'étendit dans la paille et intima à Malko:

— Viens.

Il n'était pas question de discuter. Le bassin bien calé, les jambes ouvertes, les seins dressés, elle se préparait à recevoir l'homme comme on se prépare à la communion.

Pas de caresses inutiles, ni de chatteries. Elle attira Malko contre elle avec une force incroyable et l'embrassa. Sa langue rugueuse lui fit l'effet d'un aphrodisiaque. A son tour, il lui mordit l'épaule et elle gémit de bonheur.

Ils roulèrent dans la paille. Les mains de Gulé étaient dures comme de l'acier. Malko avait l'impression d'être pris dans un broyeur. Il ne la serrait jamais assez fort.

Elle exigea qu'il la tienne aux hanches lorsqu'il entra en elle. Les yeux grands ouverts, elle le regardait, donnant de furieux coups de reins.

— Plus fort, ordonna-t-elle. Je veux te sentir, je veux que tu me déchires, que tu me fasses mal. Fais-moi l'amour comme un homme, pas comme un Djach.

Il y avait de quoi donner des complexes à n'importe qui. Surtout après une semaine de cellule et une pendaison évitée de justesse. Les dents serrées, Malko faisait de son mieux. Sous lui, le corps de Gulé ondulait dans une houle sans fin. Comme si tous les hommes du monde ne pourraient jamais la satisfaire.

D'un coup, elle se détendit, la tension de ses traits se relâcha. Elle attira Malko près d'elle comme un enfant, le blottit de force contre son épaule.

— Je crois que tu m'as fait un enfant, dit-elle.

On ne jouit pas de la même façon quand un homme vous fait un enfant. Il sera brave comme toi et tu pourras en être fier.

Gulé continua en kurde, murmurant ce qui devait être des mots d'amour. Après l'acte, elle était comme une petite fille ignorante des caresses occidentales. D'ailleurs, l'érotisme ne voulait rien dire à ses yeux. Si un homme n'avait pas envie de son corps nu, telle qu'elle était, elle le méprisait.

— Je t'aime, dit-elle à l'oreille de Malko.

Puis, sans transition, elle se leva et enfila son uniforme, passa la main dans ses cheveux et annonça gaiement:

— Viens, je vais te montrer comment nous allons partir dans le Nord.

Ils sautèrent à bas de la charrette et Gulé poussa une porte. La grange donnait dans un autre hangar, occupé par un camion, un vieux MAC à la peinture écaillée avec une immatriculation de Souleymanié.

— Regarde, dit Gulé, en montant sur les ridelles.

Malko se pencha sous la bâche et retint une exclamation. La surface d'une eau noire affleurait les ridelles. Il trempa la main dedans: elle était glacée.

— Qu'est-ce que c'est que cette piscine ambulante? demanda Malko intrigué.

La Kurde éclata de rire et rabattit la bâche.

— Nous allons monter dans le Nord avec, expliqua-t-elle. Il appartient à l'un des nôtres, absolument sûr. Il ravitaille en poisson frais, deux fois par semaine, le mess des officiers de Bagdad.

« Le poisson que l'on mange à Bagdad ne vient pas du Tigre, mais des rivières du Nord. Seulement, il n'y a pas de camions frigorifiques au Kurdistan. Aussi, les transporteurs de poisson ont trouvé ce moyen: ils enduisent l'intérieur d'un camion ordinaire avec plusieurs couches de goudron pour le rendre étanche. Ensuite, ils le remplissent d'eau et il n'y a plus qu'à transporter les poissons vivants.

« Nous allons faire la même chose... »

— Mais nous ne sommes pas des poissons! objecta Malko.

— Il y a quelque chose de spécial pour nous, affirma la Kurde.

Ils revinrent au camion et l'escaladèrent, pénétrant à l'intérieur. Au-dessus de l'eau, de chaque côté ainsi qu'à l'avant, il y avait de longues planches sur lesquelles on pouvait s'allonger.

— Nous serons là-dessus, expliqua Gulé. Ce n'est qu'en cas de contrôle que nous plongerons dans l'eau.

Malko regarda le liquide nauséabond avec méfiance. L'odeur de poisson était effroyable.

— Comment respirerons-nous?

La Kurde montra un gros tuyau émergeant sous un tas de chiffons, et s'enfonçant dans l'eau noire. Elle plongea la main dans l'eau et retira ce qui semblait être une pieuvre. Le tuyau, selon le principe du narguileh, se divisait en une dizaine de conduits plus petits terminés chacun par une embouchure. Ainsi plusieurs personnes pouvaient demeurer un certain temps au fond de la piscine, respirant par l'intermédiaire de cet étrange appareillage...

— J'espère que les contrôles ne seront pas trop longs, dit Malko.

L'idée était ingénieuse et c'était, en tous cas, le seul moyen de franchir des routes étroitement surveillées.

— Nous partirons tout à l'heure, à l'aube, dit Gulé. On n'a pas le droit de circuler la nuit sur la route de Kirkouk.

*
**

Malko avala une gorgée d'eau saumâtre et crut que ses poumons allaient éclater. Il serra le tube à se briser les dents et tenta de se raisonner: ce contrôle-là n'était pas plus long que les précédents.

Il était étendu dans l'eau noire et glaciale, lesté par une grosse pierre, entouré des autres Kurdes, de Rubin et de Gulé. Le système du narguileh fonctionnait tant bien que mal, mais il fallait un sang-froid à toute épreuve pour ne pas s'étouffer. Le premier contrôle avait failli être tragique. Affaibli par la prison, Victor Rubin n'avait pas pu respirer sous l'eau, s'était étranglé, et était remonté à la surface.

Heureusement, aucun soldat n'avait soulevé la bâche du camion: les Pesh-merga n'auraient même pas pu résister: leurs armes étaient au fond de la « piscine », enveloppées dans du plastique.

Un peu plus loin, ils s'étaient arrêtés en rase campagne et Gulé, avec beaucoup de patience, avait montré à Victor Rubin comment se servir du narguileh improvisé. Depuis, ça allait mieux. Et ils en étaient à leur septième contrôle. L'Américain ne réalisait pas encore bien ce qui lui arrivait.

Les secondes semblaient interminables, dans cette tombe liquide qui étouffait tous les bruits. Malko n'osait pas bouger d'un millimètre, de peur que le mouvement ne se transmette par des ondulations à la surface. Un rien pouvait alerter les Irakiens. Le chauffeur disait qu'il n'avait jamais vu de contrôles aussi sévères. Les soldats regardaient sous le camion à chaque arrêt, fouillaient sous la banquette, inspectaient les papiers du chauffeur, ligne par ligne. Heureusement, il était parfaitement en règle... Seule, l'eau ne les intriguait pas.

Une seule fois, l'un d'eux avait demandé à l'inspecter, mais c'était seulement dans l'espoir de découvrir un poisson oublié et de le voler...

Le chauffeur s'en était débarrassé avec un billet de 250 fils.

Le camion repartit. En roulant, la position des « poissons » était encore plus pénible. Les secousses manquaient d'arracher le tuyau et on ne pouvait s'accrocher aux parois lisses.

Malko compta jusqu'à cent puis défit la corde qui le reliait à la pierre. Il remonta lentement et sa tête apparut hors de l'eau. Il se mit debout, de l'eau jusqu'aux épaules et souleva la bâche arrière: ils roulaient sur une route déserte.

Un à un, les autres apparurent. Victor Rubin toussa et, appuyé à l'arrière, vomit. Il était à bout de résistance, ayant maigri de dix-sept kilos durant sa détention. Vivement qu'ils passent la frontière d'Iran! Sinon, il ne tiendrait plus longtemps. Chaque fois qu'il parlait de sa femme, tuée en prison, il éclatait en sanglots.

Le second supplice commençait: le froid et l'humidité. Malko grelottait comme s'il avait 40° de fièvre. Bien entendu, impossible de se sécher. Ils pouvaient être appelés à replonger cinq minutes plus tard.

Les Kurdes, accroupis sur leurs talons, ne disaient pas un mot. Les uniformes trempés collaient à leur peau et le vent coulis qui s'engouffrait par les interstices de la bâche leur glaçait les os.

Cette sensation de rester trempé, sans aucun espoir de se sécher avant la nuit, était horrible. Par moments, Malko avait envie de hurler tellement il avait froid. Pour se réchauffer, il avait voulu fumer une cigarette, mais ses lèvres bleuies ne sentaient même pas la chaleur du tabac. Il avait la sensation d'être déjà mort. Gulé ne disait rien non plus. Son uniforme moulait son corps et sa poitrine orgueilleuse. Malko surprit le regard d'un pesh-merga. Pour éprouver du désir en ce moment, il fallait vraiment être d'une autre race.

Il serrait les mâchoires pour ne pas claquer des dents, avec une envie folle de se déshabiller pour ne plus sentir cette toile gluante.

— C'est encore loin? demanda-t-il à Gulé.

La Kurde haussa les épaules.

— Cela dépend des contrôles. Encore une centaine de kilomètres jusqu'à Souleymanié. Ensuite nous continuerons à pied dans la montagne, ou à dos de mulets.

N'importe quoi, mais pas dans l'eau. Malko n'eut pas le temps de répondre. Le chauffeur frappa deux coups sur la cloison métallique: le signal d'alerte. Les Pesh-Merga disparurent les premiers et Malko le dernier, après s'être assuré que Victor Rubin avait bien plongé et ne remontait pas.

Puis, au fond, ils attendirent.

Le camion ralentit et s'arrêta. Malko eut le temps de compter jusqu'à trois cents avant de sentir le moteur repartir. D'une main, il se bouchait le nez pour empêcher que l'eau n'entre dans ses sinus. Le véhicule reprenait lentement de la vitesse. Déjà il s'appuyait du coude sur le fond quand il perçut trois coups frappés contre la cloison avant.

Le signal convenu pour signifier qu'il y avait encore du danger.

Malko se tourna en toute hâte vers Victor Rubin qui défaisait déjà son lest. Par gestes il lui fit comprendre de ne pas bouger. L'Américain luttait. Il voulait remonter. L'eau était si sale, qu'à quelques centimètres Malko le distinguait à peine. Fermement, il lui prit la main droite et lui tint son narguileh dans la bouche, tout en se demandant ce qui avait bien pu arriver.

Le supplice dura une dizaine de minutes. Il sembla à Malko que le camion n'avait jamais été si vite. Ils étaient brinqueballés d'un côté à l'autre de la piscine et son narguileh lui fut presque arraché de la bouche par un cahot.

Brutalement, le camion freina et stoppa. Tous se tinrent cois. Sauf Victor Rubin qui se débattait sous la poigne de Malko.

Aussitôt, il redémarra. Quelques secondes plus tard, un coup très fort fut frappé par le chauffeur. Signal de fin d'alerte. Tous les emmurés surgirent en même temps. Une fois de plus, Victor Rubin était au bord de la syncope. Il se hissa à grand-peine sur la planche et s'allongea sur le dos, attirant Malko près de lui:

— Il va falloir me laisser, murmura-t-il, je ne peux plus. Je suis trop fatigué, la prochaine fois je vais me noyer. Laissez-moi descendre du camion, je vais tous vous faire prendre, c'est idiot. Je vous en prie.

Ils ne savaient toujours pas ce qui s'était passé. Gulé rampa jusqu'à l'avant et interrogea le chauffeur. Elle revint, encore plus pâle et dit à Malko:

— Trois soldats avaient fait du stop pour rentrer chez eux en permission. Il n'y avait qu'une place dans la cabine et les deux autres s'étaient assis sur les planches, à quelques mètres des évadés. C'est la raison pour laquelle le chauffeur avait conduit le plus vite possible.

Le brave Kurde riait encore du bon tour joué aux militaires. La vie humaine n'avait absolument aucune importance pour eux. Ce qui comptait, c'était le sport et l'honneur.

Pour soulager Victor Rubin, Malko lui versa

un peu d'arak pur dans un gobelet. Cet alcool libanais se boit normalement dilué dans six ou sept fois son volume d'eau. Il y avait de quoi réveiller un mort.

Effectivement, l'Américain se redressa, des couleurs aux joues. Mais, presque aussitôt, il vomit.

— Il n'y en a plus pour longtemps, dit Gulé. Peut-être pour une heure au plus. Je ne pense pas que nous rencontrions d'autres barrages. Maintenant, nous sommes presque chez nous...

Effectivement, le camion roulait sur une piste déserte. Deux Migs passèrent très haut, volant vers le Nord. On se battait autour de Rawanduz. Ils passèrent deux villages aux maisons brûlées. Les Irakiens étaient passés par là.

Malko grelottait de plus belle... Maintenant, ses dents claquaient sans retenue. De plus, le crépuscule tombait et la route grimpait dans la montagne. Il avait vraiment l'impression d'être enveloppé dans un suaire. Les Pesh-Merga, par contre, s'étaient mis à bavarder entre eux avec de grands rires. Ils sentaient l'écurie.

Tout à coup, plusieurs silhouettes apparurent sur la route au détour du virage. Le camion freina brusquement. Malko se préparait à replonger dans l'eau glacée lorsque Gulé l'arrêta d'un geste de la main, un large sourire aux lèvres. Presque aussitôt, la bâche fut soulevée. Un homme presque roux, le visage hautain, escalada le camion. Il portait un uniforme kaki, un blouson et un vaste pantalon bouffant serré dans une large ceinture, avec le turban blanc et rose de la tribu du Mollah Barzani. Des cartouchières croisées ligotaient son torse et il serrait dans la main droite un Mauser à long canon. Sa ceinture était un véritable fourre-tout d'où émergeaient le manche doré d'un long poignard, un interminable fume-cigarette de bois, un pistolet Luger et une demi-douzaine de chargeurs. Plus quelques grenades.

— Voila mon frère, s'écria Gulé, nous sommes sauvés!

Ils descendirent tous du camion, qui repartit immédiatement après qu'on eut récupéré les armes. Gulé et son frère, qui se nommait Razan, s'étreignirent. D'autres Kurdes émergèrent de la pénombre. Plusieurs petits bourricots étaient attachés à un arbre. On les chargea des armes.

Victor Rubin tomba dès qu'il fut hors du camion. Sur l'ordre de Gulé, deux Kurdes le déshabillèrent, le frictionnèrent et le revêtirent d'un uniforme sec. Malko avait procédé tout seul à la même opération.

La petite cabane où ils se trouvaient n'était pas à plus de cent mètres de la route, entièrement dissimulée par un repli de terrain. Devant eux, se dressaient les monts Zagros qui séparent l'Irak de l'Iran, surmontés de neige.

— Nous allons marcher une partie de la nuit, avertit Gulé. Ton ami sera sur un djach, ainsi, il ne se fatiguera pas. Nous sommes encore dans une zone où les Irakiens font parfois des incursions. Ce serait trop bête de se faire prendre maintenant. Si tout se passe bien, nous atteindrons la frontière iranienne dans deux jours.

Malko eut envie de l'embrasser. C'est grâce à elle qu'il avait réussi cette impossible mission. A elle et aux Kurdes qui s'étaient sacrifiés.

Une heure plus tard, après avoir mangé des galettes et un peu de viande, ils se mettaient en route. Le sentier rocailleux courait à flanc de montagne, pas plus large qu'une trace d'animal. Gulé avait bien recommandé à Malko de coller à son djach, sous peine de se retrouver au fond d'un précipice. Quant à Victor Rubin, il dormait assis sur son bourricot, dodelinant de la tête.

Gulé marchait immédiatement derrière Malko. Pas une lumière ne perçait l'obscurité et, pourtant, la montagne grouillait de Pesh-Mergas.

Monotone et dangereuse, la marche se poursuivit dans le silence, troublé seulement par le bruit d'une pierre qui roulait.

Une étoile filante troua le ciel, longuement. Derrière Malko, Gulé remarqua:

— Une âme qui s'en va...

Les Kurdes croient que chaque homme possède son étoile, qui brille sur lui et tombe quand il meurt.

Enfin, alors que le ciel rosissait, ils s'arrêtèrent à l'entrée d'un village aux toits plats. Aussitôt, un homme en uniforme sortit de l'ombre, braquant sur eux une mitraillette tchèque. Cinq minutes plus tard, ils étaient dans une tente où on leur apporta un plateau avec du riz bouilli, des tiges vertes d'oignons, des œufs durs, du fromage blanc.

Malko força Victor Rubin à avaler quelque chose avant de se rendormir.

Malko fit une orgie de thé brûlant pour tenter de se réchauffer.

— Nous sommes à l'entrée de Galalé, expliqua Gulé, notre plus grande base. Mais on ne vit que la nuit à cause des bombardements. Viens te reposer.

Elle l'entraîna sous une tente plus petite où ils s'étendirent tout habillés. Une minute plus tard, ils dormaient tous les deux.

***

La Land-Rover prise aux irakiens roulait sur la route déserte, en pleins phares. Les Migs ne s'aventuraient pas si loin. C'était la dernière étape du voyage. Dans une heure, Malko et

Victor Rubin seraient en Iran. Gulé conduisait et un Pesh-Merga était assis sur la banquette arrière, son Mauser entre les genoux, indifférent et paisible.

A Galalé, Malko avait été accueilli comme un Dieu, moitié à cause du chargement d'armes envoyé par ses soins, moitié à cause de l'histoire de la prison. Il avait même rencontré le père de Djemal qui l'avait serré dans ses bras comme s'il n'était pas responsable de la mort de son fils... Etrange peuple. Mais, depuis la veille, Gulé ne lui adressait pratiquement plus la parole. Son attitude contrastait avec celle de Victor Rubin qui reprenait goût à la vie, parlait sans cesse, plaisantait avec les Pesh-Merga, posait pour des photos au milieu de groupes patibulaires armés jusqu'aux dents. Gulé et Malko avaient couché dans la même tente, la dernière nuit, mais elle s'était ostensiblement endormie en lui tournant le dos, la main sur la crosse de son « Armalite ».

La Land-Rover atteignit le sommet d'un col. Gulé ralentit et stoppa sur le bas-côté. C'était la vieille « Hamilton Road », reliant l'Irak à l'Iran, du nom de l'ingénieur anglais qui l'avait construite.

— Nous devons attendre une heure ici, les Iraniens ne seront pas encore là, dit-elle.

Elle sauta de la jeep. Malko la suivit. Victor Rubin dormait, appuyé à l'épaule du Pesh-Merga. Malko frissonna sous l'air frais. Ils étaient à deux mille mètres d'altitude. En face d'eux, l'Iran. Gulé s'était éloignée un peu pour s'asseoir sur une grosse pierre. Malko la rejoignit.

— Que puis-je faire pour vous, les Kurdes? demanda-t-il.

Elle leva ses grands yeux fauves:

— Reste.

— Mais...

Elle l'attrapa par sa veste et l'attira vers elle. Son impassibilité avait fondu.

— Reste, supplia-t-elle. Ici aussi, tu seras un Prince. Ma tribu te prendra comme chef. Tu es brave et habile, ils n'en demandent pas plus. Nous ferons l'amour et nous combattrons les Arabes, jusqu'à ce que nos étoiles tombent...

Malko se tut, la gorge serrée. Gulé attendait sa réponse, tendue et vibrante.

— Je ne peux pas rester, dit-il lentement. Ma vie n'est pas ici, mais je penserai toujours au Kurdistan et à toi, Gulé. Tu m'as sauvé la vie.

Brutalement, elle le repoussa et se dressa contre lui, ivre de rage.

— Oui, je t'ai sauvé la vie, gronda-t-elle. Et cette vie m'appartient. Si tu ne restes pas, je te tuerai.

Malko crut qu'elle allait mettre sa menace à exécution sur le champ. Le canon de l'Armalite se releva dangereusement. Gulé avait la main sur la détente. Il se garda de bouger. Lentement, elle baissa l'arme et dit sombrement:

— Tu n'as pas encore quitté le Kurdistan. Je vais me remettre au jugement de Dieu. Tout à l'heure, lorsque tu franchiras la frontière, si une étoile traverse le ciel, tu mourras.

Elle s'éloigna sans un mot. Malko regarda l'aube se lever. Il se sentait pris dans un jeu cruel qui le dépassait. Rien ne ferait changer d'avis Gulé. Il était entièrement en son pouvoir. Il regretta de ne pas pouvoir la serrer dans ses bras une dernière fois. Son corps lourd et sain lui laissait un goût plus fort que beaucoup de femmes qu'il avait connues.

Gulé remonta dans la Land-Rover et mit le moteur en route. Malko vint se rasseoir à côté d'elle. Ils repartirent. Un peu plus loin, un renard traversa la route.

Ils montaient lentement les lacets du col de Shinok. Au sommet, ils passèrent devant le poste irakien abandonné depuis belle lurette. L'Iran était à moins d'un mille. En entendant le bruit du moteur, plusieurs Pesh-Mergas sortirent du bâtiment et agitèrent leurs fusils en signe de bienvenue.

— Ici se termine le Kurdistan, murmura Gulé.

C'était à la fois une constatation et une menace voilée. Là risquait aussi de se terminer la vie de Malko...

La Land-Rover se lança dans la descente du col. Bientôt, les phares éclairèrent une barrière: la frontière iranienne. Gulé stoppa aussitôt, à une dizaine de mètres. Une jeep, phares en veilleuse, attendait de l'autre côté. La C.I.A. avait averti la Sécurité Iranienne de l'arrivée de ses précieux visiteurs.

Malko descendit le premier après avoir réveillé Victor Rubin. Le Pesh-Merga ne bougeait pas. Tout cela ne l'intéressait pas. Gulé était descendue, elle aussi, son « Armalite » à la main. Victor Rubin lui tendit la main et elle la serra avec un sourire figé, sans paraître entendre les remerciements de l'Américain.

Elle regardait le ciel.

Malko s'approcha d'elle.

— Au revoir, Gulé.

Il ne savait que dire d'autre. Un instant les yeux de la Kurde se baissèrent sur lui. Une mélancolie indéfinissable les voila. Puis elle releva la tête.

— Au revoir, répondit-elle.

Une seconde s'écoula, interminable, puis Malko fit demi-tour et se mit en marche vers la frontière. Il avançait lentement en prenant soin de ne pas rester dans le même alignement que Victor Rubin. Deux officiers de la Sécurité Iranienne attendaient près de la barrière.

Malko, malgré lui, regardait le ciel, qui commençait à rosir dans son dos. Mais les étoiles étaient encore nettement visibles. Il comptait les mètres. Il ne s'était pas retourné une seule fois, ignorant même si Gulé se trouvait toujours là. Il n'avait pas entendu le moteur de la Land-Rover.

Il n'était plus qu'à un mètre de la barrière, dont il distinguait la peinture écaillée, lorsqu'une gracieuse traînée fila sur l'horizon, au ras des montagnes: une étoile filante dont la lueur se prolongea sur sa rétine presque une seconde après qu'elle eut disparu.

Instinctivement, tous les muscles de son dos se raidirent et il s'arrêta. Certes, il aurait pu se plaquer à terre, mais de toutes façons, à cette distance-là, un fusil d'assaut ne pardonnait pas.

Il était à toucher la barrière. Victor Rubin l'avait déjà franchie. Il se retourna et interpella Malko, immobile:

— Qu'est-ce que vous faites? Venez.

Malko attendait. Soudain il se souvint de ce que Djemal lui avait dit une fois. Un Kurde ne tire jamais dans le dos. Il pouvait franchir la barrière en toute sécurité. Gulé ne tirerait pas.

En un éclair, il se revit au pied de la potence. Il fallait toujours aller au fond des choses. Lentement, il se retourna et se tint immobile dans la lueur des phares de la jeep iranienne.

Gulé n'avait pas bougé. L'Armalite à la hanche, elle ressemblait à une statue guerrière. Malheureusement, il était trop loin pour voir l'expression de ses yeux. Doucement, il leva la main droite et l'agita en signe d'adieux.

Derrière lui, Victor Rubin appela de nouveau.

— Qu'est-ce que vous attendez?

Malko, dans sa tête, compta jusqu'à vingt. La

silhouette de Gulé bougea imperceptiblement et il réprima un saut de côté. Mais c'était seulement pour abaisser son arme.

— Je viens, cria Malko, en se baissant pour franchir la barrière.

Gulé ne bougea pas tant que la jeep iranienne ne se fut pas éloignée de l'autre côté de la frontière. Lorsqu'elle remonta dans la Land-Rover, le Pesh-Merga n'osa pas lui demander pourquoi elle avait des larmes plein les yeux.

IMPRIMÉ EN FRANCE PAR BRODARD ET TAUPIN
7, bd Romain-Rolland - Montrouge.
Usine de La Flèche, le 02-06-1977.
6430-5 - nº édition 9598.
Dépôt légal : 2e trimestre 1969.